目次

JN287207

プロローグ　七
新　盆　九
不正入手　四六
逃　避　八五
北の大地　一一九
取材旅行　一五七

暴力制御　一九二
平取の怪　二三六
悪神の住処　二六三
真犯人　三〇二
戦線復帰　三五一
エピローグ　三八九

プロローグ

　足下の暗闇から耳障りな虫の音が響いてくる。

　コンクリートの壁に囲まれた場所だけに草むらがあるわけでもない。クサキリかクビキリギリスでも迷い込んだのだろう。

　熱を帯びた壁が作り出す闇に紛《まぎ》れ、微動だもしない男が一人、無機質の壁の一部になったかのようにゆっくりと呼吸をしている。聞こえるのはジジジィーという変圧器のような虫の鳴き声とヤブ蚊の羽音だけだ。

　額から流れた汗が、頬を伝い顎《あご》から大きな水滴となって滴る。

　頬が痩《こ》けた男の体は一切の脂肪を付けてはおらず、骨格を覆う筋肉に無駄はない。何を待っているのか、壁に耳を付けてじっとしている。

　雲は流れ、夜の闇は深みを増す。

　やがて男は壁伝いにゆっくりと動き出した。新月の曇り空、男の体を照らし出す星明かりもない。

　壁と壁がぶつかる角に到達した男は、ボロぞうきんのような靴を脱ぎ捨て、背中をコーナーに押し込むように立った。

両眼を見開くと、静かに両手両足を壁にぴたりと付けた。手足で支えられた体は地面から浮いている。男はそのまま両手を上に伸ばして、次いで両足で体を持ち上げる。人間とは思えない動きで壁を這《は》い上がっているのだ。体のバランスと人並みはずれた筋力、何より身軽でなければできない芸当だ。

男は五メートル以上ある壁をよじ登り、右手を伸ばして壁の上に摑《つか》まり停止した。周囲に変化はない。新月はまだ味方をしている。体を翻して左手を壁の突端に引っかけると、足をかけて一気に壁の向こう側に飛び降りた。無謀とも言えたが、壁の下の様子を確認する余裕などない。

「うっ……」

着地に失敗し、足を挫《くじ》いた男は、激痛を飲み込んだ。休んではいられない。夜間の巡監に見つかる前にできるだけ遠くに逃げなくてはならないのだ。

男は足を引きずりながら路地を渡った。建物の陰に隠れて周囲を見渡し、異常がないことを確認すると脇目も振らずに走りはじめた。

〈逃げろ！　逃げるんだ！〉

自分に言い聞かせた。生き延びるには逃げるしかないんだと。

新盆

一

欅《けやき》のアブラゼミが暑苦しい鳴き声を放ち、忘れた頃にヒグラシがそよ風のように涼しげな鳴き声を奏でる。

一面の青々とした田んぼも曇天の下では輝きを失っている。

一九七七年八月十三日、前日の晴天と打って変わって朝から曇り空で、気温も上がらない。だが、湿度が高いため空気が重く肌にまとわりつく。

遠くから近付いて来る鉦《かね》と太鼓の音が、蟬《せみ》たちを黙らせた。

農家の庭先にお揃いの浴衣《ゆかた》に白いたすきと鉢巻をした男たちが、提灯《ちょうちん》を持った羽織《はおり》袴《はかま》の男に先導されてやって来た。数人の男が太鼓を持った三人の仲間を囲み、踊りながら鉦や太鼓を鳴らし、勇ましく唱《うた》いだした。

「はーはーはい、
も〜もーもーほい、

わ～は～はーはあ～、
おせー、おせっ！」

勇壮な踊りだが、どこか憂いを感じさせる。福島県いわき市に江戸時代より伝わる〝じゃんがら念仏踊り〟だ。村や町の青年会などを中心にグループを作り、新盆を迎える家に鎮魂の踊りに来るのである。いわき市の無形民俗文化財に指定されており、いわきを中心とした伝統芸能であるが、北は大熊町《おおくままち》や双葉町《ふたばまち》、南は北茨城にも伝わっている。

よく日に焼けた根岸達也《ねぎしたつや》は首に巻き付けたタオルで額の汗を拭《ふ》き、集まった住民の後ろから踊りを見物した。

「らっせ、らっせ、らっせ、ら～」

やがて踊りはクライマックスに達し、鉦と太鼓がひたすら打ち続けられる。噴き出す汗を気にも留めずに踊る男たちの姿は美しい。

「それっ！」

男たちは最後の掛声で踊りを止め、縁側で見ていた家人に一斉に頭を下げた。代表の一人が家に上がり、仏壇に線香を点《とも》すと、一団は再び一列となり鉦と太鼓を鳴らしながら出て行った。

「すごいなあ」

腕組みをして見ていた達也は思わず唸《うな》った。

「んだ。じゃんがらは、江戸時代より伝わるいわきの名物だっぺ」

いつの間にか達也のすぐ横に腰が幾分曲がった老人が立っていた。

「倉沢《くらさわ》さん、いつの間に」

達也は老人に慌てて頭を下げた。

昨年（一九七六年）の十一月に沖縄から九州に移動した達也は、政治家が操る暴力団の陰謀に巻き込まれた。達也ともう一人の人格であるメギドは、暴力団との暗闘に勝利し、敵の車を盗み出して九州を離れている。

達也には生まれながらにして二つの人格があった。双子の胎児で妊娠早期に片方だけ流産して母体に吸収されることを〝バニシング・ツイン〟と呼び、二つの受精卵が融合して一つとなり、二種類の遺伝情報を持つことを〝キメラ〟と呼ぶ。まれに〝バニシング・ツイン〟でも〝キメラ〟として生まれる可能性があり、二つの人格が現れる達也とメギドは〝キメラ〟でも珍しいケースなのだ。

本州に入ったメギドは、北海道まで日本列島を縦断すると言い出した。思いつきに過ぎないが、メギドが北海道をゴールにしたのは、ただひたすら長距離の運転がしたいだけで、深い意味があるわけではない。また暑い夏を涼しい北海道で過ごすという短絡な願望に違いなかった。

当初はメギドに付き合っているに過ぎなかったのだが、達也にも理由がある。フリーのジャーナリストである加藤淳一《かとうじゅんいち》に数ヶ月前に連絡をしたところ、遊びに来てくれと誘われていた。というのも、九州で出会った矢田瑠璃子《やだるりこ》と北海道で結婚するというのだ。

同棲《どうせい》していた二人はともに北海道出身で、結婚するなら故郷でということになったらしい。加藤は一番の理解者であり、歳こそ違え友人でもある。今では北海道へ行くのは達也の目的にもなっていた。

中国地方の横断は時間が掛かったが、大阪から名古屋までは高速道路を使って一気に移動した。名古屋は以前住んでいたこともあるので、二ヶ月近く留まり、雪解けを待って四月に岐阜を抜けて富山に出た。

車中泊することもあれば、今にも潰《つぶ》れそうなキチン宿に泊ることもあった。たまにメギドが堪《たま》り兼ねてビジネスホテルに泊ることもあったが、沖縄のヤクザから盗み出した大金を持っているメギドと違い、短期のアルバイトで糊口《ここう》を凌《しの》いでいる達也にとっては金欠の旅であった。

梅雨も明けぬ六月中旬に、新潟から会津《あいづ》に抜けて福島に入った。達也らを人間兵器として開発した大島《おおしま》産業の本社が、東京にあるために関東を避けたのだ。

メギドは地図を見て目的地を決めるようなことはしない。己の勘だけで走っている。もっとも脳に埋め込まれた瀬田武之《せたたけゆき》の脳細胞には断片的ではあるが、広範囲な道路情報があった。彼は戦後政府の特務機関で働いていたために様々な分野の情報を持っていた。だが、移植された脳細胞に記憶の連続性がなく、情報自体も古い。そのためともすれば道に迷うこともあった。

いわきでも、幹線から外れてしまい、国道に出ようとしてかえって迷ったあげくに田畑が一面に広がる四倉《よつくら》の農道でガス欠になってしまった。その時、たまたま軽トラックで通りすがった倉沢富雄《とみお》にガソリンを分けて貰《もら》った上、親切に甘えて家に泊めてもらったのだ。こういう対人関係に疎いメギドはすぐに達也とスイッチした。人当たりが良く腰が低い達也の応対が、倉沢に好印象を与えたようだ。

倉沢は農業を営み、歳は七十二歳、妻の孝子《たかこ》は六十八歳、長男を戦争で亡くし、次男は東京に、三男は千葉に就職している。息子たちは就職先で家庭を持っているため、夫婦二人で生活していた。農家の仕事は老夫婦だけではとてもこなせるものではない。倉沢はことあるごとに農協や親類の力を頼っていた。見かねた達也がお礼にと農作業を手伝うことにしたのだが、若くて体力があるだけに倉沢の仕事はぐんと減った。

大島産業や米軍から付け狙われている達也は、人目を避けて夜の仕事に就くことが多かった。それだけに太陽の下で汗を流す仕事は新鮮で、働きがいがあった。自然を相手にするだけに休むことはできないが、作業をしている間は、他人とコミュニケーションを取る必要もあまりないので、逃亡者にとってある意味向いているのかもしれない。

じゃんがらが行われた農家は、倉沢の二軒隣だった。達也は早朝に休耕田で作られた菊の花を収穫し、農協に納めるために剪定《せんてい》した上で束にする作業をしていた。倉沢の家の庭にある木造の平屋で作業をするのだが、風通しが悪いために日陰でも暑い。作業場の仕事を終えてリヤカーで農協に菊を搬入した帰りに、じゃんがらに出くわした。

「おらとこれから一緒に広野《ひろの》の親戚《しんせき》の家まで行かねえか？」

倉沢は達也と家に戻る道すがら尋ねてきた。倉沢の語尾上がりの東北訛《なま》りは、優しい響きがある。

「いいですけど、田んぼの雑草を取る仕事はいつしましょうか？」

一ヶ月近く働いているので、日々の仕事は頭に入っていた。

「盆くれえ、仕事は休むもんだあ。酒とうちで穫れた菊と畑のスイカを持って、新盆の挨拶に行くんだあ。雨っさ降らねえうちに、行くべか？」

土日も休むことなく働いている倉沢が首を横に振った。

「分かりました」

達也は機嫌良く答えた。

二

かつて日本有数の炭鉱であった〝常磐《じょうばん》炭田〟が、茨城県北部から福島県南部にかけて存在した。他の炭鉱と同じく安価な石油の輸入によるエネルギー革命により、次々と閉山に追い込まれ、最後まで残っていた〝常磐炭礦《たんこう》〟所有の鉱山も一九七六年に閉山している。

だが、採炭中に湧き出る排水としていた温泉を使って一九六六年に〝常磐ハワイアンセンター（現スパリゾートハワイアンズ）〟を開業させ、新規にボーリングを行っていわき湯本《ゆもと》の源泉を安定させるなど、積極的に事業展開を図った。また、失業する炭鉱関係者を日立製作所関連会社が吸収するなど、他の地域の炭鉱とは違い平和的な再出発ができた。

二〇〇六年に公開されてヒットした〝フラガール〟は、当時の地域と〝常磐ハワイアンセンター〟の成り立ちをコミカルだが実によく描いている。また、達也が世話になっている倉沢家がある四倉でも、撮影が行われた。

倉沢が運転する軽トラは、彼の従兄弟《いとこ》の関谷渉《せきたにわたる》の家がある広野に向かって陸前浜《りくぜんはま》街道を北に進んでいる。地元では国道六号線のため〝六国《ろっこく》〟と呼ばれている。

倉沢の二人の息子は彼らの妻の実家で盆休みを過ごし、帰省するのは正月のため、盆の間は暇らしい。そのため、関谷家には新盆の挨拶がてら遊びにいくつもりのようだ。

達也は年配に運転を任せているため、助手席に遠慮がちに座っていた。メギドと乗っていた日産の七五年型のスカイラインは倉沢の家の作業場横に停めてある。免許証を持っていないので、無くしたと言って運転しないようにしているのだ。

遠慮するのとは別に、いささか居心地が悪い理由もあった。倉沢は上着こそ着ていないが礼服を着ている。だが、達也は洗いざらしのジーパンに昨年流行《はや》ったラガーシャツ姿なのだ。倉沢は構わないと言ってくれたが、盆の挨拶に行くのにはあまりにもラフといえた。もっとも倉沢が誘ってきた理由は、酒を飲んだ帰りの運転を達也に任せるためらしい。普段は運転しないようにしているが、今日ばかりは仕方が無いと諦《あきら》めていた。

六国は千葉から海岸線沿いに相馬《そうま》市まで通じている。風光明媚《めいび》な土地を抜ける幹線であるが、国道沿いは二〇一一年三月の東日本大震災では壊滅的な打撃を被った。

久ノ浜《ひさのはま》を抜けた軽トラは、国鉄常磐線の広野駅の手前で右折し、鉄道の高架下を潜《くぐ》って林を分ける狭い県道に入った。人家はすぐに途絶えたが、しばらく進むと家が数軒ある高台に出た。倉沢は一番北側にあるブロック塀に囲まれた家に車を入れ、庭の隅にある大きな欅《けやき》の下に車を停めた。

「あれ？」

車を下りた達也は塀の向こうに広大な空き地があることに気が付いた。しかも東の海側にはショベルカーやブルドーザーなどの重機が置かれている。

「東電の発電所ができるんだあ」

倉沢は浮かぬ顔で言った。

「そうなんですか」

達也は倉沢の表情の変化に気付きながらも理由を聞こうとは思わなかった。発電所の工事が本格的にはじまれば、トラックが出入りし、騒音も尋常ではないはずだ。倉沢の親戚にはしばらくの間、少なからず迷惑がかかることは容易に想像ができるからだ。

倉沢は慣れたもので、玄関脇に置いてあったバケツに水を溜《た》めて軽トラの荷台から降ろした菊の束をいれ、ついでに手を洗ってポケットから出したハンカチで拭《ふ》いた。

達也は直径が四十センチ近くあるスイカを抱えて玄関先に立った。

「どうもない」

倉沢は右手にお供え物の日本酒の瓶を持ち、玄関を開けて〝こんにちは〟と伺いを立てた。上がりかまちの向こうは二十畳近い座敷になっており、奥には年のはじめに亡くなった関谷渉の母である富士子《ふじこ》の遺影を囲む形で盆提灯《ぼんぢょうちん》やお供え物が飾られている。倉沢の家もそうだが、田舎では二、三部屋の襖《ふすま》を取り払って大広間にすることができる。祭壇の前には座卓が並べられて、礼服を着た年配の男女が十人近く座っていた。

「あがらんしょ。富雄さん」

一番奥に座っていた中年の男が、腰を上げて頭を軽く下げた。関谷渉のようだ。若い頃は学校の先生をしていたらしく、引退後は自宅の横にある小さな畑で野菜作りに励んでいるようだ。倉沢ほどではないが、日に焼けて幾分太っている。

「渉とは仲がいいんだ。へーっぺさ」

倉沢が達也の背中を押して、入ろうと促した。

「いやあ……」

達也は座敷の雰囲気に圧倒されて躊躇《ちゅうちょ》した。まともな家庭で育ったことがなく、冠婚葬祭の行事に出たことがないのだから当たり前である。それに正面の廊下の奥の部屋から数人の子供たちが顔を出し、好奇な目で見ていた。

「達也さんでしょう。富雄さんから、聞いております。遠慮しねえーで、あがっていがせぇ」

さを感じる。

三和土《たたき》で戸惑っている達也を見かねて、関谷が上がりかまちまでやってきた。事前に聞かされていたのか、座敷にいる他の客もにこやかな表情で達也を見ている。どこの土地でもドイツ人とのハーフである達也は異質な目で見られたが、誰の目も好意的な温かさを感じる。

「僕は帰りの運転手なので、車の中で待っています」

達也は持っていたスイカを上がりかまちの隅に置いた。

「おめさのおかげで、富雄さんが助かっていると聞いている。恩人を外で待たせるのは、あんべわりべえ」

関谷は右手をひらひらと振ってみせた。

「ほれ、あがっていがせぇ」

倉沢が達也の腕を引っ張った。

「はあ、はい」

仕方なく座敷に上がり、倉沢と富士子の遺影に線香を上げて手を合わせると、末席に座った。倉沢は関谷の前に座ろうとしたが、苦笑がてら達也に付き合い隣に腰を下ろした。

座卓にはビール瓶が並び、刺身や巻き寿司などのご馳走《ちそう》が所狭しと置かれている。達也は思わず生唾《なまつば》を飲み込んだ。時刻は午後一時近くになっている。朝食は菊を刈り入れた後の午前七時頃に摂《と》っているが、新陳代謝が活発な達也の腹は気を失いそうなまでに減っていた。

「まんず、喉《のど》を潤して」

ビール瓶を持った関谷が、目の前に座り、倉沢に勧めた。

「どうもうね」

倉沢はグラスを持ってにんまりとした。働き者だが、酒には目がない。

「達也さんも」

倉沢のグラスにビールを注いだ関谷が、達也にも勧めてきた。

「僕は運転しますから」

「ほだごど、いっぺえぐらい、盆だからかまわね。ポリさんもいねえっから」

関谷は笑いながら達也のグラスにビールを満たした。

「はっ、はい」

渋々グラスを持った。もっともビールなら何杯飲んでも酔わない。人間離れした再生能力を持つだけにアルコールの分解能力もすぐれているのだ。

「おっ、来たな」

倉沢がビールを呷《あお》ると、耳をそばだてた。鉦《かね》と太鼓の音が聞こえてきたのだ。

座敷で座っていた客が縁側に集まった。

達也もグラスのビールを飲み干して、客の後ろに座った。

ほどなくしてお揃いの浴衣《ゆかた》姿の一団が庭先にやって来て、じゃんがらを舞いはじめた。

朝見た四倉のグループとは衣装はもちろん、人数や楽器の構成も若干違う。地域や所属グループにより工夫されているようだ。

鉦と太鼓の音が、心の奥底まで染み渡る。いわきを中心に何百年もの間、この素朴な念仏踊りで死者の霊を弔ってきた。他にも〝花笠《はながさ》踊り〟という山形県の花笠音頭とは違う、じゃんがらのように新盆の家で披露する踊りもある。

「若い頃は踊ったもんだぁ」

すぐ近くに座っていた関谷が目を細めて言った。盛大な鉦と太鼓の音で、よく聞き取れなかった。

「えっ？」

聞き返そうと思ったが、独り言だったようで関谷はにこやかな表情でじゃんがらを見つめていた。

〈平和だな〉

達也は沖縄、九州と壮絶な闘いをした後、各地を転々としてきただけに、争いごととは縁のない人々を見ているだけで心和むのを覚えた。

三

午後三時を過ぎて鉛色の空は堪《たま》り兼ねたように雨を降らせはじめた。

盆の初日の訪問客は近隣の住人が多いらしい。達也らが関谷家に来てから、三十人ほどが酒やご馳走を食べて帰って行った。

雨が本降りになると訪問客はぱたりと止まり、座敷には身内である関谷の三人の息子が一つの座卓で仲良く酒を酌み交わしているだけで、彼らの妻たちは忙しそうに立ち働いていた。関谷の孫たちは別室でテレビゲームをしているらしく、広間には顔を見せない。

「涼しくなったねえ」

倉沢は座敷から縁側に両足を投げ出してビールを飲みはじめた。長時間座り続けると足腰が痛くなるそうだ。長年腰を曲げてする農作業からくる職業病だろう。

達也は彼のすぐ後ろにある座卓で、ご馳走をつついている。今日の訪問客はもうこないだろうと関谷の妻からはもったいないから、全部食べてもいいと言われている。訪問客は誰しも人懐っこく話しかけてきたために食べる暇がなかった。外部の人間で、しかも日本人離れした達也が珍しかったに違いない。

「今年は冷夏だと聞いたけど、あんまり涼しくなるのも、困りもんだっぺ」

縁側で胡座《あぐら》をかいてビールを飲んでいる関谷は、農業を営んでいる倉沢を気遣っているようだ。

「うんにゃ、大したことはない。それよりも渉ちゃんとこは、どうなの？」

「それが、あんばいわり。反対派もわずかになったからね」

関谷は大きな溜息《ためいき》を漏らした。

「やっぱりそうかね」

倉沢も首を振ってみせた。

「最近では妙なことが多い。ひょっとして嫌がらせを受けているのかもしれない」

「どんなこと？」

「水道管が破裂したり、電線が切れたり、おかしなことばかり起る」

「達也さんも、気になるのけえ？」

倉沢が振り返って言った。

二人の会話が気になり、達也は思わず身を乗り出していたのだ。

「いいえ、何かお困りのことがあれば、お力になれるかもしれません」

慌てて座り直した達也は、体裁を繕った。

「渉さん、話してみい。達也さんは全国を渡り歩いている。おらたちと違って広い世界を知っているんだ」

農家の朝は早いが日が暮れれば仕事は終わる。夕食後毎晩酒を飲みながら会話するうちに達也は差し障りのない範囲で、これまであったことを話していた。

「実はおらは、若い頃双葉町の関谷家に養子に出されて家督を継いだんだ。今から十五、六年前の話だが、大熊町から双葉町の海岸線にかけて原子力発電所が建設される計画が立てられた。関谷家は海岸線寄りにあってね。発電所までの道路建設予定地にあったたんだ。当然立ち退《の》きを要求されたんだあ」

関谷は日が暮れかかった庭先を見ながら話をはじめた。

福島第一原子力発電所では一号機が六七年に着工されたのを皮切りに、七三年まで六号機までの建設が進められた。また一号機は七一年に、二号機は七四年、三号機は七六年に営業運転が開始されている。

東京電力や国の説明では石炭や石油を使う火力発電よりも原子力発電はクリーンで、絶対的な安全性があるとされた。また国会議員からは資源の乏しい日本では原発を作らなければ、石油の高騰や枯渇でろうそくを使うような原始的な生活を将来強いられると言われたらしい。

いくら説明を受けてもすぐには納得できなかった関谷は、原発そのものに反対する市民団体が原子力の専門家を招いた勉強会に参加した。専門家らは、原子力はまだ研究段階で安全とは言いがたいと口を揃えたようだ。また、使用後の核燃料の高レベル放射性廃棄物が無毒に近い状態になるには百万年もかかると聞いて、関谷は震えたという。

「百万年！　それじゃ永遠に解毒剤もない毒を作り続けているのと同じじゃないですか」

達也は驚きのあまり声を上げた。

「原発に使用されるウランは、鉱石として地中に埋まっている。だが、掘り出した瞬間に放射線を放つ毒になるんだ。日本でも人形峠《にんぎょう》で試験採掘がされたが、儲《もう》からないと中止された。だども残土は放置されたままらしい」

関谷は悲しげな表情で続けた。

一九五四年に原子力予算が成立すると、日本全土でウラン鉱石の探鉱がはじまり、五五年、後に人形峠と命名された岡山と鳥取の県境にウラン鉱が発見された。だが、十年に亘《わた》る試掘で、採算が合わないと閉山された。しかも採掘は劣悪な環境で行われ、肺癌を発症した労働者は七十名に達し、その上ウラン鉱石が混じった二十万立方メートル（ドラム缶百万本分）の残土が野ざらしにされた。だが、これらの事実を動力炉・核燃料開発事業団は公表しようとはしなかった。

「それじゃ、東電はどこに廃棄するつもりなんですか？」

「これまでは海洋投棄されていた。だが、高レベルの廃棄物の海洋投棄は六九年に禁止されたべ。当面は敷地内でプールされるようだっぺ」

「そんな重大《がくぜん》なことを知らされないまま原発は稼働しているんですか？」

達也は愕然《がくぜん》とした。

「住民は国や東電が並べるきれいごとを信じ込まされているんだから仕様がない。それに異を唱える者は密《ひそ》かに潰《つぶ》されて行ったんだ」

「密かに？」

達也は関谷と倉沢の顔を交互に見た。これまで大島産業傘下の帝都警備保障が率いる特殊組織である〝零隊〟や米軍の特殊部隊と人知れず闘ってきただけに、達也はきな臭いものを感じた。

「双葉郡では原発誘致に賛成する住民がほとんどで、東電や関連会社から接待攻勢を受けた。だが、反対する住民には、暴力団が脅しをかけるんだべ。炭鉱がだめになって、新たに利権を生む原発は彼らの格好のえさになった。用地買収を取り仕切ることで、彼らは表には出ないが力を発揮したんだよ」

関谷は苦々しい表情をした。

利権に地元の暴力団が群がった。どこにでもある構図だ。だが、行政はそれを黙視しており、早期着工を目指して間接的に暴力団を使っているのと同じであった。

「僕は熊本県の荒尾《あらお》に近い炭鉱にいたことがあります。会社が雇った暴力団が炭鉱労働者にさんざん嫌がらせをしていました」

達也は大きく頷《うなず》いた。

「結局、反対していた住民は泣く泣く土地を売り渡したんだ。おらも土地を売ってここに移り住んだ。もともと関谷家が持っていた先祖伝来の土地に新しく家を建てたんだべ」

「それなのにまた土地を売れと、脅されているんですか?」

「何回か、東電の関連会社からは声をかけられているが、脅されてはいない。彼らもおらが双葉町から追い出されて引っ越ししてきたことを知っているからね」

「でも、変なことが起るんですよね。若輩者の僕が言うのも何ですが、この世に偶然はありません。小さな事故は嫌がらせに決まっています。もしよろしければ、破損した物を見せていただけますか、こう見えても探偵のような仕事もしたことがあるんですよ」

自信を持って言った後にはっとした。探偵という言葉は、意図せずに口から出た。調査ということでは、三番目に覚醒《かくせい》した瀬田武之の得意分野だった。彼は執念で仕事を遂行するタイプで、職務中に非業の死を遂げている。一片の脳細胞となり達也とメギドの一部となった今でも正義感を燃やしているに違いない。

「壊れた水道管も電線も捨てちまったなあ」

関谷は頭をかいてみせた。

「そうですか、残念ですね」

苦笑いで返した達也は、胸騒ぎを覚えた。

四

午後になって降り出した雨は、夜半になっても止むことはなかった。

関谷家の二間を使った大広間の襖《ふすま》が閉じられ、座卓が片付けられた十畳の客間で達也と倉沢は寝ていた。夕方には帰るつもりだったが、飲み過ぎた倉沢が帰るのは億劫《おっくう》だと言い出し、酔った関谷も止めるどころか泊って行くように勧めたのだ。結局、二人とも九時近くには酔いつぶれてしまった。

帰らないと決まったところで、関谷の息子たちから達也も酒を勧められて午後十一時近くまで飲んでいた。彼らはさほど遠くない広野の街の外れに住んでおり、達也が酔っぱらって眠った振りをすると、長男の家で飲み直すと言って帰って行った。台所を片付けていた関谷の妻雅代《まさよ》も夫を寝かせつけると、そうそうに休んでおり、息子たちの妻は子供を連れて早い時間に帰っていた。

倉沢は口を開けて大きなイビキをかいている。

隣に眠る達也の両眼が見開かれた。

「酒臭せえな」

舌打ちをしてむくりと起きたのは、メギドだった。

いわきに来てからというものメギドが昼間表に出ることはなくなった。善人を絵で描いたような倉沢夫婦を何よりも苦手としているからだ。近所の住民も同じである。まして、太陽の下での農作業などまっとうな職業を嫌うメギドにできるはずがなかった。

平穏で変化のない生活が続くと、メギドは不活性な状態に陥る。九州から移動をしている最中は毎晩覚醒していたが、最近では三、四日おきに目覚めるまでに彼の意識は後退していた。

メギドは襖を開けて富士子の遺影が祀《まつ》られている部屋を覗《のぞ》いた。酒とビール、それに煙草の煙が線香の臭いと混じり、独特の異臭が籠《こも》っている。座卓は寄せられてはいるが、関谷の息子たちが飲んでいた酒やビールはそのまま置いてあった。

飲みかけの日本酒の一升瓶を左手に、座卓に置き忘れられた煙草と百円ライターをさりげなくポケットに入れた。音を立てないように玄関の引き戸を開けて庭を横切り、欅《けやき》の下に停めてある倉沢の軽トラまで歩いた。

「これはいい」

傘がなくとも欅が雨を凌《しの》いでくれる。メギドは運転席のドアを開けたまま両足を外に投げ出すように座った。緩い海風が汐《しお》の香りを運んでくる。気温は二十度を下回るのか少し肌寒く感じられるが、空気が淀《よど》んだ部屋とは比べものにならないほど快適だ。

小脇に抱えていた一升瓶を助手席に置き、座卓の上にあったセブンスターに火を点《つ》けて煙を深く吸い込んだ。

「うまい」

鼻からゆっくりと煙を吐き出し、煙草の箱をダッシュボードの上に投げた。

好きな煙草は米国製のキャビンかラッキーストライクだ。もっとも煙草の味を教えてくれたのは、二番目に覚醒したジェレミー・スタイナー、正確に言うのなら頭に埋め込まれたスタイナーの脳細胞に残された記憶だ。

一番はじめに覚醒した唐沢喜中《からさわよしなか》からは、甲武《こうぶ》流という古武道を、スタイナーからはグリーンベレーとしての銃や爆弾をはじめとした武器を使った闘い方、三番目に覚醒した瀬田武之からは情報員としての知識や行動力を受け継いでいる。瀬田は元海軍のパイロットだったので飛行機の操縦技術も得られてもおかしくはなかったのだが、移植される脳細胞はさほど大きなものではないので贅沢《ぜいたく》は言えない。

　メギドと達也が共有する脳には、人間兵器の開発と生産をもくろんだ大島産業に所属する科学者である松宮健造《まつみやけんぞう》により六人分の脳細胞が埋め込まれた。ベトナム戦争で兵士の消耗に業を煮やす米軍の要求を満たすために、戦争孤児や拉致《らち》された少年に瀕死《ひんし》の重傷を負った熟練兵士の脳細胞を埋め込むという恐るべき計画だった。

　松宮は共同で研究をしていたドイツ人科学者のカール・ハーバーから、人工授精で生まれたメギドと達也という二つの人格を持つ子供を提供された。一方でハーバーは、松宮はおろか大島産業にさえ知らせずに、原始的な再生能力を持つ人間の研究を自宅の地下研究所で行っていた。その過程で生まれたのがメギドらである。

　メギドらはその驚異的な再生能力ゆえに次々と他人の脳細胞を埋め込まれて実験を繰り返されたが、埋め込まれた脳細胞が死滅しないように使用された薬品で再生能力は次第に封印されてしまった。

　再生能力が復活したのは、十七歳の時に大島産業の訓練施設を脱走し、薬品の効果が消えてからである。以来、大島産業の闇の組織である〝零隊〟とメギドらの肉体の秘密を知った米軍から付け狙われている。

　メギドと達也の頭には、三人の脳細胞がまだ眠ったままの状態にある。それでも時折覚醒した者以外の知識や技術が何気なく使える時があった。眠っていると思われる脳細胞が意識下で働いている証拠なのだろう。

「北海道か」

メギドは門灯に照らされた雨の滴を見つめながら、ぼそりと言った。

達也はメギドが日本縦断旅行を思いついたのは、単に長距離ドライブをしたいがための口実と思っているようだが、九州で争った暴力団の残党との揉《も》め事《ごと》が煩わしかったのと、達也の恋人である運天《うんてん》マキエへの思いを沖縄から遠ざかることで断ち切るためであった。だが、達也は各地でバイトをして小金が貯まる度に彼女に仕送りを続けているので、今のところ効果はないようだ。

九州から関門国道トンネルを抜けて本州に渡った時は、ただ沖縄から離れればいいと思っていた。だが、三週間ほど留《とど》まった広島辺りでメギドの頭にひらめくように北海道という単語が浮かんだ。理由は分からない。宿を探している時、偶然警察学校の脇を通った。校舎は高いコンクリート塀に囲まれており、路地には異常な圧迫感があった。その時、広大で大自然が残る北海道に行きたいと思ったのが、きっかけだったような気がする。達也もこの時覚醒していたために、メギドのひらめきを同時に経験しているはずだが、単なる気まぐれと理解しているようだ。

メギド自身はこの思いつきを実は訝《いぶか》しく思っていた。というのも達也と違い、メギドには自然を愛する気持ちなどない。せせこましいネオンが輝く夜の街こそ生活圏だと思っているからだ。広大な北海道の自然に興味などなかった。

いわきまで来て一ヶ月近く経つが、農家の手伝いをしている達也に対して文句を言わないのは、実はメギドが北海道行きに疑問を持ちはじめたからだ。

一升瓶の蓋《ふた》を取り、日本酒をラッパ飲みした。

メギドは口元の酒を右手の甲で拭《ぬぐ》いながら自問した。第四の覚醒が関わっている可能性も考えられる。沖縄から九州に行ったのも、瀬田武之の脳細胞が目覚めようとしていたことに起因していた。とすれば、北海道に行きたいと衝動的に思ったのは、新たに覚醒しようとしている脳細胞がそうさせたのかもしれない。

「覚醒なのか？」

三番目に覚醒した瀬田は、戦時中に九州の大刀洗《たちあらい》で陸軍飛行学校教官として過ごした。彼の脳細胞には、自分が育てた若いパイロットたちが特攻隊員として沖縄の空に散ったことに対する痛恨の念が込められていた。その激しい感情にメギドと達也は引きずられ、貨物船に密航して九州に上陸したのだ。

これまで覚醒した唐沢喜中を除き、スタイナーも瀬田も非業の死を遂げている。共通するのは、彼らが生前何かやり残したと強い念を抱いていたことだろう。それは、人間の持つ最も強い感情の一つである怨念《おんねん》に違いない。だからこそ、覚醒《かくせい》する際、彼らの記憶が幻覚や白昼夢となって現れるのだろう。

「怨念か、ふざけやがって！」

根元近くまで吸った煙草のフィルターを忌々しげに車外に投げ捨てた。

五

夜半に小雨は霧雨へと変わり、午前一時を過ぎた頃には湿気を残して止んだ。

一升瓶の酒を飲み干し、ダッシュボードの上に置いてあった煙草の箱も空になってしまった。メギドはセブンスターの空き箱を握りつぶした。目覚めてから一時間ほどだが、煙草もなくなった以上、起きていても仕方がない。とはいえ、倉沢が眠る客間に戻る気にはなれなかった。

以前のメギドなら車を運転して勝手にどこかに行っているだろう。だが、大人になり達也の協力がなくては生きていけないことが分かってきたため、自制心が働くようになった。ずいぶんと丸くなったものだと、メギド自身感心する時がある。

「うん？」

微《かす》かに人の声がしたような気がした。メギドはじっと耳をすませた。

だが、聴覚が優れているメギドでさえ聞き取れないほど、小さな音だ。

「気のせいか」

〈確かに聞こえたよ〉

達也の冷めた声が頭に響いた。

「起きていたのか」

二人が精神障害である多重人格と明らかに違うのは、会話を交わすことができることだろう。また、二つの人格が同居するため精神構造が高度に発達し、彼らは脳内に〝アパート〟と呼ぶ人格を格納する擬似的空間を構築している。

〈何日も覚醒しないから、そろそろ煙草が吸いたくなるころだと思ってね〉

真夜中に起きたメギドが煙草を一箱近く吸ってまた眠るというのは、よくあることだった。吸い殻を山盛り捨てるため、昼は農作業があるから煙草を遠慮していると、倉沢から思われている。

「俺が自分の部屋に入ったら、おまえは爺《じじい》のところに戻るんだな」

メギドが部屋と言ったのは、〝アパート〟の自分の部屋のことで、そこへ戻れば、完全に意識を後退させることができるために、達也が酒臭い客間に戻っても不快な思いをしなくてすむのだ。〝アパート〟は脳細胞を具現化しているために各部屋の順番は、埋め込まれた六つの脳細胞の位置と相関関係がある。〝アパート〟は二人が一つの体を共有し、異なる人格をコントロールする上で必要に迫られて生み出されたのだろう。

〈それは構わないけど、今頃人の声がしたのが気になるんだ。しかも家の中からじゃなかった気がする。見に行かないか？〉

達也は、真夜中に起きてきたのはメギドだから最後まで責任を取るべきだと思っているようだ。

「どうでもいいだろう、そんなこと」

メギドは吐き捨てるように言った。

〈僕が行ってもいいけど、まだ起きたばかりじゃないか。たまには体を動かしたらいいんじゃない?〉

お互い対立していた十代の頃とは違っている。達也もメギドを怒らせないで会話ができるようになった。

「散歩がてら行ってやる。ありがたく思え」

メギドは舌打ちをし、軽トラを下りた。

声が聞こえてきたのは西隣の農業を営む村上康治《むらかみこうじ》の家からだ。関谷の親戚《しんせき》らしく、畑や田んぼは少し離れたところにあると、新盆の挨拶《あいさつ》に来た村上から直接聞いている。

一度関谷の家から出て隣家に入った。この辺りはどこもそうだが、門柱はあるが、門扉がある家はない。泥棒を気にする家もなく、おそらく戸締まりすらしないのだろう。

静まり返った家に玄関灯だけぽつんと点《つ》いていた。

家の前には三十坪ほどの庭があり、奥には農機具を入れておく小屋と鶏小屋がある。眠っていたようだが、メギドの侵入に気が付いた鶏が騒ぎはじめた。人の声と思ったのは、鶏の鳴き声だったのかもしれない。

「おまえが聞いたのは、鶏の鳴き声だったのだ。納得したか」

メギドは苦笑を漏らすと、引き返そうとした。

〈ちょっと待って。確かにそうだったかもしれない。だが、こんな夜中に鶏を脅かせる

ようなことが何かあったかもしれないだろう。一応、家の周りを調べてよ〉

達也が引き止めた。

「何もなかったら、明日《あした》街に出て煙草を一ダース買って来いよ」

舌打ちをしたメギドは鶏小屋に近付くのはやめて、反対側から家の裏に回り込んだ。

裏側は小道になっているが、雑草があるために足音は消された。

「むっ！」

メギドは鼻を押さえた。ガス臭いのだ。

〈あれだ！〉

達也もメギドの目を通して、状況は判断できた。台所の裏辺りにプロパンガスのボンべが倒れている。

「分かっている」

メギドはボンべのバルブを閉じた。

「鎖が腐食して、倒れたのか……、待てよ」

ボンべを固定する鎖が、溶けてちぎれたようにだらりと家の壁からぶら下がっている。

だが、雑草がクッションになったとはいえ倒れたのなら大きな音がするはずだ。

〈まずい！　ガスが縁の下に入り込んでいる。家を換気しないと爆発するぞ〉

同じ物を見ていても、達也は視界の片隅の映像に気付いていた。ボンべに繋《つな》がれているホースが縁の下の換気口に向いている。

「何！」

〈代わってくれ。僕は、この家の村上さんと顔見知りなんだ〉

「勝手にしろ」

メギドは意識を後退させて膝《ひざ》をついた。

「ありがとう」

入れ替わった達也は、立ち上がると急いで家の玄関に向かった。鍵《かぎ》は掛かっていない。引き戸を開け放ち、家に飛び込んだ。家の中もガス臭かった。

「村上さん、大変です。ガス漏れです！」

叫びながら達也は勝手に家に上がり込み、襖《ふすま》や障子を開けながら奥へと進み、縁側の引き戸もすべて開け放った。

「どうしたっぺ！」

家の奥の方から声がした。

「村上さん！　ガス漏れです」

達也は大声で答えた。

「ガス漏れ！」

今度は女性の声がしたかと思ったら、裏の方で戸が開く音がした。誰かが台所に向かったに違いない。

達也は慌てて音がした方向に進み、戸を開けた。

村上の妻が台所の照明のスイッチに手を伸ばしていた。

「まずい！　電気は点けないで」

達也は台所の隣の部屋に女を突き飛ばした。瞬間、爆発音とともに達也の体は天井に叩《たた》き付けられた。

六

関谷の隣家である村上の家が、漏れたプロパンガスに引火して爆発した。

ガスが一番溜《た》まっていたと思われる台所の床下が激しく爆発し、爆風で床と窓ガラスを突き破るという壊滅的な被害をもたらしたが、台所の電気を点けた村上康治の妻春枝《はるえ》は、達也に隣の部屋に突き飛ばされたおかげで、擦《かす》り傷程度ですんでいる。寝室にいた村上も轟音《ごうおん》に驚き、腰を抜かしただけで特に怪我はない。

爆風で天井に叩き付けられた達也は体中に怪我を負ったが、駆けつけた村の消防団員に三十分後に瓦礫《がれき》の下から発見された時には、外傷はほとんどなくなっていた。もっとも左腕の骨折は完治していなかったが、怪我がすぐ治ることを悟られないように痛みを我慢している。そのため病院での精密検査も断った。

雨が降る中行われた警察の現場検証も昼近くには終わり、村上家には簡単な調査報告がなされた。

プロパンガスの土台のコンクリートが崩れていたことから、雨で土台の下の土が流出し、ボンベが自重で土台を崩して倒れた。その際、ボンベを固定していた鎖が腐食していたために引きちぎれ、抜けたガスホースが近くにあった縁の下の換気口に入ってしまった。そして台所の電気を点けたところ、配線が漏電していたためか、火花が散って溜まっていたガスに引火し爆発したと、偶然がいくつも折り重なった事故だと結論づけられた。

人的被害がなかったこともあり、事件性はないと警察では見ている。台所は悲惨な状況だが、達也が家の換気をいち早くしたために被害は広がらなかった。

達也は事故の一番の当事者であるため、警察から事情聴取を受けた。警察は功労者である達也の身元を調べるようなことはせず、淡々と調査を行った。事故という説明には以前から不審な事が多発している隣家の関谷ですら疑おうとはしない。一歩間違えれば死者も出す大惨事に発展しただけに、事件だとすればあまりにも凶悪なためかえって信じられないようだ。

だが、達也は警察に事情を説明するために現場に立ち会いながら、疑問を感じていた。そもそもコンクリートの土台が崩れたことすら疑っている。メギドがプロパンガスのボンベが倒れていたのを発見した際、土台までは確認していないが、ボンベが倒れたら大きな音がするはずだからだ。

「やっぱりおかしい……」

達也はボンベを固定していた鎖を引っ張った後、腕組みをして唸《うな》った。

警察が帰った後で、村上の許しを得て爆発現場の台所の裏側を独自に調べていた。夜中にメギドと達也が見た時は、ボンベを固定する鎖が中程で切れており、端の鎖が溶けたようになっていた。だが、警察が調べた時は錆《さ》びて腐食していたらしい。ちぎれた鎖は事故の証拠品として警察が持ち帰った。海に近いので鉄製の金属が腐食し易いのは事実だが、数時間で錆《さび》が浮くほどではない。

次に崩れた土台のコンクリートを調べた。二つの破片を拾って擦《こす》り合わせた。すると、破片はぼろぼろと崩れた。朝方まで動かす事もできなかった左手は、物を掴《つか》むことはできるまで回復していた。

「やはりそうか」

コンクリートはセメントと砂利に水を混ぜて作る。セメントの量が多いか、塩分の強い砂を使うと、コンクリートは脆《もろ》くなる。その他にも化学反応を起させる酸を使っても強度はなくなる。

〈手抜き工事じゃないいな〉

メギドが感想を漏らした。

普段なら昼間は眠ったように静かなメギドが、爆発で怪我をさせられただけに達也の捜査に積極的に参加していた。事件なら命を狙われたのと同じである。犯人を見つけて、復讐《ふくしゅう》するつもりのようだ。

「土台を作った業者が手を抜いたとしてもこんなに脆くはならないと思う。何か薬品を使ってコンクリートを腐食させ、力を加えて土台を壊したんだろうね」

達也もメギドの意見に賛成した。

鎖を何らかの方法で切断し、ボンベを倒してホースを縁の下の換気口に差し込み、土台は下の土を掘り出せば、大人が乗っただけでも崩れたはずだ。

「僕らが見た溶けた鎖は、爆発があった直後に錆で腐食した鎖と換えたんだよ」

〈だとしたら、犯人は俺たちがここに来た時も近くに潜んでいたことになるな〉

「そういうことだね」

達也は背後の垣根である植栽を振り返った。珊瑚樹《さんごじゅ》が高さは一メートル二十センチほどに刈り込まれている。犯人が隠れていたとしたら、植栽の裏側だろう。

爆発したボンベが吹き飛んで植栽をなぎ倒し、人が通れるだけの穴を開けていた。台所の裏側は、関谷家と同じく発電所の予定地になっている場所で、雑草が生える荒れ地になっている。

「雨でぬかるんで足跡でもあると思ったのになあ」

植栽の破れ目から裏の荒れ地に出た達也は残念そうに溜息《ためいき》を漏らした。

植栽のすぐ傍には工事のためか、藁《わら》が撒《ま》かれていたのだ。

〈犯行の証拠を消すために藁を撒いていたんだ。用意周到な犯人だぜ〉

メギドも藁を見て唸った。

「これ以上、調べても何も出そうにないね」

　爆発したもう一つの原因である電線の漏電は、警察の憶測であった。というのも爆発した台所の損傷が激しいために調べようがないのだ。

　達也が関谷家に戻ると、玄関先に黒いキャデラックが停めてあった。一九七五年型のセビルだ。全長五・二メートル、全幅一・八二メートルと、従来型よりも一回り小さく、エンジンも八リッターから五・七リッターにダウンサイジングされたにもかかわらず、ラインナップの中では最高値に設定されている高級車だ。

　だが、日本でこの手の車を乗り回すのは、庶民感覚から外れた人間だけだ。目の前のキャデラックも、サングラスをかけた人相の悪い男が運転席で煙草を吹かしている。達也は目を合わせないように脇を通った。

「うん？」

　玄関に入った達也はたたきに泥だらけの長靴が脱ぎ捨てられていることに気が付いた。上がりかまちが泥水でびしょ濡《ぬ》れになっている。よく見れば、廊下に濡れた足跡が広間まで続いていた。お盆の間は、関谷家では挨拶《あいさつ》に訪れる客が絶えない。二日目の今日は親類縁者を中心に客が来ると聞いているが、縁者だとしても非常識極まりない。

　台所からぞうきんを持ってきた関谷の妻である雅代が、汚れた廊下を掃除するべきか迷っている。

「どうしたんですか？」

達也は靴を脱いで上がり、雅代に耳打ちするように尋ねた。

「滝川《たきがわ》という男が突然、お線香を上げさせてくれって訪ねてきたんだべ。〝滝川土建〟の社長という名刺を見せられたけど、おっかね」

雅代は恐ろしいと首を振ってみせた。

達也は広間を覗《のぞ》いてみた。すると関谷家の親類と思われる人々が線香を上げている男に恐怖の目を向けていた。男はズボンの裾《すそ》から下が泥だらけなのだ。雨は一時間近く前に降り止んでいる。わざと汚れた足で上がったに違いない。

男は灰をまき散らしながら線香を立て、柏手《かしわで》を打つように盛大な音を立てて手を合わせると振り返った。

「ほな、みなさん、さいなら」

パンチパーマできれいに揃えられた髪型をしており、金縁のサングラスを掛けている。客は男の進路を妨げないようにさっと壁際に避難した。

「どかんかい」

男は廊下に立ち塞《ふさ》がっている達也に凄《すご》んでみせた。もっとも達也は一八二センチ、二十歳を過ぎても身長は伸びていた。対する男は一六七センチほどで、睨《にら》みを利かせようとサングラスを外してきた。

達也は黙って広間の方に身を寄せた。

「それでええんじゃ」

男は荒々しい鼻息を漏らし、達也に肩をわざとぶつけて脇を通ろうとした。

「わっ！」

悲鳴を上げたのは男だった。足を滑らせ、縁側からぬかるんだ庭に盛大に転げ落ちた。達也が足を出して男を転ばせたのだ。

「何するんじゃ、われ！」

泥だらけになった男は拳《こぶし》を振り上げた。

「文句があるのか？」

達也は縁側から男の前に飛び降りた。眉《まゆ》は吊《つ》り上がり、瞳《ひとみ》はまるで地獄の闇のように暗い。美しい顔立ちをしているだけに冷酷な表情は鬼気迫るものがあった。いつのまにか達也はメギドにスイッチしていたのだ。

「うっ……」

パンチパーマの男は相当修羅場をくぐり抜けて来たに違いない。メギドの異常な目付きにすぐ気が付いたようだ。家の中から恐る恐る覗いている関谷家の客たちは、縁側に背を向けている達也が殴られるのではないかと固唾《かたず》を飲んで見守っている。

玄関先に停められているキャデラックの運転席から男が飛び出してきた。

「おどりゃ！」

男がいきなり、メギドに殴り掛かってきた。

背後で見つめる人々の悲鳴が、一瞬にしてどよめきに変わった。右のパンチを繰り出した男が、破裂音とともに顔面から血を噴き出して庭に崩れたのだ。わずかに背中を反らしてパンチを避《よ》けたメギドが、目にも留まらないスピードで右の裏拳《うらけん》を放っていたことに気付く者などいない。

「えっ！」

パンチパーマの男は呆然《ぼうぜん》と立ち尽くした。

「どうしたんでしょうね。大丈夫ですか？」

水たまりに倒れている男を担ぎ上げ、キャデラックの後部座席に詰め込んだメギドは、穏やかな表情になっている。すでに達也に変わっていたのだ。後部座席にはパンチパーマの男が座っていたらしく、足下にはビニールシートが敷かれてあった。最初から嫌がらせ目的で家に上がり込んだのは明白である。

「お仲間が急病のようです。車を運転して帰っていただけますか？」

達也は丁寧な言葉遣いで頭を下げた。

「おっ、覚えていろよ」

男は捨て台詞《ぜりふ》を残し、キャデラックの運転席に乗り込んだ。

「忘れ物ですよ」

達也は助手席のドアを開けて、男が玄関に残していった長靴を投げ込んだ。中から大量の泥水が飛び出し、男の膝《ひざ》にかかった。長靴をバケツ代わりにして泥水を溜《た》め込んでいたようだ。

「なっ！」

真っ赤に顔を染めた男は荒々しく運転して出て行った。

「すっきりしたかい？」

達也は車を家の外まで見送り、メギドに尋ねた。

〈あいつらを殺した時に聞けよ〉

メギドはつまらなそうに答えた。

不正入手

一

関谷家の新盆に突如現れたヤクザ風の男は、滝川嘉朗《よしろう》という名で、国鉄平《たいら》駅（現JRいわき駅）近くに事務所を構える建設会社の名刺を置いて行った。

関谷渉によれば、隣の村上家には何度か顔を見せたことがあるらしい。広野の火力発電所を建設するにあたり、用地の買収をしているようだ。脅して安値で買いたたき、東電に高値で売るつもりなのかもしれない。爆発事故があった翌日に現れたタイミングからして、何らかの関係を疑いたくなるが、人のいい倉沢らはそこまで疑ってはいないようだ。

達也と倉沢は珍客騒動で一時はパニック状態に陥った関谷家に昼近くまでいたが、昨夜泊っているだけに昼飯も断り四倉に帰った。帰り際、関谷だけでなく親類縁者からも引き止められた。村上家の爆発事故と滝川を撃退したことで、達也は一躍有名人になってしまったようだ。

軽トラを降りると、達也は与えられている六畳間でさっそく着替えた。お気に入りのラガーシャツはガス爆発に巻き込まれた際に、所々破れてしまったのだ。

昼飯はよもぎ麺《めん》という、麺によもぎが練り込まれた珍しいざる蕎麦《そば》を出された。地元の製麺工場で作られたもので、倉沢の妻の孝子が工場でパートとして働いているので安く手に入るらしい。農業というのは天候勝負なので、空いた時間は他で働いて不作に備えているようだ。

夫婦が若い頃の話だが、農閑期に孝子はかまぼこ工場で働き、富雄は千葉や東京まで出稼ぎに出ていた。それでも不作が続くと、親戚《しんせき》から金を借りたらしい。三人の息子を育てるのに辛酸を舐めた倉沢夫婦だが、苦労を笑い話として聞かせてくれる。

食後達也は作業小屋に鎌とカゴを取りに行った。

「どこさ、行くべか？」

倉沢が小屋の出入口に立っていた。

「昨日、田んぼの雑草取りができなかったので、これから行ってみようかと」

「何言っているだ。お盆の間は働いちゃだめだ。おめえさんが働いていたら、おらがこき使っていると、村の者はうっつぁしと言うだ」

〝うっつぁし〟とはうるさいという意味だ。

「そうなんですか」

達也は残念そうに言った。ヤクザ者とのトラブルで苛立《いらだ》ちを覚えていたので、働いて忘れたかったのだ。

「盆の間は、仕事はしねえ。湯本に行って、温泉に浸《つ》かってゆっくりするべえ」

倉沢は、ポケットから一万円札を出して達也の手に握らせた。達也の行動を予測して、用意してきたに違いない。だが、倉沢夫婦の質素な暮らしぶりを知っているだけに、受け取るわけにはいかなかった。

「こんな大金、いけませんよ」

慌てて返そうとしたが、倉沢はがんとして聞き入れなかった。

「ボーナスだ。これまでよく働いてくれた。月末には少しばかりだが、給料も払うつもりだっぺ」

倉沢は大きな声で笑ってみせた。

「しかし……」

〈馬鹿野郎、爺《じじい》の親切を無駄にする気か！〉

頭の中でメギドの声が響いた。勝手のいいときばかり、昼間でも起きているものだ。

「分かりました」

駅まで軽トラで送ると言う倉沢の申し出を断り、達也はスポーツバッグに着替えと歯ブラシだけ入れて四ツ倉駅まで歩いた。

午後一時十六分発の二両編成の各駅停車に乗り、二駅目の平駅で下りる。当時各駅停車は仙台からの折り返し運転が多く、平駅が終点だった。上野方面への各駅停車は三十六分後の午後二時三分にある。その間、平駅始発のときわ号や青森駅始発上野行きの十和田《とわだ》号などの急行列車があるが、湯本までは二駅なのでもったいなくて乗れない。

達也は反対側ホームに停車している上野駅行きに乗った。お盆のせいか、乗客がほとんどいない。シートを独り占めするようにゆったりと腰を下ろした。車好きのメギドと違い、達也は乗り換えで時間がかかっても気にすることはない。むしろのんびりとする列車の旅が好きだ。

午後二時三分、時間通りに発車ベルが鳴り、小豆《あずき》色の普通列車は走り出した。駅を出てすぐに一つ目のトンネルを潜《くぐ》ると、人家はまばらになる。山深い景色を過ぎて五分後には次の内郷《うちごう》駅に到着した。発車までは五分間停車する。達也は駅のホームに下りて背筋を伸ばした。

「うん？」

達也は微《かす》かに香る石油ストーブのような臭いに気が付いた。石炭の街である九州の荒尾でも同じ臭いがしたことを思い出した。懐かしさに駆られ達也はふらふらと駅を出た。

内郷は一九六六年に平市や磐城《いわき》市などの市町村と合併し、いわき市の一部となった。また前年の七六年までにほとんどの鉱山を閉山させていた常磐炭鉱も常磐炭礦西部鉱業所では細々と採炭が続けられ、鉱山関係者の住まいである炭住《たんじゅう》は内郷にもあった。

達也はまるで導かれるように駅の裏側から県道に出て、道なりに進んだ。街と呼べるほど商店があるわけでもない。現在（二〇一二年）の宮沢団地あたりだろう、やがて達也は間口の狭い平屋の木造建物がずらりと並んだ住宅街に出た。

「炭住か」

達也は同じ構えの家がいくつも並び、共同便所が外に建ててある風景を見て感慨深げに炭住に足を踏み入れた。日本人離れした達也の顔を見て、通行人が振り返る。子供が数人固まって、達也を指差して「外人だっぺ」と奇声を発している。どこにでもある風景だ。

しばらく歩くと、雑貨屋があり、その向いにのれんを掛けた小さな食堂を見つけた。炭住の一部を改装して作られたものだろう。熊本で同じく炭住街で飲み屋を営んでいた矢田瑠璃子のことが脳裏を過《よぎ》った。とはいえ、思い出したのは達也ではなくメギドのようだ。二人は脳を二分しているわけではない。肉体と同じく脳もほとんどを共用しているために、別の人格が考えたことでも、自分が発想したかのような錯覚を覚えることがたまにある。

達也は暖簾《のれん》を潜り、引き戸を開けた。昼飯がよもぎ麵だったために腹が空《す》いてしまったのだ。テーブル席が二つ、椅子はそれぞれ四つ付いているが、とても八人も店に入れるとは思えない狭さだ。厨房《ちゅうぼう》は奥にあり、中年の夫婦らしき男女が客もいないのに料理を作っている。

「ラーメン、一つ、お願いします」

達也は壁に貼られた品書きを見て、百八十円のラーメンを頼んだ。種類は少ないが、焼き飯や鍋焼《なべや》きうどんなど、一番高いもので三百八十円という値段だ。東京ではかけそばが一杯二百五十円前後なので、安いと言えた。

「はいよ」

忙しげな厨房の二人は達也の顔を見ないで返事をした。

五分ほど待っていると、ねじり鉢巻をした主人がおか持ちを下げて、店を出て行った。出前中心の店かもしれない。それから待つこともなく、ラーメンを盆に載せた中年の女が厨房から出てきた。

「いっ、いらっしゃい」

達也の顔を見て戸惑いの表情を見せた女は、達也が屈託のない笑顔を見せると、愛想良くラーメンをテーブルに載せた。チャーシューにナルトに青ネギを盛ったオーソドックスなタイプだ。スープは少し濃いめだが、なかなかうまい。

「ごちそうさま」

瞬く間にラーメンのスープまで飲み干した達也は、満足の笑みを浮かべた。農作業をするようになってから食欲が増した。夜の街で働いているのとは違い、運動量が圧倒的に多いのだ。

「道に迷われたんだべか？」

ラーメンの器を片付けながら、女は尋ねてきた。達也が観光地でもない炭住には不似合いな風体と判断したのだろう。

「いえ、以前九州の炭鉱で働いていたことがあるので、街並が懐かしくて、駅を下りちゃいました。ここの炭住はまだ活気がありますね」

「なんとか閉山は免れているけど、景気は悪くなる一方だべ。おらも常磐ハワイアンセンターの踊り子に応募しようかね」

六六年に開業した〝常磐ハワイアンセンター〟は大好評で黒字を出し続けているため、炭鉱から湧き出る豊富な温泉の供給が不可欠であった。そのため坑道を維持する必要があり、〝常磐ハワイアンセンター〟を経営する母体は七〇年に常磐興産株式会社に社名変更し、常磐炭礦株式会社は石炭生産部門として分離され、八五年まで細々と採炭を続けた。近代日本を支えてきた石炭産業はここでも終焉《しゅうえん》を迎えていたのだ。

「へっ！」

達也は目を丸くした。女はどう見ても年齢が五十歳前後で胸囲も胴囲も変わらないほど太っている。〝常磐ハワイアンセンター〟でフラダンスを踊るダンサーは、確かに炭鉱関係者で結成されたが、二十歳前後の未婚の娘と聞いている。

「冗談だっぺ」

女は笑いながら、達也の肩を勢いよく叩《たた》いた。

「そっ、そうですよね。ごちそうさま」

達也は慌てて店を出た。なんとなく女の仕草が、名古屋で働いていたゲイバーのホステスと似ていたからだ。

〈本当に湯本に行くつもりか〉

　メギドが突然尋ねてきた。

「倉沢さんに勧められたように、温泉に入るつもりだけど」

〈温泉なんて年寄り臭い。それに温泉街の旅館じゃ、一万じゃすまないぞ〉

「高いところに行かなきゃいいじゃないか」

〈平の駅前にある繁華街の方が楽しそうだ。戻れよ。夜は俺の時間だ〉

「むっ！」

　時間で区切りを付けた覚えはないが、昼間は達也が自由にしているだけに何も言えなかった。達也は渋々内郷駅に向かった。

二

　平駅前には一九〇一年創業の老舗《しにせ》百貨店の大黒屋（二〇〇一年倒産）があり、商店街もそれなりの賑《にぎ》わいを見せていた。前年のごく一部を除く常磐炭鉱の全面的な閉山の影響はあまり見られない。石炭産業の斜陽はかなり前から進行していたためかもしれない。七三年のオイルショックから立ち直りを見せていた日本経済は、七七年に入り、景気の中だるみ状態に陥っていた。政治は前年のロッキード事件で元総理大臣である田中角栄《たなかかくえい》が逮捕され、年を明けて事件の公判も開かれ政治的な混乱は収束に向かいつつあった。

達也は内郷駅に行ったが、次の普通列車まで一時間近くあることがわかったため、徒歩で平に向かっている。

〈いつもなら、電車を待つくせにどうして歩いているんだ？〉

待つことが何よりも嫌いなメギドが、文句を言った。

「もう二日も仕事をしていないんだ。運動しないとね」

〈勝手にしろ、今度俺が声をかけたら交代だぞ〉

メギドは眠そうな声で言った。昼寝でもするのだろう。おやつ代わりにラーメンを食べたために眠くなったに違いない。

内郷から平までは東へ四キロほど、常磐線沿いの道を進み、三十分ほどで着くことができた。

時刻は午後四時四十分、日もまだ高い。

達也はすでにメギドに変わってもいいと思っているが、本人にその気はないらしい。曇ってはいるがまだ暑いので、日が暮れて涼しくなってから変わるつもりなのだろう。

適当にビールでも飲める店を探すべく、達也は駅前の繁華街をうろついた。表通りよりも、幅員が狭い裏通りにはスナックやバーがひしめき、はやくも営業をしている店もいくつかあった。だが、できれば安全に飲める赤提灯《あかちょうちん》や大衆居酒屋に入りたかった。

「あっ！」

数軒先の一階がスナックになっている三階建てのビルの看板を見て、達也は声を上げた。〝滝川土建〟と書かれているのだ。新盆の関谷の家に嫌がらせに来た滝川嘉朗の会社である。

達也はさりげなく飲み屋の看板の陰に隠れた。

午後五時半、曇り空のため足早に暗くなりはじめた夜の街に、ネオンや電飾看板が点《とも》りはじめた。

〈何でこんなところに突っ立ているんだ。俺と代われ〉

「起きたのか」

達也は小さな舌打ちをした。一時間近くビルの二階にある〝滝川土建〟の事務所を見張っていたが、滝川は姿を見せなかった。見つけたら、関谷家に近付かないように注意するつもりだったのだ。

「うん？」

駅方面から現れた四人の男たちが、スナックの脇にあるビルの階段を上がって行った。ヤクザ風の者もいれば、浮浪者のような風采《ふうさい》の上がらない男もいた。みなバッグなどの手荷物を抱えているので、列車で来たのかもしれない。

「あと少しだけ待ってくれよ」

達也は男たちが階段に消えたのを確認し、道を渡りビルの非常階段に駆け寄った。だが、階段に上がろうとすると、二階のドアが開いたため、慌てて元の看板の陰に戻った。

〈何をこそこそしているんだ。さっさと代われ〉

手際の悪い達也にメギドが腹を立てた。

「滝川がいたら、文句を言ってやるつもりだったんだ」

〈なおさら、それは俺の仕事だ〉

「分かったよ」

達也が一旦《いったん》目を閉じ、両眼を見開いた時はメギドに代わっていた。

先ほど見た四人の男の後から滝川が階段を下りてきた。

メギドがさりげなく尾行すると、彼らは駅前の喫茶店に入って行った。

〈店内で暴れたらだめだよ〉

交代した達也が注意してきた。

「場合による」

メギドは躊躇《ためら》うことなく店に入り、滝川と背中合わせになる席に座った。テーブル席は椅子より少し高いパーテーションで仕切られている。わざと見つかって相手の反応を見るのもおもしろいが、男たちの話を先に聞くことにした。どうせ悪巧みに決まっている。滝川だけでなく、四人の男たちも叩きのめす理由ができるはずだ。

「ねえちゃん！」

ウエイトレスを呼んだ滝川は、自分の分だけコーヒーを注文した。

「おまえら、トラックの運転は、ちゃんとできるんやろな？」

滝川が男たちに尋ねた。すると男たちは顔を見合わせて手を上げた。

「わいらは、みんな無宿もんで免停か元々無免かの、どっちかでっせ」

頭を短く切ったヤクザ風の男が答えた。

「ぼけが、言われんでも知っとるわ。おまえら、警察の試験場で試験受けて、免許を取って来い。受からんかったら、つるはしかスコップや」

滝川は〝滝川土建〟で働かせる労働者を集めてきたようだ。関西で集めた食い詰め者をただ同然で働かせるのに違いない。おそらく広野発電所の土木工事で下請けの工事を請けているのだろう。

警察の運転免許センターで実地試験とペーパーテストに合格すれば、一日で免許は取れる。だが、実地試験は警察官が同乗するため、技術だけでなく、交通ルールやマナーも熟知していなければ合格することは難しい。

「それは知っていますが、わしは住民票も戸籍もありません」

ヤクザ風の男が言うと、浮浪者風の男も頷《うなず》いてみせた。

「どうせ借金の形《かた》に取られたんやろう、あほが。住民票だろうと戸籍だろうと、なんぼでも作ってやるがな。その代わり、実費と手間賃は給料からさっ引くさかい、覚えとき」

滝川は声を潜めて笑った。

〈何！〉

メギドの右眉《みぎまゆ》が大きく上がった。

「当分、事務所の三階で寝泊まりしてもらおうか。分かったら帰れ」

コーヒーが来たところで滝川は男たちを追い出した。彼らをもてなすつもりはないらしい。

メギドは席を立ち、滝川の前の椅子に座った。

「げっ！　われは……」

滝川は絶句した。

「面白い話を聞かせてもらった。詳しく聞かせてもらおうか」

メギドは口元だけ歪《ゆが》めて微笑んだ。

三

メギドは生まれながら残忍で冷酷だが、達也は純情で優しい。

二人を人工授精でこの世に生み出したハーバー博士は、相反する性格を二重人格（多重人格）と認識し、症状が進まないようにメギドという名前を一つだけ与えた。新約聖書のヨハネの黙示録の中で善と悪の最終戦争〝ハルマゲドン〟が行われる戦地であるメギドの丘（ヘブライ語でハル・メギド）から引用したのだ。

心優しきメギドは、人工授精の母体となった根岸冴子《さえこ》の父達夫《たつお》から達也という名前を付けてもらい、古い名前を捨てた。一方邪悪な心を持つメギドは、ハーバーから与えられし呪われた名前こそ暗殺者に相応《ふさわ》しいと変えようとはしなかった。いずれにせよ、戸籍上の名前ではなく、ただの呼び名に過ぎない。

喫茶店で男たちに戸籍を手配するという滝川嘉朗をメギドは脅迫し、関係書類を渡すように約束させた。

メギドは戸籍がないために免許も取れずに何度警察の検問を避けて来たか分からない。達也も住民票がないために、まともな職業に就けず、アパートも借りることができなかったという悔しい思いをしている。戸籍は二人にとって、人生を好転させるべき重要な項目の一つであった。

駅前の赤提灯で食事がてらビールを三本ほど飲んで時間を潰《つぶ》したメギドは、店から西に広い通りを二本ほど渡り、数百メートル進んだ三叉路《さんさろ》で立ち止まった。常磐線で最初のトンネルがあるあたりだ。

駅から少し離れただけだが、人気はまったく途絶えてしまった。三叉路を背にして石畳の道が続き、その先は石段になっているが、闇に埋もれている。石畳の左側に大きな石柱が立っていた。

「子鍬倉稲荷《こくわくらいなり》神社、ここか」

メギドは石柱の文字を読んで苦笑を漏らした。駅に近い神社で八時に書類を渡すと、滝川からは言われていたのだ。

旅の途中で買った安物の腕時計を見た。午後八時六分になっている。

まで進んだ。

油断なくメギドは石畳の参道に足を踏み入れ、左右から闇に染まった樹木が迫る階段
「どじなおまえに言われたくない」

達也が心配している。

〈気を付けるんだ〉


〝子鍬倉神社〟は、日本に唯一の社名をもつ珍しい神社である。〝子〟は蚕の意味で〝衣〟を表す。農具である〝鍬〟は〝食〟を、〝倉〟は経済の基である〝住〟を表すらしい。創建は平安時代第五十一代平城《へいぜい》天皇の大同《だいどう》元年（八〇六年）と伝えられている。〝衣食住〟を社名に表現するのは、古代より人々の願いはそこに尽きるからであろう。

階段を上り、闇を抜けたメギドは、ゆっくりと境内を進んだ。暗闇に慣れた目をもってしても、月もない曇り空では社殿の形が分かる程度である。


「本当に来るとは思わんかった」

社殿の暗闇にライターの火が点《とも》り、煙草をくわえる滝川の顔を照らし出した。

メギドは複数の人の気配を周囲の闇の中に感じていた。

「俺を叩《たた》きのめすつもりか。やってみろよ」

メギドは鼻で笑って答えた。

「分かってて来たんかい。あほや、ほんまに」

滝川は煙を鼻から吹き出し、わざとらしく首を振ってみせると、ポケットから懐中電

灯を取り出してメギドを照らした。

「俺をステージに立たせたつもりか？」

メギドはわずかに口を開け、低い声で笑った。

足を少し開き、自然体で立った。武道でいう無我の構えだ。

社殿の暗闇から四人の男が鉄棒を下げて近付いて来た。喫茶店で見かけた連中だ。金さえあれば、何でも引き受けるようだ。

「わいに恥をかかせて、ただですむと思ったんか。どあほが」

男たちは鉄棒を振りかぶり、小走りに近付いて来る。同時に後方から三つの気配が足音を立てて急速に接近してきた。他にも手下がいたようだ。

メギドは後ろ斜め左に飛び、肘打《ひじう》ちを敵の鳩尾《みぞおち》に決め、崩れる男から一メートルほどの鉄棒を奪った。あまりにもすばやい攻撃に滝川は懐中電灯をメギドに当てることができず、いたずらに光をさまよわせている。

背後から襲って来た男たちは、目標を見失い動揺している。メギドは構わず次々と首や肩口を叩き、気絶させた。

「なっ！」

前方から攻めて来た連中は、囮《おとり》だったに違いない。後ろの三人を瞬く間に失って愕然《がくぜん》としている。

鉄棒をだらりと下げ、メギドは前を見た。滝川はようやくその姿を懐中電灯で捉《とら》えることができたが、残った四人の男たちに恐怖を与えるだけである。

男たちは鉄棒を握ったまま後ずさりはじめた。

「あほんだれ、何しとるんや、はようしばいたれ！」

滝川が檄《げき》を飛ばすが、男たちの腰は退《ひ》けている。

メギドはすっと体を伸ばし、真正面にいる男の鳩尾に鉄棒を強烈に突き入れた。

「グゲッ！」

人間らしからぬ呻《うめ》き声を発して、男は後方に倒れた。

「金が欲しかったら、しっかりせんか、あほが」

滝川の叫びに、右端のヤクザ風と左の浮浪者のような男が反応し、同時に鉄棒を振り下ろして来た。

二人の動きに合わせてメギドは右に飛んでヤクザ風の男の後頭部を叩き、浮浪者風の男の鉄棒を左に受け流し、鳩尾を前蹴《まえげ》りで蹴り抜いた。男は数メートル転がり、狛犬《こまいぬ》の台座にぶつかって気絶した。残った一人は、腰を抜かして失禁している。

メギドはポケットから駅前で買ったラッキーストライクを出して、社殿に近付いた。

懐中電灯を持ったまま硬直している滝川からライターを奪い、火を点けた。

「余興はおしまいか？」

口から煙を吐き出し、滝川の顔に吹き付けた。

「なっ、なっ……」

滝川は目の前の光景が信じられないようだ。

「二度と俺をはめようと思うな、あほが」

メギドは滝川の口癖を真似た。

「あっ、あっ……」

顎《あご》をがくがくと滝川は動かした。

「聞かせてもらうか。戸籍を作る方法を」

メギドは口元をわずかに歪め冷酷な顔をさらに不気味に変化させた。

「……わっ、分かった。何でも言うことを聞く」

「それでいいんだ」

「せっ、せやけど、あんさんみたいな、強い人は見たことあらへん。うっ、うちで働かんか。おもろいように金は入るで」

滝川は恐怖を克服しようとしているのか、必死に口を動かしている。

「うるさい」

メギドは片手で滝川の首を絞めて持ち上げた。

「……ううっ」

ゆでだこのように真っ赤になり、こめかみの血管を浮かび上がらせた滝川は、両足をばたつかせた。

「無駄話をするな」

力を緩め、投げ捨てるように滝川を放した。

「……明日《あした》までに事務所に用意しておきます」

滝川は尻餅《しりもち》をついて答えた。

「朝の九時だ」

背中を見せたメギドは、鉄棒を放り投げた。

四

戸籍を売買することを〝戸籍ビジネス〟という。昔から浮浪者や債務者から不正に買い取った戸籍を別人に売るというものである。他にも些細《ささい》な金額で他人と養子縁組をさせ、新たな戸籍を作る場合もあるが、中には知らないうちに養子縁組をされて、養子となった人物の借金を背負わされるケースもある。また日本での就労や永住権を目的とした偽装国際結婚も後を絶たない。

いずれにせよ犯罪の温床になっており、公正証書原本不実記載・同行使罪や詐欺などの罪に問われる。だが、経済が低迷し、社会的不安を背景に〝住所不定者〟が年十万人も生まれる時代になった現在（二〇一二年）、〝戸籍ビジネス〟は一向に減る気配はない。今やネットで自殺志願者から取得するなど手口は複雑巧妙化している。

翌日、ビジネス旅館に泊っていた達也は、小脇に封筒を挟んで〝滝川土建〟がある駅前の繁華街に向かっていた。

「戸籍は欲しいけど、戸籍を失った人はどうなるんだろう」

達也は自問するように呟《つぶや》いた。

〈戸籍はな、ただの記録に過ぎない。不要な人間とそうでない人間がいるだけだ〉

メギドは不機嫌そうに答えた。朝九時と滝川に指定したのは彼だが、朝から活動するのは苦手だからだ。

「そうかもしれないけど、ヤクザに脅されて無理矢理戸籍を奪われた人がいるかもしれないと思うと、複雑な気分になるんだ」

達也らしい悩みを漏らした。

〈おまえと話していると、反吐《へど》がでる。その善人振りをなんとかしろ〉

メギドは鋭い舌打ちをした。子供の頃から喧嘩《けんか》は、いつも些細なことが原因だった。

二人は善と悪、相容《あいい》れない対極の人格を持つのだから仕方がない。

「僕は普通だ。君こそ、自分が異常だと自覚すべきだ」

〈くだらんことを言うな。どうせヤクザと交渉なんてできないだろう。俺に任せるんだぞ〉

「分かっているよ」

達也は不満げに言うと、不意に意識を後退させた。

歩きながら意識を失ったために、入れ替わり表に出たメギドは駅前の歩道で派手に転んだ。八月十五日、月曜日、サラリーマン風の男や部活なのか学生服を着た高校生が何事かと見ている。

「どけ！」

慌ててメギドは落とした封筒を拾って立ち上がり、通行人を蹴散らしながら繁華街に入って行った。

〝滝川土建〟の事務所が入っているビルの二階に上がり、ドアを開けた。

「むっ」

すえた煙草のヤニ臭さが鼻についた。二十平米ほどの広さがある雑然とした空間に応接セットがあり、奥に神棚とその横には額入りの国旗がある。土建屋というがヤクザの事務所と見てくれは変わらない。

「用意できたか」

無表情なメギドはソファーに座っている滝川の前に立った。他に人はいない。だが、神棚のすぐ近くにあるドアの向こうには人の気配がする。

「どうぞ、座ってんか」

滝川は不器用な笑いを浮かべ、右頬を引き攣《つ》らせた。メギドはテーブルを挟んで向いのソファーに座った。

「書類は用意しときました」

足下のカバンから滝川は、書類と印鑑を出してテーブルの上に置いた。

「大阪で仕入れたまっさらな戸籍謄本と印鑑や。これを市役所や役場に持って行き、転籍届けを出せば完璧《かんぺき》や。あんさんは、戸籍の筆頭人になりすませますわ。ただし……」

「貴様」

メギドが手を伸ばすと、滝川はさりげなく書類の上に手を置いた。

「これだけのもんを揃えようとしたら、元手もかかりますわ。顧客には五十万で普通は売ってます」

滝川はずるそうな笑顔を見せた。

「俺に金を払えというのか」

メギドの右眉《みぎまゆ》が上がった。

「そんな野暮なことはいいまへん。そのかわりと言ってはなんですが、その分うちで簡単なバイトしてくれまへんか」

「バイトだと？」

「あんさんのお力をちょこっと借りるだけですわ」

「……げすな野郎だ。説明しろ」

メギドはふんと鼻息を漏らした。力を見せつければ、それに頼ろうとする。安直な人間の思考パターンは分かり易い。

「うちは土建屋ですが、親会社は関西の田中組ですわ」

田中組とは関西の広域暴力団である。滝川はヤクザだと名乗ったことで勝ち誇った顔をした。

「田中組？　それがどうした」

メギドは顔色を変えるどころか、口元をわずかに上げた。沖縄では田中組の若頭である安住淳夫《あずみあつお》を殺害し、仮事務所を潰《つぶ》している。

「なっ……」

滝川はぎょっと目を見開いた。泣く子も黙る組の名前を出したのだ、一般人なら恐れおののくはずだからだろう。

「どうせ電力会社の利権を漁《あさ》りに関西から来たんだろう。話を続けろ」

メギドは滝川の手元から謄本を取り上げた。

「えっ、ええ、まあ早い話、そうですねん。第一原発のころから仕事はしてますが、地元の土建屋と度々トラブルがあるんですわ」

「兵庫県、松田健吾《まつだけんご》か、ださい名前だ」

ポケットからラッキーストライクを出したメギドは、足をテーブルに投げ出し、謄本の内容を確認した。

「明日にでも働いてもらいますわ」

「もう一つ条件がある。この名前で車検証がいる。どうせ偽造ぐらい簡単にできるんだろう」

メギドは持っていた封筒からスカイラインの車検証を出してテーブルの上に載せた。

「高くつきまっせ、ほなら明日にでも」

「戸籍が本物だと確認してからだ。今度顔を合わせる時は、新しい車検証を持って来い」

メギドは滝川の話を遮って立ち上がった。

「お待ちください」

奥のドアが開き、背の高い二人の男が出てきた。

メギドは立ち止まり振り返った。

二人とも身長は一八〇センチほど、一人は四十代半ば、もう一人は三十代の前半か。年配の男は髪をオールバックにし、開襟シャツにグレーのズボンを穿《は》いている。若い男も同じような格好をしており、髪を短めにしていた。どちらも鋭い目つきをしているが、滝川と違ってヤクザの持つ独特の脂ぎった危険な匂いはしない。

「私はこの会社の顧問をしております、大野影久《おおのかげひさ》と申します。お名前をお聞かせください」

年配の男が丁寧に頭を下げて名刺を差し出した。

「俺の名は、松田健吾だ。覚えとけ」

メギドは名刺も受け取らず、事務所を出た。

五

まるで梅雨に戻ったかのように毎日雨が降る。台風は八月に入ってからまだ一つしか発生していないが、低気圧が停滞しているようだ。

達也は十五日に四倉に戻り、翌日には夜も明けぬうちから雨降る中農作業に励んだ。三日間も休んだために作業は溜《た》まっていた。

日が暮れかかり、ようやく田んぼから引き上げた。泥で汚れた農機具を軽トラの荷台に積み込むと、達也は助手席に収まった。

「達也さん、農作業、好きだっぺか？」

倉沢は軽トラを運転しながら、助手席に座る達也に尋ねてきた。

「まだ仕事を完全に理解していないので、よく分かりませんが、体を動かすっていいですよね」

達也は白い歯を見せて笑った。この二、三日メギドが活発に活動をはじめた。その分、憂鬱《ゆううつ》な気分になっていたが、昼間に汗を流せば憂さを忘れることができた。

メギドは昨日の朝に滝川から松田健吾の戸籍を手に入れた。本籍地は兵庫県で歳は二十六歳と、五つほど年齢は高いが問題はない。さっそく市役所に赴き、転籍届けをすませ、本物であることを確認している。だが、滝川から、地元の暴力団に対応するように約束させられた。メギドはいざとなれば、何とでもなると簡単に考えているが、達也は倉沢を通じて地域に溶け込んで来ただけに、トラブルを避けたかった。

　倉沢は家には戻らず遠回りするように農道を走っていたが、不意に停車した。

「目の前の田んぼは、おらのだ。二反ある。今は農協に任せてあるんだけんど、来年、おめえさ、やってみるけ」

「ぼっ、僕が一人で、ですか！」

　達也は声を裏返らせた。倉沢はさりげなく言ったが、二反は六百坪である。驚くのも当然だ。

「大丈夫だ。耕耘機《こううん》や田植機は、おめさだったら、すぐに覚えられる」

「本当ですか。米作りを一からできるなんて、すごいな。是非、やらせて下さい」

　達也は興奮を抑えきれずに拳《こぶし》を握りしめた。

「穫《と》れた米はおめさのものだ。がんばんべえ」

「えっ、それは……」

「米は米を作った人間のものだ。遠慮することはねえ」

　倉沢は嬉《うれ》しそうに笑った。

　達也は笑みを浮かべて頷《うなず》いたが、メギドの舌打ちまでは聞こえなかった。

　夕食後、倉沢の酒を断って達也は久しぶりに自分の車を出し、平の駅前駐車場に停車させた。

〈ヤクザとの約束を守るつもりなのか？〉

尋ねたのは達也だった。車に乗った直後にメギドに入れ替わっていたのだ。

「職業で人を差別するつもりか。おまえらしくもない」

メギドはあざ笑った。

〈ヤクザは職業じゃないから、言っているんだ〉

「戸籍をただで手に入れたんだ。まだまだあの男は利用できる」

メギドは達也を相手にせず、繁華街にある〝滝川土建〟の事務所に向かった。

午後八時、事務所のドアを開けると、愛煙家のメギドでさえ鼻をつまみたくなる煙草のヤニ臭さと煙が室内に充満していた。

「待ってたでぇ」

滝川は奥のソファーに座り、煙草を吸っていた。雨に濡《ぬ》れたメギドが入って来ると、にやりと頷いてみせた。ソファーの両脇には見知らぬ背の高い男が二人立っている。目付きが鋭く、体格もいい。柄シャツがよく似合っていた。一人は頬に大きな疵《きず》があり、もう一人は両腕に龍《りゅう》の彫り物がしてある。一昨日《おととい》メギドが神社で叩《たた》きのめした素人と違い、筋金入りの極道という感じだ。

「ほなら、行こか」

滝川は煙草をテーブルの灰皿に乱暴に揉《も》み消して立ち上がった。ボディーガードがいるせいか、態度がでかい。

「車検証はどうした？」

「これは実費で五十万円もらいまっせ」

「ふっかけたな」

「こればかりは、まけられまへん。ただし、ちょっと手伝《てつど》うてくれたら、ちゃらにしまひょ」

車検証を広げてみせた滝川は、気前よく手渡してきた。メギドは雨に濡れないようにと持参したビニール袋に車検証を入れ、折畳んでシャツの下に入れた。これで、スカイラインは完全に自分のものになる。後は免許証さえ取得すれば、完璧《かんぺき》であった。

事務所を出ると、ビルの前にはキャデラックが停めてあり、メギドが関谷家で鼻を潰してやった男が顔に包帯をして車の脇に立っていた。

「助手席に座ってくれまっか」

滝川は屈強な男を左右に乗せ、後部座席に座った。メギドが助手席に座ると、包帯の男が気まずそうな顔で、運転席に乗り込んで来た。

「今日は広野の町村《まちむら》組という暴力団に話をつけに行きまんねん。そこで、話がつけば広野に事務所を構えることになる。なんせ発電所の工事は、最初は地元の業者が使われるさかいな」

東電は第一原発を建設する際、地元業者を優先して地域の活性化を図るとしたが、工事は途中で入札制に変わっている。広野の発電所建設も同じことが予想された。滝川は利権の推移を熟知しているようだ。

午後八時四十分、〝六国〟を北上し、広野の駅前を通り過ぎて山側の高台の近くで車は停められた。二十メートルほど前方に土塀に囲まれた大きな日本家屋がある。地元の暴力団の組長の家らしい。

「これを使うんや。まさか、話し合いをまともに受けたわけはないやろう。家には組長と手下が二、三人いるはずや。皆殺しにしてきてくれや」

滝川が白鞘《しらさや》のドスを差し出してきた。

メギドは黙ってドスを受け取った。想定の範囲だったからだ。

〈断るんだ。メギド。人殺しをしろと言っているんだぞ〉

達也が反発してきた。これも予想していた。

メギドは無視して助手席のドアを開けた。

〈僕は絶対に許さない。見たこともない人を殺せるのか！　頼むから戸籍なんか返して、断ってくれ〉

〈滝川はまだ利用できる。それにどうせ殺されるやつらも人間の屑《くず》に決まっている。気にするな〉

声を発せずにメギドは、心の中で答えた。

車を下りようとして運転席の男と目があった。包帯で覆われているため表情はよく分からないが、目は笑っている。一人で乗り込んで返り討ちにでも合うと思っているのだろう。

メギドは舌打ちをして車を下りると、土塀に沿って進んだ。

「うん？」

後部座席から滝川の両脇にいた背の高い二人の男たちも下りて来た。二人とも左手にドスを持っている。

「…………」

メギドは男たちをじっと見た。彼らから殺気が膨れ上がって来るのを感じた。

「心配しなはんな。わてらはあんたの補佐役や」

頬に疵がある男が答えると、腕に入れ墨の男が口元を歪《ゆが》めて頷いた。

「俺一人で充分だ。それとも後で俺を始末するつもりか」

メギドの言葉に一瞬目を泳がせた二人は、顔を見合わせて苦笑いをしてみせた。彼らは殺気を悟られていることに気付いていない。

「何をいうとんのや。手こずるようなら、手伝いまっせ」

入れ墨の男がドスをズボンの後ろに差し込んで答えた。

「そういうことか」

再び歩きはじめたメギドは鍵《かぎ》がかかっている町村と表札が掲げられた大きな正門から屋敷の中をそれとなく観察した。敷地は広くダンプトラックが三台も停められている。地元のヤクザが工事に深く関わっていることがこれでよく分かる。メギドは正門を通り過ぎて土塀の角を曲がり、雑木林の作り出す暗闇に入った。

「待てや、にいちゃん、どこまで行くんや」

頬に疵がある男が声を潜めながらも咎《とが》めてきた。

メギドは振り向くと、ポケットからラッキーストライクの箱を出し、煙草をくわえた。

「襲撃は止めた。おまえらだけでやれ」

雨でライターの火が消えないように煙草に火を点《つ》けた。

「なめとんのか、このガキ！」

男はドスを引き抜いた。

メギドは目にも留まらぬ速さで男の腕をねじ上げてドスを奪うと、男の心臓を貫いた。

「行き先は、地獄だ」

ドスを男の胸から引き抜いて足下に転がした。男は大量の血を噴き出させて痙攣《けいれん》している。

「なっ！　何するんや」

入れ墨をした男がワンテンポ遅れてドスを抜いた。

「俺の命を狙って生き残ったやつはいない。おまえもな」

「ぼけが、死ねや！」

男は鋭くドスを突き入れて来た。

メギドは左にかわすと同時に相手の右手を摑《つか》み、左の裏拳《うらけん》を顔面に叩き込んで体勢を崩し、男の手首をねじ曲げて相手のドスで男の頸動脈《けいどうみゃく》を切り裂いた。

〈何てことを……〉

一瞬の出来事で達也は止める暇もなかった。

メギドは自分の使ったドスの鞘から指紋を拭《ふ》き取り、先に殺した男に握らせた。

雨は降り続いている。これなら血痕《けっこん》もきれいに流してくれるはずだ。翌朝見つかった二つの死体を見れば、喧嘩《けんか》による同士討ちとして処理されるだろう。

「さて、休憩するか」

メギドは数メートル先にある杉の木の下に入り、左の掌《てのひら》に覆い隠すように煙草を持って吸いはじめた。悪天候での喫煙の仕方だが、米兵だったジェレミー・スタイナーの癖だ。

〈わざと、やったね〉

達也が恨めしそうな声で言った。

「なんのことだ」

〈僕が倉沢さんに田んぼを任せられたから、ここにいられないように揉め事をわざと起したんだ〉

「おまえの考えは、ひねくれている」

〈じゃなきゃ、ヤクザの仕事を引き受けるはずがない〉

「殺される前に殺した。それだけだ。やつらは一度殺そうとした相手を逃さない。いずれは見つけられてトラブルになった。倉沢も巻き添えを食らって殺されていたはずだ。それを避けられただけ、ありがたく思え」

メギドは口から煙を吐き、淡々と語った。

〈くそー！〉

達也の叫び声が心の中で響いた。

六

雨は止むことを知らない。天空を覆った雨雲は絶え間なく水滴を地上に落としている。午後九時を過ぎた。メギドは杉の木の下で二本目の煙草を吸っていた。

「いい加減自分の運命を受け入れるんだな。俺たちは非情な世界で生きている。人間らしい心は捨てるんだ」

達也が答えないことを分かっていてメギドは呟《つぶや》いた。

「この土地は潮時だ」

フィルター近くまで吸った煙草を指先で弾《はじ》いて捨てたメギドは、雑木林の暗闇を抜け出し、滝川が乗っている車に向かった。

「もう、終わったんかいな。……二人はどないしたんや」

メギドに気が付いた滝川は、後部ウィンドウから顔を覗かせた。

無言で車に近付いたメギドは運転席のドアを開けた。ドスの刃が飛び出して来た。包帯の男は叩《たた》きのめされたことがあるだけに、メギドが一人で帰って来た意味を分かっていたに違いない。

ドスの柄《つか》を男の手の上から摑んで運転席から引っ張りだすと、右腕で首を抱えるように押さえ付けて絞め殺した。

「わっ、われ……」

滝川は驚くとともにボディーガード役の二人の男の姿を暗闇に求めた。

「やつらは地獄に行った。俺を殺そうとすれば、あの世に行く」

包帯男を道端の茂みに転がしたメギドは、後部ドアを開けた。

「ええ加減にせえや」

滝川は銃を構えていた。ソ連製のトカレフだ。メギドの圧倒的な強さを知りながら、見栄《みえ》を張っていられたのは、銃を持っていたからなのだろう。

「死ぬのはおまえや」

滝川は銃を突き出し、人差し指をトリガーにかけた。メギドはドアを蹴《け》って背面に自ら倒れた。

パンッ！　乾いた銃声が轟《とどろ》き、トカレフがメギドの傍に落ちてきた。

「ううっ！」

ドアで潰《つぶ》された右腕を押さえ、滝川が後部座席に踞《うずくま》っている。手首は間違いなく骨折しているだろう。

トカレフを拾い上げたメギドは泥を拭《ぬぐ》ってジーパンに差し込み、後部ドアを閉めると、運転席に座った。

「ドライブでもするか」

バックミラーで滝川を確認しながら、キャデラック・セビルのキーを回した。メンテナンスが悪いのかセルモーターが三度ほど悲鳴をあげて、ようやくエンジンがかかった。

「ちっ！」

メギドは舌打ちをして車を出した。

「俺に用意した戸籍だが、他に持っているのか」

予備の戸籍があれば、身元を隠すには都合がいい。滝川の利用価値はそこにあった。

「……頼む、医者に連れて行ってくれ」

滝川は涙声で言った。

「残りの書類を全部俺に寄越せ。病院はそれからだ」

「やっ、やる、やるから……頼むわ」

「平の病院に連れて行ってやる。事務所にあるのか？」

「金庫や、……事務所の金庫にある」

呻《うめ》きながらも滝川は必死に答えている。もはや嘘をつく元気もなさそうだ。

「ところで、広野の爆破事件は、おまえの仕業か？」

倉沢の親戚《しんせき》である関谷に関係することに、一切興味はなかった。だが、メギドの冷酷な行動に嫌気をさし、殻に閉じこもりつつある達也のためには確かめなくてはならなかった。

二人は人間離れした再生能力を持っているが、メギドか達也のどちらか一方が冬眠状態に陥ると、極端に能力が減退してしまう。そのため、気は進まないが、達也のためになることもしなければならない。滝川が爆破事件の首謀者ということがはっきりすれば、達也も納得するはずだ。

「……知らん」

滝川は座席に座っているが、腕を抱えているため顔は見えない。

「嘘をつくな。タイミングが良過ぎるだろう」

「嘘やない。……ほんまや」

「ならどうして、爆破事件の翌日に関谷の家に行った」

「……顧問の指示や、ううっ」

「顧問？　大野、影久のことか」

滝川の事務所で見たヤクザらしからぬ男の姿が脳裏に浮かんだ。

「やつは何者だ。田中組の者か？」

「違う。組から紹介されたんや。よう知らんのや。……ただ、……工事のことにごっつ詳しいんや」

「工事に詳しい……うん？」

バックミラーに車のライトが映り込んだ。

「トラックか」

ライトの位置が高いのでトラックだと分かった。広野も第一原発がある双葉郡も建設工事が多いため、工事用の大型車が頻繁に走っている。トラックはキャデラックのすぐ後ろに付いて来た。

低地の久ノ浜を抜けると四倉港までは一旦《いったん》上り坂になり、トンネルを抜ける崖《がけ》沿いの道になる。

「くそっ！　このぽんこつアメ車が」

メギドはキャデラックの速度が急に上がらなくなったため、悪態をついた。五・七リットルという大排気量エンジンを持っているなら、楽々と坂を登れるはずだが、エンジンの回転数が上がらないのだ。プラグが消耗しているのか、汚れているのかもしれない。あるいは中古車のため、エンジンそのものが摩耗しているのだろう。外見はともかく中古の輸入車はとかくトラブルが多いのだ。

「むっ！」

すぐ後ろを走っていたトラックが、トンネルにもかかわらず追い抜こうと対向車線に入った。途端に激しい衝撃で前に押し出された。

「何！」

トラックの後ろにもう一台別のトラックが走っており、追突してきたのだ。無灯火だったため、バックミラーでは気が付かなかった。

「町村のガキや！」

後部座席の滝川が慌てふためいている。広野の暴力団である町村の屋敷にはトラックが三台停められていた。滝川の襲撃を予測して、密《ひそ》かに見張りを立てていたのかもしれない。

「くっ！」

メギドはアクセルを床まで踏んだ。スピードは上がらず、後部と右側をトラックに押さえられ、身動きが取れない。

短いトンネルを出て視界が広がった。

並走するトラックがぶつけてきた。サイドミラーが吹き飛び、ウィンドウに亀裂《きれつ》が入った。

「くそっ！」

メギドは押し返そうとハンドルを右に切った。ボディーに火花が散り、並走するトラックが離れていった。だが、すぐにトラックはキャデラックに覆いかぶさるように右フェンダーに激突してきた。

「いかん！」

キャデラックは道路の柵《さく》を突き破った。

絶壁から一瞬空を飛んだ後、黒い車体は放物線を描き夜の海に落ちた。

逃避

一

〈くっ、苦しい！〉

あまりの息苦しさに胸を押さえ付けた。気が付くと薄暗い廊下の壁に手を突いて立っていた。

理由は分からないが、今にも吐きそうだった。左手で胸を押さえながら歩き、所々剝《は》げ落ちた緑色のドアの前で立ち止まった。白いペンキで二〇五号室と書かれている。

「帰ったぞ！　おい！」

ドアを何度か叩《たた》いたが、応答はない。錆《さ》び付いたドアノブに手を掛けると、鍵《かぎ》は掛かっていなかった。

「仕様がないな」

灯《あか》りの消えた玄関で靴を脱いだが、上がりかまちで足を取られて膝《ひざ》をついた。

「何だ？」

足下にぬるっとした異物があった。拾って立ち上がり、玄関のスイッチを入れた。手にしたのは、血染めの出刃包丁だった。

「わっ！」

慌てて包丁を投げ捨てた。

「しょっ、祥子《しょうこ》！」

女の名前を呼び、玄関の台所から四畳半の居間に入った。ちゃぶ台がひっくり返り、畳に赤い足跡が付いている。

「祥子！」

叫びながら襖《ふすま》を開けた。奥には寝室にしている六畳間がある。錆鉄《さびてつ》臭い。

「なっ……」

畳の上には見知らぬ赤い絨毯《じゅうたん》が敷かれ、腹を切り裂かれた裸の人形が横たわっている。そしてその脇には血まみれの小さな人形も添えてあった。あまりにも非現実的な光景にしばし呆然《ぼうぜん》としていたが、それが人間であることに気付き吐き気が込み上げてきた。


満月の夜なら海中は幻想的な光に包まれる。だが、一片の光すらない雨降る真夜中の海は、墨を流したようなどす黒い液体で満たされていた。

車ごと崖から転落して気絶したメギドは、フロントガラスが破れたキャデラックの運転席で流れ込む海水を浴び続けていた。

「うっ！」

海水を飲み込み、メギドは目覚めた。

「何！」

目を開けているはずなのに何も見えない。何度瞬《まばた》きをしてみても眼前の光景は漆黒の闇なのだ。しかも首から下は水中らしく、上に上がろうとすると、堅い板に頭を押さえ付けられた。周囲の状況を知るため、両手をばたつかせた。右手に人の顔が触れた。水の中を漂っているのか、下に突き放したが、また寄り添うように戻ってきた。

「どうなっているんだ！」

メギドは大声で叫んだ。途端に電流が流れたように、トラックに激突され、車ごと崖から落とされた光景が脳裏に浮かんできた。

〈逃げろ！　逃げるんだ！〉

見知らぬ男の声が頭に響いてきた。途端に激しい頭痛に襲われた。

「何なんだ」

こめかみを両手で押さえた。

〈何をしているんだ、メギド。はやく脱出するんだ〉

今度は達也の声だ。

「分かっている」

メギドはゆっくりと呼吸し落ち着きを取り戻した。

天井に残された空気を吸い込み、フロントガラスのない車の前面から海中に出た。十メートル近く浮上して海上に出ると、雨が降っていた。見上げると十数メートル上に街灯に照らし出された崖《がけ》が見える。

メギドは小さな入り江になっている海岸線に沿って二百メートルほど泳ぎ、波が打ち寄せている砂浜に辿《たど》り着いた。

「さっきのはなんだったんだ？」

砂浜で四つん這《ば》いになり、肩で息をしながらメギドは自問した。

〈逃げろと叫んでいた人のこと？　これまで覚醒《かくせい》した誰でもないよね〉

達也にも分からないようだ。

「それもあるが、目覚める寸前に変な幻覚を見た」

はっきりは覚えていないが、妙な胸騒ぎを覚えた。それはメギドにとってはじめてと言ってもいいような得体の知れない感覚だった。

〈僕は気絶していたから見ていない。それとも君の夢なのかもしれないね。ただ、逃げろと言う男の人の声は僕も聞いているから、関係しているのかもしれないけど〉

埋め込まれた脳細胞の覚醒に伴う幻覚は、二人とも目覚めている状態であれば同時に体験する。だが、人格が違う二人が眠っている間に見る夢は共有することはない。

「第四の覚醒がはじまったのか？」

〈おそらくそうだろう。覚醒はこれまでも表に出ている僕らに強く影響を与えたよね。

〈だから眠っていた新たな脳細胞の記憶が、君の夢に投射された可能性はある〉

表に出ることが多いため、覚醒に伴う幻覚や白昼夢を体験した回数は達也の方が圧倒的に多い。そのため冷静に答えてきた。

「ともかくこの街から出るんだ」

メギドは護岸をよじ上り、〝六国〟に向かった。

〈今十時半ごろだよね。急げば、四ツ倉駅の上りの最終電車に乗れるよ〉

達也はメギドの目を通して状況は摑《つか》んでいる。崖から落ちる前にキャデラックの時計で時間を確認していた。

「ふざけるな！　俺は充分働いた。代われ」

メギドが勝手に意識を後退させたため、達也は慌てて表に出たが間に合わずに尻餅《しりもち》をついてしまった。

「人使いが荒いなあ」

文句を言いながらも、達也は立ち上がると走り出した。すでに四倉漁港の近くまで来ていたので、流す程度のスピードで四ツ倉駅までは二十分で到着した。

朝まで急行十和田号や寝台車の特急ゆうづるが数本通過するが、四ツ倉に停車する電車は午後十時五十九分発の平駅行きの普通車が最後となる。だが、サラリーマン風の男や作業服を着た男が数人いるだけで、ホームは閑散としていた。

頭から足のつま先までずぶ濡《ぬ》れの達也をちらりと見るだけで、誰しも雨に濡れたのだろうと納得したようだ。

定刻通りに発車した普通列車に乗った達也は、終点の平駅に午後十一時十一分に到着した。疲れていたがさすがに座席に座るのは遠慮した。

「平に着いたよ。交代しようか。どうせ〝滝川土建〟の事務所に行くんだろう」

駅を出た達也は尋ねた。メギドは協力すると見せかけ、滝川が不正に入手した複数の戸籍を手に入れるつもりだったからだ。滝川と三人の手下も死んでしまった以上、事務所に侵入するのは簡単なはずだ。だが、達也は泥棒のような真似はしたくないので、はやく交代して自分の部屋に閉じこもりたかった。

〈車に乗ったらでいい〉

メギドは疲れた声で答えた。

「戸籍謄本と印鑑を手に入れなくていいのか？」

達也はわざとらしく尋ねた。

〈うるさい。早く駐車場に行くんだ！〉

メギドはヒステリックに怒鳴った。

「分かったよ」

肩を竦《すく》めた達也は、雨の駅前通りを駆け出した。

二

平を午後十一時過ぎに出発したメギドは、狂ったように夜道を飛ばし、六時間半後には岩手県陸前高田市《りくぜんたかた》に到着していた。

距離的には二百九十キロほどだが、雨降る真夜中、高速道路でもない国道六号線から国道四五号線を走り続けたのだから、体力だけでなく運転技術も問われる。米軍の特殊部隊隊員だったジェレミー・スタイナーだけでなく、三人目に覚醒した元パイロットだった瀬田武之の能力も加わっているに違いない。

太平洋に面した広田湾《ひろた》に沿って国道四五号線を進み、気仙川《けせん》を渡ったところで、右折し脇道の路肩に車を停めた。昨夜から降り続けている雨が、湾の砂浜に沿って緩いカーブを描く見事な松原に降り注いでいる。江戸時代に防潮林として植えられた松だ。およそ二キロに亘《わた》り数万本もの松が並び、陸前高田市の名勝になっている。残念なことに二〇一一年の震災の津波ですべて破壊されてしまった。

太陽はすでに太平洋上に浮かんでいるはずだが、雨雲に隠れて見えない。それでも闇は駆逐され車のライトもいらなくなった。運転で張りつめていた気持ちが緩み、睡魔が襲って来た。大きな欠伸《あくび》をしたメギドは、シートを倒してものの数秒で眠ってしまった。

どこまでも暗い闇に身を委《ゆだ》ねたメギドは緑のドアの前に立っていた。何もない空間にドアだけが浮かんでいるのだ。

「二〇五号室……」

部屋番号を読み上げた途端、体中に悪寒が走り吐き気がした。

体をびくりと震わせ、メギドは目を見開いた。グレーの天井が眼前にあった。体を起し、道路脇に停めた車にいることを確認した。燃料計の左横にある時計を見た。午前六時二十八分、横になってから五分も経っていない。

いわきで車ごと崖から落とされた際見た夢と同じ緑のドアが、また現れた。そして再び言いようのない不快感に襲われたのだ。

「いったい、なんなのだ」

意識を後退させたメギドは、白い光に包まれた空間を抜け、〝アパート〟の黒いドアを開けた。いつもの薄暗い廊下を進み、一番奥にある灰色のドアの前で立ち止まった。

「達也、出て来い」

ドアを乱暴に叩《たた》いた。

「うるさいな」

ドアの向こうから眠そうな達也の声が返ってきた。

「俺が一晩中運転していたのにずっと眠っていたはずだ。さっさと出て来い」

「自分から運転していたくせに偉そうに言うなよ」

達也は眉《まゆ》を吊《つ》り上げて部屋から出てきた。

ヤクザとトラブルになり、いわきから離れなくてはいけないことは分かっていたが、せめて倉沢には謝罪したいと思っていた。それができなかっただけにメギドの勝手な振る舞いに対し、腹に据えかねているのだ。

「また俺の夢に変なドアが出てきた。おまえは見なかったか？」

「そんなことのために起したのか。いい加減にしてくれ」

「緑色のドアだ。答えろよ」

メギドは達也に迫った。

「僕は何も見なかった。君は表に出たまま寝たから、覚醒をはじめた脳細胞の記憶が入り込んだんだ。それがどうしたんだ」

腕組みをした達也は冷たく答えた。

「確かにそうかもしれないが、夢で見た場面は俺の記憶に残っている。なぜおまえは無視をしている」

メギドは不機嫌な声で言った。

自分が表に出ていない時の経験をメギドは達也の記憶の領域を探ることで、知ることができる。その逆も当然あるはずだと思っているのだ。

「できるかもしれないが、僕は君のプライバシーを覗《のぞ》き見するような真似はしたくない。変な夢を見たぐらいで、何をそんなに警戒しているんだ」

「プライバシーだと、気取っているんじゃないぞ。脳細胞の覚醒は俺たち共通の問題なんだ。他人の記憶にまた振り回されたいのか」

メギドは達也の胸ぐらを摑んだ。

「乱暴は止めろ。〝アパート〟はいわば精神の部屋だ。ここで興奮してどうするんだ」

達也はメギドの腕を払いのけた。

「むっ！」

達也の思わぬ強い態度にメギドは憮然《ぶぜん》とした。

「しばらく僕が外に出る。それでいいだろう」

達也は肩でメギドを押しのけて自分専用の白いドアから外に出た。目覚めた達也はシートを起し、ワイパーを動かして外の景色を見た。

「雨か……残念だな」

天気がよければ有名な松原を散歩することもできただろう。溜息《ためいき》をついた達也は、エンジンをかけて車をバックさせ、国道に戻った。

「緑のドアね」

メギドが新たに覚醒《かくせい》をはじめた脳細胞の記憶を警戒している気持ちは分かる。これまで覚醒した三人の脳細胞の時は、いずれも達也が最初に白昼夢や幻覚を体験した。脳が一時的に他人に占拠されたのも同じで、メギドでなくても嫌なものなのだ。それだけに彼は夢に出てきた光景を気にしているのだろう。

「とりあえず、北海道に行こう」

達也はアクセルを踏んで北に向かった。

三

太平洋沿岸を仙台から青森に至る国道四五号線は、日本三景である松島や宮城県の牡《お》鹿《しか》半島から青森県の南端に至る三陸海岸など風光明媚《めいび》な土地を通る。

達也は青森港を目指していた。北海道に車で行くためには青函《せいかん》連絡船に乗るより他ないからだ。一九七七年八月の段階では青函トンネルは工事中であった。

一九五四年の台風による青函連絡船の〝洞爺丸《とうやまる》事故〟を含めた五隻の船の事故を受けて、以前から持ち上がっていた青森と函館《はこだて》を繋《つな》ぐ海底鉄道トンネル計画が立ち上がった。一九六四年に北海道側から斜坑が着工されたが、本坑の着工は七一年、開通したのは八五年、七千億円という膨大な予算を使い営業が開始されるのは八八年と、着工から開業まで実に二十四年を要し、工事関係者で三十四名という殉職者を出した。いかに難工事だったかは想像を絶するものがある。

午前六時半に陸前高田を出た達也は、ドライビングテクニックに快楽を求めるメギドと違い三陸海岸の景観を楽しみながら運転し、七時間近くかけて約百九十キロ北の岩手県の久慈《くじ》市に到着した。

雨が降っているのは同じ条件だが、日中の運転だけにメギドと比べればのんびりとしたものである。また、現在（二〇一二年）はトンネルやバイパスが建設されて直線道路が多いが、当時は、海岸線に沿ってカーブが多かったこともあった。

国鉄久慈駅の近くで給油したついでに小さな食堂で焼き魚とクルミ入りの団子が入った〝まめぶ汁〟という郷土料理を堪能《たんのう》し、すぐに出発した。達也は北海道へ急ぐというより、できるだけはやく福島県から遠く離れたかった。四倉の倉沢に申し訳ないという後ろめたさがあったからだ。それに旧友とも言える加藤に会えばまた気持ちの転換ができるという期待もあった。

四五号線は国鉄線と並行して北に進み、八戸《はちのへ》を経て内陸の十和田に向かう。八戸からは山深い景色が続き、十和田市の郊外で十和田市街を抜ける国道一〇二号に入る。七〇年代は市街を迂回《うかい》する十和田バイパスがないため、仕方がないのだ。

午後五時を過ぎ、渋滞こそないが道路は込んできた。幹線を避け適当に右折するつもりだ。どこの街でもそうだが、街の中心部には役所があり、警察署や消防署などもある。免許証がないため、警官になるべく出会わないようにするのだ。

九州から福島までの移動はメギドが一人で車の運転をした。基本的に夜中に運転することが多かったが、週末や月末には飲酒運転の検問やスピード違反を取り締まるいわゆる〝ネズミ捕り〟があるため油断はならない。真夜中にスピード違反でパトカーに追跡されたことも二度ほどある。メギドはその持てるテクニックでかわしたが、車の性能にも助けられた。いわきで道に迷ったのも実は検問を避けたためだった。

国道一〇二号に入ってすぐに右折して田園地帯を北に抜け、単線の踏切を越えて県道へ左折した。このまま西に進めば青森市に通じる国道四号にぶつかる。

「あっ！」

達也はバックミラーを見て小さな声を上げた。県道と並行する線路を走る電車が近付いて来ることに気が付いたからだ。元来列車の旅が好きだが、風景を楽しむだけではなく、列車自体も好きだった。

思わず車を停めて列車が近付いて来るのを待った。

「バス窓だ！」

後方を振り返った達也は、一両編成の電車の窓を見て子供のように歓声を上げた。バス窓とは、立ち席用に上部が埋め込みの窓になっており、下部が開閉できる二段窓のことである。かつてはバスや一部の列車などで採用されていたが、一九七〇年代に入って現在（二〇一二年）のようなユニット窓が主流になり、鉄道路線でも珍しい存在となった。

達也が見たのは、一九六九年に廃線となった北海道の〝定山渓《じょうざんけい》鉄道〟で使われていた〝クハ一二〇八〟という古い型の車両で、一九七〇年に十和田観光電鉄に譲渡されたものである。鉄道好きの達也を喜ばせるには充分だった。

「うっ！」

胸焼けのようなむかつきを覚えた。だが、電車が通り過ぎると動悸《どうき》は収まり、胸の苦しみもすぐに消えた。

「なんだったんだろう」

掌《てのひら》にじっとりと汗をかいている。もし、第四の覚醒によるものだとしたら、幻覚や白昼夢も見ていないので症状としては軽いと言うべきだろう。

「いけない」

達也は慌てて車を出した。バックミラーにパトカーが映り込んだからだ。百メートルほど先の三叉路《さんさろ》で右折した。

パトカーも後を付いて来た。目の前で急発進をしたので気になったのか、あるいは熊本ナンバーの車だけに興味を持ったのかもしれない。

達也は焦る気持ちを抑えてスピードを上げずに三百メートルほど進み、田んぼ脇の細い道を左折した。案の定、パトカーも曲がってきた。完全にマークされたようだ。

〈馬鹿野郎。袋小路に入ったら、どうする。スピードを出してまくんだ〉

メギドが怒鳴ってきた。

一方通行ではないが、対面で通行できるほどの幅員はない。道の左側は田畑が広がり、右側には民家が点在する。農道との交差点はあるが広い道に出られるかどうかまでは分からない。

「大丈夫だ。静かにしていてくれ」

ハンドルを握る達也は前方をじっと見つめたまま答えた。五十メートル先に三叉路がある。だが、達也はハンドルを右に切って農家の庭先に車を入れた。

〈何やっているんだ〉

メギドの怒声を無視し、達也は車を下りて、民家の玄関を開けた。

「ごめん下さい」

大声で呼びかけると、裏の方から腰の曲がった老人が出てきた。

「こんにちは。道に迷ってしまいました。すみませんが、国道四号に行くにはどうしたらいいのか、教えていただけますか？」

達也は持ち前の笑顔で丁寧に頭を下げて尋ねた。その様子を門前で停まったパトカーの中から二人の警官がじっと見ている。離れている上に雨で窓ガラスも閉めているために声は聞こえないはずだ。だが、怪しいそぶりを見せれば、職務質問されるのは必至だ。

「おばんです。国道四号？……」

老人は達也の顔を見て少し躊躇《ためら》いを見せたが、すぐに親切に教えてくれた。訛《なま》りが強いため半分ほど理解できなかったが、老人は日本人離れした達也に興味を持ったらしく、初対面にかかわらず色々と質問をしてきた。達也は働きながら九州から車で旅をしていることを話すと、老人は大いに驚き話がはずんだ。

「ありがとうございました」

お茶でも飲んで行くかと、誘われたが丁重に断って礼を言った。

振り返ると、パトカーの姿はなかった。達也が老人と親しそうに話していたので、知り合いだと思ったに違いない。少なくとも不審者でないことは分かったはずだ。

「どんなもんだい？」

達也が尋ねると、メギドは舌打ちで応《こた》えた。

四

十和田市でパトカーの追跡をかわした達也は国道四号を北上し、二時間半後の午後七時二十分に青森市街に到着した。時間が遅いせいもあるが中心部のホテルや旅館はどこも満杯で、駅前の繁華街である新町《しんまち》の〝カネ長武田百貨店（現さくら野百貨店）〟の裏通りに面した今にも潰《つぶ》れそうな三階建ての〝あげほげホテル〟にようやくチェックインすることができた。妙な名前だが、〝あげほげ〟とは津軽弁で上げ膳《ぜん》据え膳を意味し、最高のサービスを提供するということなのだろう。

最悪車中で眠ることも覚悟はしていたが、達也とメギドは交代で六百五十キロ近く運転しているために風呂《ふろ》に浸《つ》かって疲れを取り、布団の上で眠りたかった。それに交代で運転したと言っても、人格が変わっただけで同じ肉体を徹夜で酷使していることに変わりはない。再生能力が高いと言っても疲れは溜《た》まるのだ。

築二、三十年は経っていると思われる〝あげほげホテル〟に駐車場はない。そのため百メートルほど離れた夜店《よみせ》通り沿いの駐車場に達也は車を停めた。部屋は六畳間でシングルベッドが一つ、テレビやラジオはなくトイレは共同で風呂はないが、一泊三千円では仕方がない。

　達也は着替えることもなくベッドの上に横になると、すぐに寝息を立てはじめた。さすがにこの夜はメギドも表に出ることはなく、朝までぐっすりと眠った。

　翌朝達也は青森駅周辺の不動産屋を回り、六畳一間で、月一万円の物件を探し出した。契約には部屋代と敷金、礼金合わせて三万円も支払った。というのも〝あげほげホテル〟で目覚めた達也にメギドは青森で運転免許証を取るべく、しばらく滞在すると言い出したからだ。社会的な身分を得る意味でも運転免許の取得に、達也も異論はなかった。ただし免許証を取得するには住民票がいる。そのためには先にアパートを借りる必要があったのだ。法的に厳しい現代と違い当時の不動産契約はうるさくはない。簡単に契約をすませアパートの鍵《かぎ》を貰《もら》った達也は、速達でいわき市の市役所に、ヤクザの滝川から手に入れた戸籍の名義人である松田健吾の転出届けと返信用の速達の封筒、それに転出証明書の申込書を同封して郵送した。

　市役所と郵便局で用事を済ませると、午後一時近くになっていた。市の中心を東西に抜ける国道七号線沿いのラーメン屋で昼飯をすませた達也は、千円札を崩すため近くのタバコ屋でメギド用のラッキーストライクを購入し、釣り銭を小銭でもらった。加藤から聞いていた連絡先に電話をかけるつもりである。

　加藤と矢田瑠璃子は、北海道南部の日高《ひだか》地方にある平取《びらとり》という街で借家に住み、電話は大家でもある隣家の栗原《くりはら》に取り次いでもらうことになっていた。

父親が夕張《ゆうばり》炭鉱に就職した関係で、小学校に上がってすぐに引っ越したらしいが、平取は瑠璃子の生まれ故郷であった。彼女の遠い親戚《しんせき》や高校時代の同級生がいるらしく、この地で知人や友人を呼んで結婚式を挙げたいというのが彼女のたっての願いである。両親を亡くして一人で苦労をしてきただけに、できるだけ多くの人に祝福されたいという願望が彼女にはあるようだ。

赤い公衆電話に十円玉を入れるだけ入れて達也は電話をかけた。ところが、加藤は取材で留守にしており、瑠璃子も働いているようで夜まで帰って来ないらしい。

「まあ、いいか」

急ぐわけではない。結婚式はまだ一ヶ月以上先の話だ。

前日からの雨は、午後にようやくおさまった。だが気温も上がり、蒸し暑さもひとしおだ。達也は国道を西に進み、契約したアパートに向かった。昨夜宿泊した新町のホテルから五百メートルと離れていない。また、車を置いた駐車場からも近いという簡単な理由だけで決めた。

消防署を過ぎて八甲通りを渡り、次の夜店通りを左折した。奥州街道を挟んで昨夜車を停めた駐車場がある北側よりも店舗が多い。交差点を入ってすぐ左手の屋上に巨大なボーリングのピンの看板がある〝日活レジャーセンター（二〇〇七年に跡地はマンションになる）〟という娯楽施設があり、周囲にはレストランや飲み屋があった。人通りも多く活気がある繁華街だ。そのすぐ近くの細い路地裏に契約したアパート〝みちのく荘〟はあった。

二階建ての二〇三号室が達也の部屋だ。外階段を上り、部屋を覗《のぞ》いてみた。南向きの六畳の畳部屋で風呂は付いてないが、小さなキッチンとトイレは付いている。三万の出費は痛かったが物件としては値段相応だろう。現代では考えられないことであるが、安い物件だからと下見をさせない不動産業者もあった。不良物件を契約させる手口だが、これまでアパートの契約をしたことがない達也には分からないことだ。今回は不動産屋の主人が良心的だったと感謝すべきだろう。

契約時に不動産屋にも確認したが、荷物を置いて駐車場を探した。月極《つきぎめ》はあるが、キャンセル待ちらしく、時間や日ごとの精算ができる手頃な駐車場は見当たらなかった。仕方なく昨夜の駐車場へ向かった。距離的には三百メートルもないが、当分はここに今は愛車となったスカイラインを駐車させておくほかない。七五年型だが、未《いま》だに若者に圧倒的な人気がある。やっかみなのかコインで車体に傷をつけられたり、窓に落書きをされたりしたこともある。

周囲をさりげなく見渡してトランクを開け、毛布の下に隠された武器類のチェックをする。熊本の暴力団、谷村《たにむら》興業から奪ったショットガンや日本刀などの武器類を未だに所持していた。できれば破棄したいのだが、メギドは頑として聞き入れない。もっとも素手で敵《かな》わない追手に狙われている事情があり、それもやむなしと従っている。

次に助手席のドアを開けてダッシュボードを開き、手探りで堅い金属を確認すると、ほっと溜息《ためいき》を漏らした。リボルバーのS&W　M一〇を入れてある。残りの弾は三発しかないが、運転中に何かあった場合、すぐに取り出せるように仕舞ってあるのだ。警察の検問を嫌う最大の理由は、無免許運転よりもこれらの武器を隠し持っていることにあった。そのため、駐車場が離れた場所にある場合は、定期的に調べる癖がついていた。

武器の確認を終えた達也は、表通りに出て国道七号を渡り、北に数百メートル歩いて青森港に出た。湾の反対側に青函連絡船が停泊しているのが見える。

明治四十一年三月から就航し、津軽海峡の大動脈として活躍している青函連絡船は、石炭から軽油を用いるディーゼルエンジンへと変わっている。だが、軽油は重油よりも割高のため、燃料費と人件費で赤字は膨らんでいた。だが今さら重油に切り替えるにはエンジンそのものを取り替えねばならず、億単位の改修費がかかってしまう。青函トンネルが着工され、近い将来に消える運命にあるだけに赤字には目をつぶるほかないのである。

連絡船が出港した後も、飽きることなく海を眺めていた。どんよりとした曇り空を映し込んだ鈍色《にびいろ》の海は白波を立て、タグボートの上をカモメが飛んでいる。どこの港でも見られる風景だ。ふと、那覇港の光景が重なり、結婚まで約束していた運天マキエの顔が脳裏を過《よぎ》った。

九州では生まれてはじめて憎しみを抱いて人を殺した。メギドは達也が暗殺者としての自覚を持った証拠だという。その時はそれなりに理解していたのだが、今では間違いだったと思っている。自分を暗殺者と認めれば、ますます社会から乖離《かいり》してしまうからだ。まして、普通の人間としての感情を繋《つな》ぎ止めているマキエへの想いさえも断ち切られてしまうだろう。それだけは避けたかった。

「はあ」

大きな溜息をつき、達也は海を背に街へ向かった。

五

ゴム製のエプロンを締め、長靴姿の達也は、するめいかが入れられた発泡スチロールのケースを木の台から下ろして床に積み上げ、台をホースの水で洗った。

青森に到着した翌日に偶然通りがかった通称〝古川市場《ふるかわ》〟の〝青森魚菜センター〟で達也は求人の張り紙を見つけ、その次の日からバイトをはじめて一週間が過ぎていた。いわきの市役所から四日前に書類が届き、その二日後に青森の運転免許センターで試験を受けて一発で合格し、昨日免許証が交付された。試験は実地も筆記試験も達也が受けた。短気なメギドでは試験官である警官を怒らせる心配があったからだ。

実地試験ではS字走行や坂道発進や初心者が苦手とされる縦列駐車などを試験官が舌を巻くほど完璧《かんぺき》にこなした。また安全確認や交通法規の知識も非の打ち所がなく、減点方式の試験にもかかわらず、ほぼ満点で合格したのだ。

免許証を手に入れた達也らは、完璧に松田健吾という人物になりすますことに成功した。戸籍もあれば、住民票もあるのだ。堂々と表の世界にデビューしたことになる。

市場の仕事は朝の六時から夕方の六時半までで、はじめての仕事なので覚えることが多く、それなりに楽しい。メギドと違い、所持金が少ないために北海道に移動する前にある程度金を貯めておきたかった。

ちなみに〝青森魚菜センター〟は、二〇〇九年に客が場内の店で好みの魚介類をどんぶり飯に載せて食べる〝のっけ丼〟で全国的に有名になったが、〝古川市場〟は〝青森魚菜センター〟と隣接する〝青森公益魚菜市場〟や〝青森生鮮食品センター〟などから構成される古くから親しまれた市民の台所のような市場である。

ケースに残った魚介類をほかの一つのケースにまとめて冷蔵庫に仕舞い、空になったケースを今度は水で丁寧に洗い流した。

「健吾！　いっぺ飲みにえぐか」

傍らにゴムエプロンにねじり鉢巻をした小太りな男が、塩辛声で尋ねてきた。雇い主で鮮魚店を経営する吉沢大二郎《よしざわだいじろう》だ。四十七歳になる男で気性は荒いが、気だては優しい好人物で、仲間からは丸顔で目が細いために地蔵を意味する〝ずんぞさま〟と呼ばれている。

「今からですか？」

達也は腕時計を見た。午後六時五十分になっていた。いわきでしていた安物の時計は崖《がけ》から落ちた時に壊れてしまったので、青森に着いた翌日に同じようなスイス製の安価な時計を購入した。「二個、三個買える値段」と宣伝しているものだ。

「わげのにおたるちゃ。えげ、免許取ったお祝いだ。じぇんこは気にするな」

大二郎は「若いのに疲れたのか」と大きな声で笑い飛ばし、金は気にするなと達也の背中を叩《たた》いた。

「はあ、それじゃ、ちょっとだけ」

達也は苦笑がてら頭を下げた。一週間も市場で働き、津軽弁にも慣れてきた。

「えねな。えご！」

大二郎は「いいね、行こう」と奇声を上げ、ゴムエプロンを脱いで店の柱にかけた。

二人はまずは腹ごなしと近くの昭和通りに面した〝松竹会館（二〇〇三年に閉館）〟にある〝味の札幌（現〝味の札幌大西《おおにし》〟の前身）〟に行った。映画館にあるだけに若者に人気のラーメン店だ。今（二〇一二年）ではご当地ラーメンになっているが、このころ裏メニューとして〝味噌《みそ》カレー牛乳ラーメン〟を客の求めに応じて出していた。正規のメニューとして出されるようになったのは、翌年の一九七八年になってからだ。達也はメニューにある味噌ラーメンを、大二郎は常連らしく〝味噌カレー牛乳ラーメン〟の大盛りとビールの大瓶を注文した。

「めふた（うまかった）。どさ（どこに行くか）？」

膨れた腹を叩きながら大二郎は尋ねてきた。もちろん土地の者でない達也は店など知らないが、気を遣っているのだ。

「どこでも構いません」

「めごこがいる店にえご」

達也の予想された返答に、大二郎はにんまりと細い目をさらに細くした。近くの夜店通りに行くのかと思えば、大二郎は昭和通りを北に向かって歩き出した。

〝日活レジャーセンター〟がある夜店通りもそうだが、新町もバーやスナックや赤提灯《あかちょうちん》があり、繁華街として賑《にぎ》わっている。

「なかなか盛況ですね」

達也は飲み屋の看板を見て感心した。

「んでね、この街はだめになるべ。郊外に大型店舗ができたからね」

振り返った大二郎は寂しそうな顔をした。青森駅から三・八キロほど南東の当時は郊外だった場所に翌月の九月〝サンロード青森〟という大型ショッピングセンターがオープンし、客足を奪われた街の中心部の小売業は疲弊していく。

これは、青森に限ったことではなく、一九六四年の東京オリンピック以降にはじまったモータリゼーションの進化により、一九七〇年代から郊外型の大型商業施設の建設が全国的に進んだ。結果的に駅前商店街といった既存の商業圏は衰退し、街のコミュニティーも失われて行くことになる。

大二郎が案内した店は新町の裏通りにある〝かえで〟というスナックだった。場所的には達也が初日に泊った〝あげほげホテル〟のすぐ近くだった。

二十平米ほどのカウンター席だけのこぢんまりとした店で、三十半ばの色白の美人ママと若い女がカウンターに立っている。

「〝ずんぞさま〟、いらっしゃい。わいはぁ（どうしましょう）、いい男でねが」

ママは大二郎の後から店に入った達也を見て歓声を上げた。

「どんず豆にビール」

大二郎は苦笑いを浮かべながら、そら豆とビールを頼み、ママのすぐ前に座った。

達也が大二郎の隣に座ると、若い女がすぐ前に立った。

「いらっしゃいませ。はい、てぬぎ（手ぬぐい）」

二十代前半か。若い女はおしぼりを達也に渡して、にこりと笑った。肌のきめが細かく、色白で鼻筋の通ったいい女である。口元に小さなほくろがあり、色っぽさを感じる。

〈達也、俺と代われ〉

突然メギドが声をかけてきた。

〈いいけど、僕の印象を悪くするようなことはしないでくれ〉

美人を見た途端に現れたメギドに苦笑しつつ、達也は意識を後退させた。

交代したメギドは、ポケットからラッキーストライクを出して口にくわえた。達也は吸わないが、交代した時にいつでも吸えるようにシャツのポケットに入れたままにしてある。

若い女はカウンターに置いてあるライターでメギドの煙草に火を点《つ》けた。

「むったど（いつもは）おらにつぎね（そっけない）早苗《さなえ》ちゃんが、どうしたことか。ぶったまげだ」

大二郎がメギドの相手をする早苗の態度を見て笑った。

「ふわり（はずかしい）、大二郎さん」

早苗は両手で顔を煽《あお》ってみせた。

メギドは一言も言葉を発せず、煙草を吸ってビールを飲み続けた。達也は美人の若い女が現れたから代わったと思っているが、ただ煙草が吸いたくなっただけだ。だが、半分以上は聞き取れない早苗の津軽弁がなぜか心地よく、ビールが進んだ。明るい雰囲気が嫌いなメギドとしては珍しいことである。

ビールの大瓶を四本飲んだところで、大二郎は酔いつぶれてカウンターに頭をつけて寝てしまった。ママは慣れているらしく、タクシーを呼ぶから大丈夫だと言う。

「俺も帰る」

千鳥足の大二郎がタクシーに乗り込んだところでメギドは席を立った。

ママは午前一時の閉店まで飲んで行けというが、煙草も充分吸ったので長居しようとは思わない。

〈楽しんだかい？〉

ドアを開けようとすると、達也が尋ねてきた。

「別に」

メギドはふて腐れたように答えた。

「明日《あした》も、来てね」

早苗が店先まで見送りに出てきた。かわいらしく手を振っている。

軽く頷《うなず》いた途端、周囲が暗転した。

「……帰ってき……」

耳元で囁《ささや》くような女の声が聞こえた。鉄錆《てつさび》のような異臭が鼻を突いた。

振り返ると、髪の長い女の顔が間近にあった。

「なっ！」

青みがかった灰色の目で睨《にら》みつけ、口から血を流していた。しかも全裸で腹を切り裂かれており、内臓がはみ出している。異臭は生々しい血の臭いだった。

「帰ってきて……」

女は呻《うめ》くように言いながら早苗のように手を振っている。

メギドは思わず後ろに下がった。足を動かすこともなく女はすーと近付いて来る。

「来るな」

女を払いのけようとすると、突然吐き気が込み上げてきた。

「大丈夫ですか」

「…………」

気が付くと四つん這《ば》いになり、早苗が背中をさすっていた。

「のっ、飲み過ぎた」

メギドは慌てて立ち上がり、逃げるように店から離れた。

六

コンクリートの擁壁に波が押し寄せては飛沫《しぶき》を上げて砕け散る。

新町を駆け抜けたメギドはいつの間にか港の護岸に立っていた。

〈メギド、どうしたんだ！〉

頭の中で達也が呼びかけている。

「どうしただと、おまえも見ただろう、腹を切り裂かれた女を」

気味悪いとは付け加えなかった。何よりも達也に弱みを見せるような言葉は吐きたくない。メギドはポケットからラッキーストライクを出し、忌々しげにライターで火を点けた。

〈それが、見えないんだ〉

「何だと！　俺が嘘をついているとでも言うのか。それとも眠っていたのか」

〈違う。君に何かが起きているのは分かっている。僕も胸のむかつきを覚えるからね。

だけど、異変が起きると、僕は暗闇に投げ出されてしまい、何も見えなくなるんだ〉

「くそっ！　どうして俺にしか見えないんだ」

煙草を投げ捨てたメギドは、足下に唾《つば》を吐いた。まだ吐き気が残っている。

〈落ち着いて考えよう。第四の覚醒《かくせい》がはじまっている感覚は僕にも分かる。ただ、幻覚や夢が今は君にしか認識できないんだよ、きっと。というか君により強く反応を示しているのかもしれない〉

「俺にだけ反応している？」

メギドは最後の一本になる新たな煙草をくわえて火を点けた。今度はゆっくりと吸い込み、鼻から煙を吐き出した。むかつきは収まってきたようだ。

〈もしかして、埋め込まれた脳細胞が君の領域に近いのかもしれない。瀬田さんは、君の隣の部屋だよね。彼が覚醒するとき、君の方が頭痛は酷《ひど》かったじゃないか〉

「確かに……」

メギドは護岸のコンクリートの上に胡座《あぐら》をかいて座り、意識を後退させた。白い光に包まれた空間を抜けて黒いドアを開ける。〝アパート〟に入ると、達也がすぐ目の前に立っていた。

「多分この部屋だと思うよ」

出入口に近い左側にあるドアを達也は指差した。

右の一番手前のグレーのドアはメギドの部屋だ。その隣は瀬田武之で、その次は最初に覚醒した唐沢喜中の部屋であるが、その向こうのドアはまだ覚醒していない。

廊下を挟んで左右のドアは開けた時にぶつからないようにずれて配置されている。左側の一番奥は達也の部屋で、その手前は覚醒していない。さらに一つ手前は二番目に覚醒したジェレミー・スタイナーの部屋だということは分かっている。残りのメギドのすぐ斜め向かいの部屋が新たに覚醒していると、達也は言っているのだ。

メギドは達也を押しのけてドアノブに手を掛けた。力を入れてもまったく動かない。覚醒した脳細胞の部屋なら開けることはできるが、完全に覚醒しない限り堅く閉じられたままの状態は続く。

「くそったれ、さっさと目を覚ませ！」

メギドは腹立ち紛れにドアを蹴《け》った。

「うっ！」

二人同時に頭痛と吐き気に襲われた。だが、メギドの方が自分の部屋が近いせいか、より強い苦痛を覚えて跪《ひざまず》いた。

「なんてやつだ。こいつは疫病神だ」

メギドは立ち上がってドアを叩《たた》こうと拳《こぶし》を振り上げたが、舌打ちをして黒いドアから外に出た。

「付いてないぜ」

海風を何度も吸い込んで息を整えたメギドは、港を後にした。

駅前の新町通りを渡り、酔客とすれ違いながら夜店通りに入った。いつものことだが自分の車の安全を確認するために駐車場に向かっているのだ。昼間は達也がすることだが、駐車場が離れた場所にあるだけにメギドも気になっている。

まもなく午前一時になろうとしている。駐車場の入口にある小さな管理小屋は、午後十時で閉まり管理人も帰ってしまう。駐車の際鍵《かぎ》を預けることになっているので、時間外に退出する際は電話で呼び出さないといけない。また合鍵で勝手に出庫できないように入口は二重に鎖が張られ、南京錠まで掛けてあった。

出入口の鎖を跨《また》いで、照明も消された駐車場に入った。車は人目に付かないように奥の方に停めてある。

「うん？」

スカイラインの助手席側に立つと、微《かす》かに煙草の臭いがした。ジーパンのポケットから百円ライターを出して足下を照らすと煙草の吸い殻が落ちている。さらにドア付近を照らしてみると、ドアと窓ガラスの隙間のゴムが傷ついていた。何かを差し込んでドアロックを解除しようとしたに違いない。

メギドはスカイラインの隣に停めてあるトヨタのスプリンター・リフトバックの運転席を調べてみた。昨年の七六年に、ハワイ出身のモデルであるアグネス・ラムをＣＭに起用し、人気がある車だ。やはり、窓のゴムが傷ついている。中を覗《のぞ》き込むと、ダッシュボードの扉が開いたままになっている。車上荒らしにあったに違いない。

「むっ……」

スプリンターの反対側の闇に気配を感じた。

〈放っておけメギド。何にでも関わるからいつも事件に巻き込まれるんだ〉

達也が忠告してきた。

〈うるさい！〉

心の中でメギドは怒鳴り返した。

「出て来い、こそ泥」

メギドは低い声で言った。すると車の陰から黒っぽい服を着た男が二人出てきた。一人はバールを持ち、身長は一八〇センチ近くある。もう一人は一六〇数センチと小柄だががっちりとした体格をしており、ドアロックを解除する薄い金属製の板を持っていた。

「すあね（知らない）振りすれば、いいだべが」

背の高い男が右手のバールを突き出して声を荒げた。

「俺の車に手を出せば、殺す」

メギドは表情も変えずに言った。

二人の男たちは顔を見合わせて肩を竦《すく》めてみせた。

「わがねぇにいちゃんだ」

男は無造作にバールを振り下ろしてきた。

「死にたいらしいな」

メギドは左手で男の右手首を摑《つか》むと、にやりとした。だが、その瞬間、目の前の男は闇にかき消された。

「逃げろ！」

男の悲鳴が頭の中で響くと同時に頭痛が襲ってきた。

メギドの左手が外れ、背の高い男はバールを再び振り下ろした。

「うっ！」

バールで左肩を叩き付けられたメギドは、スプリンターのボディーに体をぶつけて倒れた。激痛で左腕が上げられない。何が起ったのか分からなかった。

〈代われ、メギド！〉

達也の叫び声に反応し、メギドは意識を後退させた。

「乱暴はしたくない。警察にも通報しないから、どこかに行ってくれ」

すばやく立ち上がった達也は、背の高い男を睨《にら》みつけた。

「わがた、わがた。おらもじゅんさは、おっかね」

男はにやにやとしながら頷《うなず》いたが、懲りずにバールを振りかぶった。

達也は舌打ちをすると、振り下ろされたバールの下をかいくぐり、男の顎《あご》に当て身を喰らわし、崩れる男の鳩尾《みぞおち》に膝蹴《ひざげ》りを入れた。

「わっ！」

傍らで傍観していた別の男が、仲間が口から泡を吹いて倒れるのを見て慌てた。

「忠告したでしょう。怪我をさせたくないって。この人を連れて行ってくれ」

「あっ、ああ」

達也が迫ると、小柄な男は背の高い男を担いで駐車場の外に出ると、

「覚《おぼ》えてろ！」

最後に大声で喚《わめ》き、通りに消えた。

「大丈夫かい？」

達也はメギドを気遣ったが、返事はなかった。

北の大地

一

一九五四年九月、大型台風十五号により死者・行方不明者千百五十五人という日本の海難史上で最大の惨事となった〝洞爺丸事故〟を教訓に、青函連絡船の客車搬送は休止され、貨物車だけ積み込むようになった。また浸水の原因となった船尾の開口していた車両搬入口には水密扉が設けられ、新造船は全てディーゼル船にするなど、さまざまな改革がなされた。

だが、こうした国鉄の努力にもかかわらず青森港から函館港まで三時間五十分という運航時間は、七〇年代に入って一般化しつつあった旅客航空機に客足を奪われ、一九七三年の年間五百万人をピークに利用客は青函トンネルが開通するころには二百万人まで減少してしまう。それでも達也が青森にいた一九七七年は、連絡船はフェリーでは代替えできない鉄道貨物の輸送手段として、主要な交通機関として機能していた。

達也は駐車場で車上荒らしに遭った翌日、アルバイト先の社長である吉沢大二郎に親《しん》戚《せき》に不幸があったと嘘を言って別れを告げ、アパートも引き払った。四番目の新たな脳細胞の覚醒《かくせい》がメギドに極めて悪影響を与えているため、あえて北海道に行って覚醒を促そうと考えてのことだ。完全に覚醒すれば、悪夢や幻覚から解放されるからだ。

車上荒らしを撃退してから、メギドの存在を感じられなくなった。おそらく冬眠に近い状態になっているのだろう。達也とメギドのどちらかが深い眠りにつくと、身体の再生能力が極端に悪くなる。二人を長年付け狙う大島産業や米軍にいつまた襲撃されるか分からない以上、達也にとってもメギド不在は死活問題だった。

午後五時、定刻にドラの音が響き渡ると、汽笛が鳴らされて〝十和田丸〟は青森一岸を離れた。東よりの風十メートルと波も穏やかである。

達也は大二郎に挨拶《あいさつ》に行った後、不動産屋や役所の臨時窓口に行くなど、北海道に渡るにあたってさまざまな手続きをすませた。用事をすませて国鉄の窓口に行ったところ、午後二時三十五分発の青函連絡船〝羊蹄丸《ようていまる》〟には間に合わず、午後五時発の〝十和田丸〟の車載の切符とグリーン券をなんとか購入できた。

八月六日から十四日にかけて有珠《うす》山の噴火騒ぎで、北海道への観光客の足が鈍っているはずだった。普通の乗船券ならすぐに買うことができただろうが、乗用車の搬入となると、乗船口が市内から遠い民間のカーフェリーより、青函連絡船は圧倒的に人気があったのだ。しかも十二台しか載せることができなかったこともある。

車両搬入の申し込みには盗難車の移動防止のため車検証がいる。戸籍だけでなく車検証も手に入れておいたのは正解であった。ちなみに青森港では車用のスロープを使って船楼甲板後部のカーデッキまで上げ、函館港では専用のエレベーターにより、乗用車の搬入ができる。だが、露天の甲板搭載であったため、天候によっては潮を被《かぶ》ることもあり、職員による洗車サービスがあった。また、乗船券を含む車載料金（一九七七年八月）は車の長さによって違い、達也の七五年型スカイラインは全長四千四百六十ミリのため、五メートルまでの料金一万一千五百円であった。

一九六六年に青函航路に就航した〝十和田丸〟は、全長百三十二メートル、総トン数五千三百九十七トン、乗客定員千二百名、貨車四十八両を積載することができ、青函連絡船として最後に建造された客貨船でもある。

岸壁の専用スロープからカーデッキにスカイラインで乗り入れた達也は、見晴らしのいい一等船室の後部にあるプロムナードデッキで暮れ行く青森港を見つめていた。グリーン券も購入したのは、普通船室の座席シートは狭いので大柄の達也では窮屈だからだ。また出航後、プロムナードデッキから立ち入り禁止のカーデッキが見下ろせることもあった。

「はあ」

達也は大きな溜息《ためいき》をついた。

午前中の雨も午後には三日ぶりに晴れ間を見せたが、夕方からはどんよりとした雲がたれ込める天気になり、空模様のように達也の心は沈んでいた。

朝一番で大二郎に挨拶に行った所、また働きに来いとアルバイト代以外に餞別《せんべつ》として二万円も小遣いをもらってしまった。そんな大二郎に嘘をついたことが、悔やまれた。それに第四の覚醒は達也にとっても気が重い。メギドによれば腹を切り裂かれた女の幻覚や夢を見るそうだ。まだ見たことはないが、凄惨《せいさん》な光景に違いない。覚醒が本格化すれば、いずれは達也も見ることになる。それが何よりも恐怖であった。

メギドが意識を後退させて自分の殻に閉じこもっているのは、悲惨な光景を見たくないこともあるが、男の声が聞こえると体が硬直し、動きが悪くなるためだった。これまで覚醒した唐沢喜中やジェレミー・スタイナーは格闘技のプロであった。また第三の男である瀬田武之も元軍人であったために格闘シーンの妨げになることは一切なかった。だが、今度ばかりは違う。埋め込まれた脳細胞の持ち主が、暴力を振るわれることが嫌いなのか、その逆かは分からないが、なぜかその場から逃げようとするのだ。

青函連絡船が陸奥《むつ》湾を脱し、津軽海峡にさしかかった。さすがに湾の外だけに船体の揺れは大きくなった。達也は車を見るためにプロムナードデッキの後方に移動した。カーデッキに整然と並べられた十二台の乗用車は、車体の下部をワイヤーで甲板に固定してあるために動くことはない。

「うん？」

階下の外階段から現れた白い帽子を被った二人の職員が、達也のスカイラインに近寄った。二人とも何か小さな紙切れを見た後、険しい表情をしているのが気になる。

車の鍵《かぎ》は搬入時に預けてあるので、おそらくドアロックはされてはおらず、刺さったままになっているはずだ。念のためにダッシュボードにいつも入れてあったリボルバーのS&W M一〇は他の武器と一緒に毛布に包んでトランクに隠してある。職員たちはナンバープレートを確認すると、車載デッキから離れた。達也は胸騒ぎのようなものを感じた。何年も逃亡生活を送っているために、ちょっとした異変でも過敏に反応するのだ。

少し寒くなって来たので達也は一等船室に入ろうとデッキのドアを開けた。すると、達也の席の近くに半袖《はんそで》のシャツにネクタイを締めた職員が、手にしたメモを見た後で回りを見渡している。達也を探しているのかもしれない。荷物は青森で買い求めた小型のリュックに入れてある。貴重品や金は二重のビニール袋に包み、リュックに入れていつも持ち歩くようにしており、自分の席には何も置いてなかった。

職員と目が合ってしまった。いまさらドアを閉めるのは怪しまれるので、一等船室に入った。案の定、職員はメモ書きをポケットに収めると近付いて来た。

「切符を拝見します」

職員は白い制帽を軽く取ってお辞儀をした。

達也は普通乗船券だけ見せた。

「グリーン券も見せて下さい」

乗船券を確認した職員が尋ねてきた。

「持っていませんが、一等船室を見たくて……だめですか？」

達也は遠慮がちに尋ねてみる振りをした。

「一等船室にはグリーン券をお持ちの方のみとなっております。あちらの階段からお戻りください」

職員は笑顔で答え、達也が入って来た後部ドアでなく、船室前方の階段を指差した。見学しても構わないという粋な計らいだ。リュックを背負った達也が、一等船室の客には見えないのだろう。

「ありがとうございます。すぐに普通船室に戻ります」

達也は頭を下げ、職員の脇をすり抜けるように通り、リクライニングシートがある船室を物珍しそうに見ながら階段を下りた。普通船室はブルーのシートの特急電車のような座席の他にも棚で仕切られた大部屋席の二種類があった。

達也は靴を脱いで通路に近い場所に座り、ポケットから先ほど職員が見ていたメモ書きを取り出した。脇をすり抜ける際にすばやく抜き取ったのだ。

〝指名手配、松田健吾、車はスカイライン　ナンバー……〟と書かれている。職員は全員同じメモ書きを持っているのかもしれない。

車上荒らしの「覚《おぼ》べてろ！」という捨て台詞《ぜりふ》が頭を過《よぎ》った。仲間が達也にやられた腹いせに警察に嘘の通報をしたのかもしれない。青函連絡船は出港ぎりぎりで警察から連絡を受け、搭載した車のナンバーと照らし合わせ、申し込みの際の自動車搬入申請書と照合したに違いない。

「くそっ」

舌打ちをした達也はメモ書きを握り潰《つぶ》した。

「うん？」

丸めたメモ書きをポケットに入れようとしてはっとした。職員のポケットからさりげなく盗んだのだが、手順はもちろん感覚すらまったく覚えていなかった。

「これも、覚醒《かくせい》なのか……」

達也は我が手を見つめながら呟《つぶや》いた。

二

青函連絡船の普通船室があるフロアには、喫茶店や売店、それに娯楽室もあったが、達也はなるべく目立たないように大部屋の片隅に座ったまま動くことはなかった。

船内では乗客に知られないように密《ひそ》かに達也の捜索が行われているようだ。職員が分かっているのは、搬入された車と松田健吾という名前だけである。達也の顔を覚えているとしても切符を申し込んだ国鉄の窓口の職員だけだろう。またカーデッキに車を停車させた際、車を固定する職員が数人近くにいたが、いずれも先に停められた車を固定する作業中で、達也の顔をまともに見た者はいないはずだ。乗客が持っている乗船名簿を出させなければ確認はできない。だが、下船でもないのにそんなことをすれば怒りだす乗客もいるだろう。

問題は函館に到着し、港に降ろされたスカイラインを取り戻すことは不可能ということである。九州から縦断してきた車だけに残念だ。人の名前は使っているが、罪を犯した覚えはないので達也にはやましさはない。名乗り出ても誤解だと分かるはずだが、車に積まれた武器を見つけられたら本当に犯罪者になってしまう。当分の間、松田健吾を名乗らない方が賢明だろう。

午後五時に青森港を出港した〃十和田丸〃は、夜の闇に包まれた津軽海峡を航行している。一時は職員が船内を緊張した様子で歩き回っていたが、二時間も経つと諦《あきら》めたのか目立った動きはなくなった。船の上だけに逃げられないと思っているに違いない。それに到着してから乗客はタラップから函館桟橋に渡るのだが、桟橋で改札の代わりに乗船名簿を渡さなければならない。そこで警官を待機させておけば、必ず捕まえられると考えているに違いない。

達也も職員に気を配ることもなくなり、うたた寝をする振りをして大部屋にいる乗客の世間話に耳を傾けていた。

乗客たちの話題は有珠山の噴火でもちきりだ。ニュースや新聞ではあまり聞かれなくなっていたので、すでに収束したものと思っていたが、地震はまだ頻発しているようだ。

有珠山は一九七七年の八月六日から群発地震が発生し、翌日の七日に噴火がはじまり、十四日まで四回の大噴火を含む十数回の噴火が続いた。噴煙は一万二千メートル上空にまで達し、周辺地域には多量の軽石や火山灰が積もり、家屋は倒壊した。また広い範囲に降り注いだ火山灰は農地や牧場を埋め尽くし、八日の豪雨でセメント状になった火山灰が森林を破壊した。被災地である伊達《だて》市、虻田町《あぶたちょう》、壮瞥町《そうべつちょう》、洞爺《とうや》村だけでも二百二十億円を超す損害額を出している。

〈車を捨てる気か？〉

ふいにメギドの声が聞こえてきた。

〈もう出て来ないのかと思ったよ〉

他の乗客に気付かれないように、達也も声を出さずに会話をした。

〈眠っていただけだ。北海道は広い。足がないと不便だ。車がなければ移動はできないぞ〉

メギドはいつも運転していただけに未練があるようだ。

〈仕方がないだろう。警察にナンバーが控えられているんだ、取り戻したとしてもあの車で走り回ったら、すぐ捕まってしまう〉

〈ナンバープレートを盗めばなんとでもなる。それにあの車が警察に渡れば必ずトランクも調べられるぞ。車検証に記載された松田健吾はそれで重罪人になる。せっかく手に入れた戸籍まで捨てる気か〉

メギドはまくしたてた。

〈そこまで言うんだったら、陸揚げされた車を自分で取り戻せばいいだろう〉

いつものことだがメギドの命令口調に腹が立った。

〈俺はだめだ。覚醒のせいで動けなくなるリスクがある。達也、これは二人の問題だぞ。おまえがやれ〉

〈勝手がいい。……分かったよ〉

達也は渋々返事をした。実は車がなければ、また列車の旅ができると密かに期待していたのだ。だが、手に入れた戸籍を手放す損失は確かに大きい。

大部屋で時の経つのを達也はじっと待った。

一時間半後に函館湾に到着したことを知らせる船内アナウンスが流れた。乗客は慌てることもなく、談笑を続けている。達也はさりげなく周囲を見渡して職員が近くにいないことを確認すると、デッキに出た。後方に進めばカーデッキに通じているが、途中で職員が仁王立ちしていた。

仕方なく外階段からプロムナードデッキに上がり、カーデッキを見下ろすと、二人の職員が達也のスカイラインの脇に立っている。それに車を固定しているワイヤーを外すための作業員も数人甲板に現れた。彼らを倒すのは容易《たやす》いことだが、車用のエレベーターを止められたら閉じ込められてしまう。車を奪い返すのは港に車が降ろされてからだ。

岸壁に数十メートルの距離になった。補助汽船（タグボート）が船尾に接近し、船首を〝十和田丸〟の船尾に当てて、船体を岸壁に押しやる。暗い中での作業にもかかわらず手際がいい。

〝十和田丸〟が接岸され、カーデッキのすぐ前に建つエレベーター棟から強力なライトが点灯し、デッキを照らし出した。

可動式のタラップが連絡船に接続され、下船を促す放送が流れた。乗客たちは荷物をまとめてデッキに出てきた。達也はプロムナードデッキのさらに上にある操舵《そうだ》室の屋上であるコンパス甲板に身を隠した。むろん立ち入り禁止の場所である。

乗客はそれぞれのフロアに接続されたタラップからぞくぞくと下りて行く。数分ではとんどの乗客は下船し、船内から人気は消えた。達也はコンパス甲板からプロムナードデッキに下りて、船尾の一番高い位置に接続されたタラップの屋根に飛び移った。タラップは鉄骨の二本の櫓《やぐら》の脚で支えられている。

様子を窺《うかが》い屋根から飛び降りて数メートル下の櫓の鉄骨に摑《つか》まった。誰にも見られなかったようだ。達也は櫓を伝って地上へ下りた。

車専用の搬入エレベーター棟の裏で達也は成り行きを見守った。サイレンこそ鳴らさないが二台のパトカーが敷地の出入口を塞《ふさ》ぐ形で停まっている。たとえ車を取り戻しても、港から外にでることもできそうにない。

搬入エレベーター棟からカーデッキに積載されていた車が順次降ろされ、パトカーの間をすり抜けて出て行く。最後に達也のスカイラインがエレベーターから出て来ると、数メートル先の駐車スペースの隅に停められた。持ち主が現れないために職員が運転していたようだ。車から下りた作業服姿の職員は、パトカーに向かって歩き出した。警官に報告に行くのだろう。

「今だ」

達也は身を屈《かが》めてスカイラインまで走り、運転席のドアを開けてダッシュボードから車検証を取り出して懐に入れ、トランクのバーを引いた。ドアを閉めて車の後部に回り、トランクから毛布で包まれた武器を取り出して扉を閉めた。岸壁は連絡船の船尾車両搬入口から貨車を搬出しているため、大きな音を立てても、作業の騒音に紛れてしまう。

エレベーター棟の裏に戻った達也は、迷った末に毛布に包まれた武器をすべて目の前の岸壁から海に捨てた。

「これでいいよね」

メギドも沈黙を守っている。異論はないようだ。

達也は岸壁沿いに歩き港を離れた。

三

天井の裸電球に蛾が群がり、黄金虫が壁や天井にぶつかって、コツン、コツンと音を立てる。しみだらけの壁には高窓があり、格子の向こうにきれいな丸い月が浮かんでいる。

「満月か……」

溜息《ためいき》が溢《あふ》れた。

背後でふいに鉄の扉の鍵《かぎ》が外される音がした。

「出なさい」

部屋の外から声がかけられた。

「はい」

廊下に出ると、制服を着た厳《いか》めしい三人の男に囲まれた。腕を乱暴に摑まれたが抵抗することもなく、後ろ手に手錠をかけられた。

「歩け」

「……」

無言で頷《うなず》いた。男たちの命令に逆らうことはない。

薄暗い廊下は寒々としていた。前後を制服の男たちに挟まれ、足を引きずるように交互に動かした。

長い廊下の突き当たりに鉄格子の扉があり、それを抜けるとまた鉄の扉があった。二重の扉を出ると、黒塗りの車が停めてある。後部ドアを見知らぬ男が開けた。

「乗れ」

背後からまた命令された。目の前の車を覗《のぞ》き込むと、助手席に座る口ひげを生やした男から冷たい視線を投げかけられた。途端に吐き気を覚えた。

「嫌だ」

　はじめて逆らった。

「乗れ、命令だ」

　背中を乱暴に押された。

「どこに連れて行くつもりだ。放せ！」

　体を激しく揺すり、逆らった。だが、左右から男たちに腕を掴まれ、車に押し込められる。逃げろ、逃げなければならない。

「逃げろ、逃げるんだ！」

　叫び声を上げて達也は目を覚ました。額に汗をうっすらとかいている。半身を起し、シャツの袖《そで》で汗を拭《ぬぐ》った。

　カーテンを閉めた窓から、街灯の光が漏れている。六畳の飾り気のない部屋に布団が敷かれ、達也はその上で寝ていた。枕元に置いた腕時計を見る。午前五時四十分、起きるにはまだはやい。布団を被《かぶ》ってまた横になった。

「さっきの夢は、何だったんだ？」

　メギドが聞いていればと思い、独り言を言ってみたが反応はない。

　昨夜の午後八時五十分、函館港に到着した連絡船から脱出した達也は、その足で函館駅に行ってみたが、切符売り場に立っていた警官が気になり、列車に乗るのを見合わせた。しかたなくぶらぶらとしていると、駅の南にある桟橋よりの〝荷物一時預り〟と書かれた大きな看板の横に〝そめい旅館〟という暖簾《のれん》を出した食堂を見つけた。

風変わりな看板に惹《ひ》かれて晩ご飯がてら店に入った。食堂に立つ女将《おかみ》に尋ねると、連絡船の客を相手に商売をしており、食堂の奥は旅館になっているという。値段も朝食付きで一泊三千円と安いので泊ったのだ。

達也は、夢が覚醒《かくせい》によるものなのか判断に迷った。というのも夢の中では吐き気を催したが、目覚めてからは特に気分が悪いこともなく、また、独房に捕われていたという状況が達也にとって驚くような体験ではないからだ。

人間兵器の開発をしていた大島産業は、特殊な脳の手術を施した子供たちを巨大な施設〝エリア零《ゼロ》〟に集めて軍事訓練を行っていた。子供たちは〝零チャイルド〟と呼ばれ、初期に手術を受けた達也は試作品の第一世代であった。だが、精神状態が不安定だったメギドは度々暴走し、その度に独房に入れられた。その経験が夢になって現れたのかもしれないのだ。

「待てよ」

達也は再び体を起した。「逃げろ」と口走ったのを思い出したのだ。埋め込まれた脳細胞の覚醒が反応して夢を見たのか、あるいは夢自体、未知の脳細胞の経験だった可能性もある。

〈覚醒した脳細胞の経験だ。俺は頭痛も吐き気も残っているからな〉

不機嫌そうなメギドの声がした。

「それじゃ、同じ夢をみたんだね」

達也は納得した。同じ脳を共有していても、人格が違う二人は別々に夢を見る。同じ夢を見るというのなら、覚醒した脳細胞の影響にほかならない。

〈くだらん夢だ。これから、どうするつもりだ〉

「札幌に出て二週間ほど働くつもりだよ。なんせ北海道随一の繁華街があるからね」

加藤の結婚式の直前まで働いて、生活費と結婚式のお祝い代も稼ぐつもりである。

〈ゆっくり行動しろ。北海道に入った途端におまえまで影響を受けたんだ。脳細胞の活性化を急ぐな〉

メギドは今回の覚醒をよほど嫌っているようだ。

「分かった。大丈夫だよ、札幌にはのんびりと行くから」

札幌までは特急に乗っても四時間以上かかる。普通列車は函館本線を使っても室蘭《むろらん》本線を使っても乗り継ぎがうまくできないため、何時間かかるか分からない。

達也は食堂で朝ご飯を食べて、八時には旅館を後にした。普段はビジネスマンが多いらしいが、日曜日のために利用客も少なかった。

函館には来たことはないが、おそらく瀬田武之の知識だろう、ある程度分かっていた。メギドの忠告に従い、覚醒を少し遅らせるためにも観光気分で散歩するつもりである。

まずは桟橋近くの函館名物である朝市を覗いた。魚介類から農産物、飲食店まであり、東京の築地《つきじ》のような賑《にぎ》わいがある。達也は料理を作るのが得意なため食材がひしめく市場は見ていて飽きない。一時間ほど朝市を散策した達也は、次の目的地に向かった。

電車好きの達也は、駅前で楽しみにしていた函館市電に乗る。車両は一九四八年に導入された丸みを帯びた函館市電五〇〇形ではなく、市が一九七〇年に東京都から購入した都電七〇〇〇形を改修した一〇〇〇形だった。

駅前から遊郭であった松風町《まつかぜちょう》の繁華街を抜け、函館市電は道道を北に向かう。観光客らしき数人の客は見られるが車内は空《す》いていた。七〇年代に入りマイカーの急増で市電の需要が減ったのだ。事実翌年の七八年から順次路線が廃止されていく。だが、その後二〇〇四年以降は五稜郭《ごりょうかく》一帯が商業地区として発展するにつけて、奇跡的な復活を遂げる。

十八分ほど乗車し、五稜郭駅前で市電を降りた。目的地はもちろん江戸時代末期に築城された五稜郭である。その城郭を見下ろすべく一九六四年に開業された〝五稜郭タワー〟に向かった。タワーの高さは六十メートル、展望台は四十五メートルある。四角形の展望台に上がると、市内のかなり遠くまで見ることができるが、残念ながら五稜郭の全景を見渡すことはできなかった。

現在建っている〝五稜郭タワー〟は、二〇〇六年に開業されたもので、高さ九十八メートル、五角形の展望台の高さは九十メートルあり、五稜郭の全長を望むことができる。また、老朽化した旧タワーは、新タワーの開業をもって二〇〇六年に解体されている。

五稜郭の城内も散策した達也は、昼飯を食べるべく商店が多い市電の通りまで戻った。

百貨店の丸井今井の近くで適当に食堂に入ろうと思っていた。時刻は午後一時近くになっている。安い大衆食堂でもあれば言うことはない。

〈達也、代われ。おまえに任せていると粗食ばかりで体力不足になる〉

昼間にもかかわらず、メギドが珍しく声をかけてきた。大方煙草が吸いたいのだろう。

「ごちそうを食べるのは構わないが、君の勘定だからね」

達也はメギドが持っている大金には一切手を触れないでいる。彼は六十万円以上の現金を持っているが、ヤクザから盗んだ金だからだ。

〈分かっている〉

メギドの返事を聞いて達也は意識を後退させた。瞬時に入れ替わったメギドは市電の通りを渡って、路地に入った。

達也は市電通りの商店を見ていたが、メギドは視覚情報の遥《はる》か先を見ていた。数十メートル離れた路地の三階建ての建物の一階に〝じゅげむ〟というステーキ屋の看板を認識するのは、三・〇以上の視力を持つだけに容易《たやす》いことだった。

「一番でかいビーフステーキ」

店に入るなりメギドはメニューも見ないで注文し、ポケットから煙草を出した。彼は比較的食事にはこだわりはないが、トンカツやステーキなどの肉料理には目がない。焼き魚で満足するような達也とは違うのだ。

煙草を吸いながら店内を改めて見た。こぢんまりとしているが、造りは重厚でとても住宅街の店とは思えない。メニューはステーキの他にもハンバーグやシチューなど洋食のメニューが並んでいる。繁盛しているらしく、家族連れやカップルが席を埋めていた。一九七〇年創業の〝じゅげむ〟は現在（二〇一二年）も同じ場所で営業を続けている。

「お待たせしました」

店は若い夫婦がきりもりしているらしく、こぎれいな女が鉄板皿の上でジュージューと音を立てるステーキを持って来た。厚切りのステーキにはこんがりと焼かれたガーリックチップが載せられている。

一口頬張ったメギドは、思わず頬を弛《ゆる》めた。

「おいしいわね」

隣の席に座るカップルの女が、ワイングラスを片手に微笑んでいた。対面のサラリーマン風の男も気取ってワインを飲み、二人は揃ってハンバーグステーキを食べている。

「むっ！」

長い髪をたくし上げる女の仕草を見た瞬間、店の様子が一変し、真正面の席に髪の長い女が座っていた。顔立ちに特徴はないが、メギドは女の目の色に見覚えがあった。薄い青みがかった灰色をしている。夢に出てきた腹を切り裂かれた女だ。だが、今は楽しそうにハンバーグステーキを食べている。

「祥子……」

メギドは見知らぬ女の名を呼んだ。途端に周囲は元の景色に戻っていた。

「どうかされましたか」

気が付くと、店の女が心配げに覗《のぞ》き込んでいた。

「何でもない」

青ざめた表情のメギドは黙々とステーキを口に運んだ。

四

達也は函館駅から午後二時五十五分発の札幌行き、〃急行すずらん二号〃の普通車に乗った。前後して特急の北斗《ほくと》号があったが、急行料金の方が九百円も安い。また一時間余分にかかっても列車の旅だけに気になることはない。〃急行すずらん二号〃は函館本線から長万部《おしゃまんべ》で室蘭本線に乗り入れ、沼《ぬま》ノ端《はた》から千歳《ちとせ》線で五時間十三分かけて札幌に向かう。

二〇〇〇年三月の有珠山噴火では、室蘭本線は全面開通するまでに三ヶ月近くかかったが、一九七七年の噴火では大きな被害はなかった。

昼食を五稜郭のステーキ屋で食べた直後にメギドは達也に交代していた。吐き気や激しい頭痛こそなかったが、また白昼夢を見て嫌気がさしたようだ。

函館駅でほたてを丸ごと煮染めた〃ほたてめし〃弁当を買って列車に乗り込んだ。四百円の〃かにずし〃弁当にするか迷ったが、一番高い四百五十円（二〇一二年現在八百八十円）の〃ほたてめし〃にしたのは、晩飯用に腐り難《にく》く、しかも函館名物を食べたかったからだ。列車の旅が好きなだけに達也は駅弁にもこだわりがあった。もっともメギドと違い新たな覚醒に無頓着《むとんちやく》ということもある。

函館本線から室蘭本線に分かれる長万部駅を午後四時五十二分に発車し、列車は内浦《うちうら》湾の深い緑の生い茂る海岸線に沿っていたが、豊浦《とようら》駅を過ぎて洞爺駅辺りから緑のはずの森や畑は灰色に変わり、駅周辺の街も色彩を失っていた。火山灰に一面埋もれているのだ。

噴火当時、千歳空港から名古屋へ向けて飛び立った飛行機に火山石が命中し、ガラス二枚を破損して空港に引き返したという。止めどもなく噴出した火山灰は霞ヶ関《かすみがせき》ビルの四百杯分に相当した。視界二メートルの中、車は日中でもライトを点《つ》けて走行し、人々はマスク無しでは過ごせなかった。

被災地の現状を目の当たりにした達也は愕然《がくぜん》として車窓にしがみついていた。しばらくして荒涼とした風景が緑色に染まりはじめ、達也は我に返った。他の客も同じだったらしく、静まり返った車両に元のざわめきが蘇《よみがえ》った。

普通車は四人掛けのボックスシートで片側十窓分と運転台側の出入口部に二人掛けのシートで定員八十四人だが、互いに干渉しないように乗客は離れて座っているので十数人程度だろう。

行程の三分の二である東室蘭駅を午後六時十分に出発するころには、曇り空も手伝い日が落ちるスピードが早まった。天井のカバーのない蛍光灯も点灯している。

「前の席に座ってもいいかな」

声をかけられて振り向くと、駅弁とお茶を持った白髪の老人が通路に立っていた。

「あっ、あなたは……」

達也は眉《まゆ》をしかめ、腰を浮かした。

「そんなに驚くこともあるまい。久しぶりだな。今の君は達也君だね」

男はドジョウのような細い髭《ひげ》を撫《な》で付けて笑うと、達也の前のシートに座った。矢島《やじま》政信《まさのぶ》、戦時中海軍に所属していた瀬田武之の上官だった男である。戦後は政府の特務機関の長をしているらしい。十数年前職務中に死に瀕《ひん》していた瀬田を復活させようと松宮健造を脅し、瀬田の脳細胞を達也の脳に移植させた。もっとも移植されたのは脳細胞の一部で、達也とメギドの脳の一部になったに過ぎない。

「矢島さん、いつから僕を尾《つ》けていたんですか？」

達也は矢島を睨《にら》んだまま声を潜めて言った。乗客は少ないが、聞かれたくはない。

「私はたまたま北海道へ仕事で来ただけだ。話は弁当を食べながらしないか。……おや、君は〝ほたてめし〟か。ずいぶんと豪勢じゃないか。私は三百円の〝はも弁当〟だよ」

矢島は座席の上に置かれた達也の弁当を見て言った。

〝はも〟はあなごのことで、うな丼のようにタレで蒲焼《かばや》きにしたあなごをごはんの上に載せたものが〝はも弁当〟である。当時は東室蘭駅のホームの売店で売っていたが、現在は販売されていない。

「分かりました。ちょうど食べようと思っていたところです」

達也は膝《ひざ》の上で弁当の包みを解《ほど》いた。卵のそぼろに煮物が添えてあり、煮染めた大振りのほたてが三つも載せられている。

「いただきます」

矢島は箸《はし》を取ってさっそく弁当を食べはじめた。

「調子狂うな」

気ままとも言える矢島の行動に呆《あき》れながらも、達也もさっそくほたてにかぶりついた。煮染めているので固いのかと思ったが、柔らかく品がいい味だ。思わずうまいという言葉を我慢した。楽しんでいるように思われたくないからだ。

「これはうまい。三百円は安いな。四百円の価値はある。いや、四百五十円か」

矢島は嬉《うれ》しそうに〝はも弁当〟を食べている。

「僕をまだ仲間に引き入れようと思っているんですか？」

弁当を半分ほど食べた達也は口を開いた。瀬田の復活は諦《あきら》めたものの、達也とメギドの特殊能力に目を付けた矢島に、特務機関で働かないかと誘われたことがある。

「むろん諦めてはおらん。君の持つ天性の能力は人並みはずれている。そして、瀬田をはじめとした後天的に身につけた能力も一流のものばかりだ。今は、君が完全に覚醒《かくせい》するのを見守っているが、いずれは日本のために働いてほしいと思っている」

黙々と弁当を食べながらも矢島は真剣な眼差《まなざ》しで達也を見た。

「日本のためですか」

自分の能力を役立てたいと思ったことは何度もある。だが、追われる身では活用するのは不可能である。

「この列車は、元は進駐軍専用列車だったことを知っているかね。戦後しばらくの間、各地に日本人が立ち入ることができない進駐軍専用の施設や交通機関があったことなど、知るまい。戦後生まれた者は、善くも悪くも何も知らずに生きている。だが、私のように戦前から生きている者は、この国が大きく変わったことを知っている。日本を誤った方向に向けてはならないのだ」

「何も知らずにではありませんよ。知らされていないのです。善くも悪くも」

達也は皮肉を言った。

「うまいことを言うな。さすがに瀬田の知恵を持っているだけのことはある。ところで、松田健吾の名はもう使うなよ」

弁当を食べ終わった矢島は、お茶を啜《すす》りながら言った。

「なっ、……どうしてそれを」

なるべく動揺を見せまいと達也は最後まで弁当を食べ続けた。

「私の特務機関は組織力がある。調べようと思えば何でも分かるのだ。車上荒らしが熊本ナンバーの車に乗っていると、青森のチンピラが警察に通報したことは調べて分かった。車を捨てて北海道に渡ればよかったのにな」

「……やはり、そうですか。車上荒らしを懲らしめてやったのですが、逆恨みされたのですね。それにしても、九州からずっと見張っていたんですか。ご苦労様です」

達也は落ち着いて答えた。冷静になって考えれば、九州から移動している達也らをいきなり青森で捕捉《ほそく》できるわけがなかった。

「正直言って、青函連絡船で警察に保護されたら、釈放を条件に仲間に入れるつもりだったが、うまく切り抜けたものだ。見事だったぞ」

矢島は低い声で笑った。

「知っていたのですか」

達也は首を振って弁当を片付けた。

「北海道には、導かれて来たのか？」

矢島はそれとなく新たな覚醒を尋ねてきたようだ。彼は松宮健造から達也らに施された脳の移植手術について詳しく聞いているらしい。

「いいえ、友人の結婚式に招かれているのです。僕のことをよくご存知のようですが、松宮から何を聞かれたのですか？」

達也は体の異変は他人には知られたくなかった。

「松宮は、覚醒は自然に任せ、急いではいけないと言われた。急激な覚醒は脳に障害をもたらす可能性があるからだ。それにしても、様々な人間から移植を受けたようだが、同時にそれは他人の人生の一部も引き継いだことになる。面倒なことだな。他人の喜びや苦しみも背負うことになるのだからなあ」

「……」

矢島の言葉に達也ははっとした。達也はまだ見ていないが、メギドは髪の長い女が腹を切り裂かれている姿を見ている。同じ女が函館のレストランで、楽しそうに食事している幻覚は達也も見た。まさに矢島の言っている言葉通りだ。おそらく女は殺されたのだろう。ひょっとすると、達也らの頭に埋め込まれた脳細胞の持ち主が犯人なのかもしれない。

「友人とは加藤淳一君だったね。花嫁の名は確か矢田瑠璃子さんだったはずだ。お似合いの二人だね」

「そう思います」

友人を褒められて悪い気はしない。達也は思わず頷《うなず》いていた。

「結婚式はどこであるのかね。式場に花束でも贈らせてもらうよ」

「平取町で内々にしますのでお断りします」

達也は慌てて口を押さえた。矢島は誘導尋問をしていたのだ。

「……平取町か。やはり君は天賦の才を持ち合わせているようだ」

首を捻《ひね》った矢島が意味不明のことを言った。

ポケットからハイライトを取り出した達也は、箱から一本取り出すとおもむろに火を点《つ》けて吸いはじめた。ラッキーストライクを切らし、函館のキヨスクで買ったのだ。

「爺《じじい》、目障りだ」

メギドにスイッチしていたのだ。

「ほう。メギド君だね。達也君が私と親しくしているのに危機感をもったのかね。実に興味深い。松宮は君のことを殺人鬼だと恐れていたよ」

矢島は乾いた笑いをしてみせた。

「俺は暗殺者だ。殺人鬼じゃない。だが、気に食わなければ誰でも殺す」

メギドは感情を表には出さずに、矢島の顔に煙草の煙を吹きかけた。

「暗殺者なら、我が機関にも必要だ。苦労して戸籍や免許証を手に入れたようだが、私なら本物がすぐ手に入る。もちろん組織に入れば、報酬もだ。興味はないか」

矢島は動じずに取引を持ちかけて来た。

「出て行け」

メギドは手で払った。

「いつまでも才能を埋もれさせておくのは惜しいだろう。私はグリーン車に戻る。興味があったら、来てくれ。隣の席は空けておこう」

「くだらない」

車両を出て行く矢島をメギドは目で追った。

五

ベージュに赤十一号（国鉄が定めた赤色）の二色に塗り分けられた〝急行すずらん二号〟は、午後八時八分に札幌駅に到着した。

列車の旅を嫌うメギドだが、煙草を吸いながら珍しく終点の札幌まで車窓を眺めていた。窓の下に備え付けてある灰皿は吸い殻で一杯になり、蓋《ふた》が閉まらなくなっている。

列車到着のアナウンスを聞いたメギドは、席を立ち最後尾の車両から外に出た。ホームに降り立った人々が疲れた足取りで改札に向かう中、人の波に逆らいホームの一番端の暗闇から辺りを窺《うかが》うと、線路に音もなく飛び下りた。

札幌駅の高架化工事は一九七八年からはじまり、駅周辺が現在に近い形になるのは、国鉄分割民営化がされた一九八七年以降である。線路沿いを西の方角に歩き、駅に近い踏切から一般道に出るのは簡単なことだった。

「達也、交代だ」

メギドは舌打ちをすると、意識を後退させた。というのも、誰にも気付かれずに駅から出られたと思ったが、監視の目を感じたからだ。

「たぶん、矢島さんの部下じゃないかな。僕らが改札を通らないことを予測していたんだ。振り切れると思ったけど、甘かったね」

歩きながら交代した達也は苦笑した。

〈何を感心しているんだ。俺たちは監視されているんだぞ〉

　メギドは腹立たしげに言った。

「九州から僕らを尾《つ》けて来たんだ、ある意味すごいとは思わない？　それだけ、僕らのことを期待しているんだよ」

〈それがどうした。うっとうしいだけだ〉

「矢島さんの言うように、そろそろ将来のことを考えてもいいんじゃないかな」

　達也はメギドに構わず続けた。

〈やつの言っている意味が分かっているのか〉

「組織に入るということだろう」

〈馬鹿野郎。誰が犬になるか！〉

　怒鳴り声を上げたメギドの気配が、スイッチを切るように唐突に消えた。意識を極限まで後退させたのだろう。

　達也は線路を渡って駅の北側に出ると、二つ目の交差点を左に曲がり、ビジネスホテルや旅館が建ち並んでいる北七条西《きたななじょうにし》の路地に入った。

　できたばかりのようなこぎれいなホテルは避け、達也は老朽化した三階建ての〝ホテル札幌〟に入った。一泊三千五百円と書いてあったが、一週間連泊するからと思い切って交渉し、一泊二千五百円にしてもらった。部屋は三階の三〇二号室、西向きの八畳でシングルベッドにシャワーにトイレ、それに十円で見られるテレビも付いている。造りは古いが最低限の設備は揃っていた。

居場所が決まったので、加藤に電話で知らせようと一階のフロントに下りた。部屋には内線の黒電話はあるが、ホテルの交換手が午後八時に帰ってしまうため、朝まで外線はかけられないのだ。もっともこの手の小さなホテルの交換台は一台の親機を使い分けるだけで、電話番がいなくなるだけなのだろう。

フロントの前に置いてあるピンクの公衆電話で、加藤に連絡をすべく大家である隣家の栗原に電話をかけたところ、仕事先から帰って来た矢田瑠璃子と連絡がついた。近くの農家で手伝いをしているため、帰りはいつも午後八時近くになるらしい。

「ご無沙汰《ぶさた》しています。どうですか、そちらは？」

——おかげさまで。達也さんこそ、お元気ですか？

瑠璃子の声に達也は一瞬戸惑った。微《かす》かだが、心臓に痛みのような違和感を覚えたからだ。それはメギドの感覚が表に出て来たもので達也の感情から生まれたものではない。

「加藤さんは、いらっしゃいますか？」

——生憎《あいにく》取材で留守をして、今は札幌にいるの。

「札幌、……本当ですか」

達也は思わず大きな声を上げた。驚いたせいもあるが、フロントの前は喫茶店になっており、カラオケの音がうるさかったのだ。夜は酒も出すらしく、照明を落として天井にはミラーボールが回転し、最新の八トラックのカラオケが置かれている。店のコーナーで、スポットライトを浴びた酔っ払いがスタンドマイクに向かって熱唱していた。この時代、防音を施したカラオケボックスはなかった。

――どうされたんですか、そんなに驚かれて。まさか札幌にいるなんて言わないで下さいよ。

瑠璃子の笑い声が聞こえた。彼女とは北九州で別れているが、暴力団に陵辱を受けた彼女は暗い表情をしていた。月日が彼女の心身を癒《いや》したのかもしれないが、加藤が何かと力になり彼女を立ち直らせたに違いない。

「そうなんです。札幌にさきほど到着しました。加藤さんの連絡先は分かりませんか？」

――それが、あの人ったら鉄砲玉だから、こちらからは連絡がつけられないの。今度淳ちゃんから電話があったら、達也さんのホテルを教えておくわ。

札幌に取材となれば、加藤が雑誌に連載している夜の街のレポートをしているに違いない。ホテルにも泊らず、いかがわしい店に出入りし、〝ちょんの間〟で夜明かししているのかもしれない。連絡をしないというより、取れないのだろう。

「よろしくお願いします」

達也はホテルの名前と電話番号を教え、公衆電話の受話器を置いた。

「淳ちゃんか」

瑠璃子との会話を思い出し、達也は吹き出した。結婚はしていないが、口ぶりは古女房のようだった。だが、加藤のことを淳ちゃんと呼ぶ辺りは、まだまだ恋人のような感じだ。

「ふう」

脳裏に沖縄に残してきた運天マキエの姿が蘇《よみがえ》り、思わず大きな溜息《ためいき》をついた。九州から北海道を目指したのは、結果的には新たな脳細胞の覚醒《かくせい》が影響していたのかもしれないが、元はと言えば、メギドがマキエに未練を残す達也を引き離すためだった。だが、彼女への思いは、距離には関係なくつのるばかりである。時がいつかは解決してくれると願うしかない。

「仕事を見つけるぞ」

達也は気を取り直すべく、気合いを入れホテルを出た。

六

札幌はアイヌ語で乾いた大きな川、あるいは広大な川を意味する〝サッ・ポロ・ペッ〟あるいは〝サリ・ポロ・ペッ〟という地名から転用されたものである。このように北海道の地名の実に八割がアイヌ語由来である。

北七条西のホテルを出た達也は踏切を渡って札幌駅の南側に出た。そのまま樽川《たるかわ》通を南に下り官庁街を抜ける。道路が広いこともあり街並が美しいことに達也は感心させられた。

大通公園を横切ると、南一条《みなみいちじょう》の商店街になった。さらにその先には有名な〝狸小路《たぬきこうじ》〟がある。明治初期、まだ商店や飲食店が数軒しかなかった時代にすでにそう呼ばれていた。由来は狸が出没したとか、客引きの手練手管が狸に化かされたように巧妙だったという説もある。

おそらく飲食店の残飯を狸が漁《あさ》りに来たのだろう。大自然に囲まれた街だけに森から抜け出した動物がえさを求めて徘徊《はいかい》したことは容易に想像がつく。ごく最近（二〇一二年）でもすすきのの公園に野生のきつねが出没すると話題になる一方で、寄生虫病のエキノコックス症に感染する恐れがあるとして警戒されている。

「ほう」

達也は南一条通を越えて喫茶店やバーがひしめいている裏通りを発見し、小さく声を上げた。〝名曲喫茶〟や〝ジャズ喫茶〟や〝ロック喫茶〟などの音楽系喫茶だけでなく、間口の狭いバーやスナックが軒を連ねているのだ。当時若者の文化の発祥地とまで呼ばれた〝オヨヨ通り〟である。バブル期の地上げにより日本中の街が歯抜けになったように、この通りも現在（二〇一二年）では店舗は少ない。

〝オヨヨ通り〟に入った達也は、バイトを探そうと店に張り出されている求人広告を探しまわった。時給五百円以上の店を探しているのだが、なかなか見つからない。ホテルの部屋代が二千五百円かかることを考えれば、一日に付き五時間分は宿泊費としてなくなってしまうからだ。

達也は諦《あきら》めてすすきのに向かった。すすきのは〝狸小路〟と札幌市電の通りである国道を隔てた南側の歓楽街である。一八七一年に北方開拓にたずさわる官庁である〝北海道開拓使〟が、開拓に従事する労働者のために遊郭に指定したことにより生まれた。さすがに新宿の歌舞伎町《かぶきちょう》や福岡市の中洲《なかす》と肩を並べる歓楽街であるだけにすすきのは規模が違った。しかも一階が怪しげなバーで二階から上はブティックや飲食店といった歌舞伎町でもあまり見られない風俗と絡んだ雑居ビルも見られる。またすすきのに限ったことではないが、ディスコブームに乗ってホールも沢山あった。

電車通りを過ぎてその裏道を南四条西《みなみよじょうにし》七丁目から現在（二〇一二年）の地下鉄東豊《とうほう》線の豊水《ほうすい》すすきの駅（一九八八年開業）がある二丁目まで店の求人広告をつぶさに見て歩く。東京、名古屋をはじめとした夜の街で働いて来た経験がある達也には店構えを見ただけで、店の内容はなんとなく分かる。そのため全ての張り紙を見る必要はなかった。

「にいさん、安くしとくよ」

蝶《ちょう》ネクタイの黒服が肩を叩《たた》いてきた。この時代は今と違って、呼び込みの身体接触に関しての取り締まりは厳しくない。中には腕まで摑《つか》まれるケースさえあった。

「今、就職活動中です」

事実を言ったまでだが、下手に断るより効果がある。

「なんだ、同業者か」

黒服は舌打ちをして離れて行った。

達也は一本南にある南五条通も見て歩き、よさげな店で話を聞きに行ったが、二週間の短期では雇って貰《もら》えなかった。それでも諦めることなく、南五条通の裏通りに入った。

「ママ、店閉めて、どっかに飲みに行こうよ」

酔っぱらった客が見送りに出た女を誘っているようだ。男は足下も定かではないが、女の肩をしっかりと摑んで俯《うつむ》いていた。顔はよく見えないが、ズボンにラフなジャケットを着ている。自営業をしているのかもしれない。二人は通りの外れにあるスナックから出て来たようだ。

「お客さん、しつこくしないで。お願い、面倒なことになるから」

女はかなり迷惑そうな顔をしている。時刻は午後十一時四十分、この界隈《かいわい》の店なら午前一時、二時までは営業しているはずだ。

傍観していた達也を四人の男が足早に追い越して行った。全員パンチパーマで見るからに人相風体の悪い連中だ。地元のヤクザに違いない。みかじめ料を払っている店が呼んだのだろう。酔客がよほど店内でも迷惑をかけたのか、あるいはママはヤクザの幹部の愛人なのかもしれない。

「にいさん、ちょっと来てもらおうか」

身長一八〇センチ近くある一番背の高い男が、女から男を無理矢理引きはがした。

「なっ、なんだ。君たちは」

屈強な男たちに両脇を抱えられてようやく事態を飲み込んだ酔客の顔が、ネオンに照らされた。

「あっ……」

達也は息を飲んだ。男は加藤淳一だったのだ。

〈達也、ここは俺に任せろ〉

「喧嘩《けんか》はだめだよ」

自信ありげにメギドが声を掛けて来たので、達也は意識を後退させた。

「悪いな。そいつは俺のダチなんだ」

メギドは四人の男たちの中に割って入った。

「なんだと、それじゃ、一緒に事務所に来てもらおうか」

背の高い男がメギドの前に立ちふさがり、下から上を見て品定めをしている。メギドの身長は一八二センチあり体格もいい、多少戸惑っているようだ。

「邪魔だ」

ヤクザを押しのけたメギドは加藤の髪を左手で鷲摑《わしづか》みにして、右手で往復ビンタをくらわせると、すかさず膝蹴《ひざげ》りを鳩尾《みぞおち》に叩き込んだ。加藤はメガネを飛ばされて鼻血を流し、嘔吐《おうと》をしながら道路に倒れた。

「なっ！」

ヤクザらはメギドの一瞬の荒技に声を失った。

「もっとやって欲しいか。殺してもいいんだぞ」

　メギドが四人の男たちを順番に見て凄《すご》むと、誰もが無言で首を振ってみせた。ヤクザを前に平然と暴力を振るったこともあるが、メギドの異常な目付きが恐ろしかったのだ。

「文句はないな」

　落ちているメガネを拾い、気絶している加藤を軽々と肩に担ぐと、メギドはその場を去った。ヤクザらはその後ろ姿を呆然《ぼうぜん》と見送った。

　百メートルほど歩き、肩に担いでいる加藤を閉店した店の前に転がすと、メギドは煙草を吸いはじめた。

「達也、代われ」

　そう言うと、がっくりと膝《ひざ》をついた。加藤に暴力を振るった途端、激しい頭痛に襲われていたのだ。

「荒っぽかったけど、うまく言ったね。でも、君はやはりしばらく表に出ない方がいいかもしれないな」

　交代した達也は加藤の横に座り、肩で息をした。メギドほどではないが、達也も頭痛がしたのだ。しかも、いつものように「逃げろ！」と叫ぶ男の声まで聞こえた。

「今度覚醒《かくせい》する人は、暴力にかなり恐怖心を抱いているんだよ、きっと」

　相槌《あいづち》を打って欲しかったが、メギドの返事はなかった。

「うん？」

右手に火のついた煙草が挟まっていた。消そうかと思ったが、煙を吸い込み、ゆっくりと吐き出した。これまでと違う覚醒に達也も苛立《いらだ》っていた。

取材旅行

一

加藤との九ヶ月ぶりの再会は悲惨だった。もっとも加藤は昨夜の出来事の記憶はなく、シャツが血だらけになり、顔が腫《は》れている理由も覚えていなかった。

気絶した加藤を達也は大通公園の手前で拾ったタクシーに乗せてホテルに戻り、自分のベッドに寝かせた。達也は床に膝を抱えたまま朝を迎えた。

「二軒目のバーで取材したところまでは覚えているんだけどな。そうだ、テキーラをストレートで何杯か飲んだんだ。それで顔が腫れていたのか。いつもと違って腹を殴られたように酷《ひど》い胸焼けもするんだ。シャツの血は転んだのかな」

目覚めた加藤はベッドに腰掛け、鳩尾をさすりながら渋い表情をした。

「そうなんですか……」

達也は乾いた笑いをした。ヤクザから救い出すためとはいえ、メギドが加藤を叩きのめした理由をなんとなく分かっていた。矢田瑠璃子との結婚を前に自堕落な加藤に腹を立てたのだろう。決して口に出さないが、メギドは彼女に未練があるに違いない。もっともあの場では狂気ともいえる彼の振る舞いでヤクザらを震え上がらせたからこそ、救出に成功した。達也ならひたすら頭を下げるだけで、半殺しの目に遭っていたかもしれない。

「それにしても、目が覚めたら達也君がいたことには驚かされたよ」

加藤は苦笑いをして、煙草の煙を鼻から吐き出した。

「それは僕の台詞《せりふ》ですよ。昨日平取に電話したら、加藤さんは札幌で取材していると瑠璃子さんから聞きました。しかし、まさか着いたその日に会えるとは思いませんでしたから」

「君とは付き合いが長い。私の長年の記者としての勘が働いたのだろう」

見つけたのは達也だが、加藤は気取って言った。

「しかし、あんなに酔っぱらって仕事になるんですか？」

恩着せがましくなりそうなので、ヤクザに絡まれたことを教える代わりに達也は加藤をちくりと責めた。

「いや、実は札幌には五日前から来ていてね。昨日出版社には原稿を送ったので、取材がてら一人で打ち上げをしていたんだよ」

加藤は鼻の頭を掻《か》きながら答えた。これは嘘をついているときの癖だ。仕事はともかく、打ち上げというのは怪しい。

「ところで、君はどうして札幌にいるんだね」

「どうしてって、とりあえず加藤さんの結婚式に参列するために来たんですが、式まで働こうと思ったんです」

質問で返され、思わず肩を竦《すく》めた。

「勤め先は決まったのかい？」

「多分、札幌では働けないでしょう」

ヤクザに手を出さなかっただけましだが、彼らの面子《メンツ》を潰《つぶ》したことに変わりはない。少なくともすすきのでは働けなくなった。

「ひょっとして、彼がまたなんかやらかしたのかい？」

そう言って加藤は慌てて自分の口を手で塞《ふさ》いだ。彼とはもちろんメギドのことだ。

「まあ、そんなところです」

達也は苦笑いを浮かべながらも、メギドが何の反応もしないのでおやっと思った。

「それじゃ、また私の助手として取材に協力してくれないか」

一昨年《おととし》達也はボディーガードとして加藤の取材に付き添って沖縄に行った。

「札幌の取材を続けるんですか？」

すすきのを取材するというのなら、ヤクザと再会する危険性が高い。

「いや、すすきのの取材は終わっている。またしたいと思っているけど、次の取材地は夕張だよ。経済紙の取材でいたってまじめな仕事なんだ」

「夕張、……炭鉱ですか？」

夕張に関して、あまり知識はなかった。

「今年北炭《ほくたん》夕張炭鉱が、新炭鉱を除いてすべて閉山する。あの北海道を代表していた炭鉱が潰れるんだよ。一つの時代が終わったと言っても過言ではない。歴史を記録する意味でも価値ある取材なんだ」

昨夜泥酔していた男とはとても思えない言葉に圧倒された。達也はメギドと二つの人格を持つが病気ではない。だが昼はまじめなジャーナリストで、夜は堕落した風俗ライターに変身する加藤こそ、二重人格者だと思っている。

「でも僕で役にたちますか？」

沖縄の取材は、ヤクザや米兵とのトラブルを避けるために、達也の腕力と英語力を見込まれてのことだった。だが、達也の経費は加藤の自腹だった。

「沖縄の取材を覚えているかい。私が記事を書いて、写真まで撮ったよね。よかれと思ったんだが、結果的に出版社に足下を見られる結果になった。私はジャーナリストとして写真は撮るべきじゃなかったんだ。逆にカメラマンを別に同行させれば、私の価値は上がるし、ちゃんとカメラマンの経費も出るんだ」

「経費が出るのはいいんですが、僕がカメラマンになるんですか？」

達也は右手を左右に振った。

「大丈夫だよ。カメラは私のを貸してあげるから」

「そういう問題じゃなく、カメラは扱ったことがないんです。……いやそうでもないか」

達也は首を捻《ひね》った。レンジファインダーカメラである〝ニコンSP〟のファインダーを覗《のぞ》いている映像が頭を過《よぎ》ったからだ。おそらく瀬田の記憶だろう。つまり経験があるということになる。

「分かりました。お引き受けします」

達也は笑顔を見せた。

二

午前十時五分発の函館本線下りの普通列車に達也と加藤は乗った。目的地は夕張だが、函館本線の岩見沢《いわみざわ》で室蘭本線に乗り換え、追分《おいわけ》から夕張線に乗り換えなくてはならない。

乗車する列車は加藤がポケットサイズの〝全国版コンパス時刻表〟を見ながら、できるだけ効率のいい乗り継ぎを考えている。列車の旅に慣れて来たらしく、以前は重い旅行鞄《かばん》を使っていたが、軽いショルダーバッグ一つで移動していた。

電車好きの達也は、五分前に発車した〝特急いしかり二号〟に本当は乗りたかった。札幌、旭川《あさひかわ》間を六両編成で、指定席一両、五両が自由席というグリーン車がない珍しい特急列車だ。だが、岩見沢で午後十二時発の室蘭本線に乗り継ぐのに一時間半も時間が空いてしまうため、時間調整と節約も兼ねて普通列車にしたのだ。

午前十一時、定刻通りに岩見沢駅に到着した。乗り継ぎまで一時間あるが、ローカル線では珍しい話ではない。二人はホームの立ち売りの弁当屋から三百五十円のイクラ弁当（現在は発売されてない）を買って、ベンチで堪能《たんのう》した。

午後十二時発、室蘭本線の上り苫小牧行きの普通列車に乗る。八つ目の停車駅である追分駅には五十分後に到着したが、夕張行きの列車は午後二時ちょうどに発車する。またしても一時間以上の待ち時間があった。

とはいえ乗り換えで別の列車に乗れるので、達也にとっては楽しみの一つであった。また、ローカルな駅では乗降客が少ないので尾行の有無を確認することもできる。残念といえば天気が思わしくないことだ。曇り空の下、ホームから見える景色はどんよりと彩度を失っている。

「私のカメラを預かってくれないかい」

ベンチに腰掛けた加藤からカメラを無造作に手渡された。カメラマンとしてカメラに慣れろということなのだろう。彼の愛用のニコンＦ2だ。

「いいカメラですね」

無骨だが、コンパクトで手に馴染《なじ》みやすいボディーに目を見張った。

一九八〇年にシリーズ初の電子制御シャッターのＦ3が出ても、Ｆ2の世界でトップクラスの一眼レフカメラの座は揺るがなかったという名機である。交換レンズはニッコール50ミリ、F1・4Sが付けてあった。

「中古で買ったんだ。ぶつけたり落としたりしたけど、頑丈でいいよ」

加藤は煙草を取り出し、笑ってみせた。確かにファインダーやボディーに傷が付いている。だが、それがかえって味に見えるところが、いかにもプロ仕様のカメラらしい。

「フィルムは後二、三枚だから、適当にシャッターを切って取り出してくれる？」

「分かりました」

ファインダーを覗いた。露出計がファインダー内に内蔵されており、しかも驚くほど精緻《せいち》にピントが合わせられる。シャッターボタンを押すと、一眼レフ特有のミラーが上がりシャッターが切れる大きな音がした。フィルム巻き上げレバーを左の親指を回転させるように動かす。意外にレバーが重い。素早くフィルムが巻かれるようにレバーの角度を小さくしたことが原因だろう。

達也は加藤から一切の説明を受けることなく、ホームや駅舎を撮影して最後まで撮りきり、フィルムをロールに巻き上げてカメラから取り出した。F2を扱うのははじめてだが、見ただけで使い方は分かった。

「驚いた。なんだか手つきがいいじゃないか」

加藤は煙草に火を点《つ》けるのも忘れ、目を丸くしていた。

「そうでもないですよ」

達也は頭を掻きながら謙遜《けんそん》したが、一番驚いているのは本人だった。

メギドは瀬田武之の脳細胞が完全に覚醒《かくせい》しても暗殺術の能力が一切なかったことに腹を立てていたが、特務機関の情報員としての広範囲な知識と技術には得るものが多かった。

一時間ほどしてホームに真新しいキハ40形の列車が入って来た。キハ40形は酷寒地用に設計されたもので、一九七七年に製造され、現在（二〇一二年）も同じ型番の列車が走っている。ちなみに車両識別記号の〃キハ〃は気動車（ディーゼル）を意味する。

国鉄夕張線は一八九二年に北海道炭礦鉄道により追分、夕張間が開通し、一九〇六年に国有化され、八一年に現在の石勝《せきしょう》線に改称された。また、夕張には三井グループに属する北海道炭礦汽船が運営していた夕張鉄道もあったが、炭鉱産業の斜陽化とともに順次廃止され、一九七五年に全面廃線となっている。

午後二時に発車した列車は緑豊かな山間《やまあい》を縫って走る。追分から三つ目の滝《たき》ノ上《うえ》駅から赤煉瓦《あかれんが》の洒落《しゃれ》た建物が見える。北海道炭礦汽船が一九二五年に建設した発電所である。現在（二〇一二年）は北海道企業局が運営・管理しているが、炭鉱の動力を支える重要な施設の一つだ。

午後二時四十分、紅葉で有名な夕張の玄関口である紅葉山《もみじやま》駅（現新夕張駅）を発車し、十分ほどで大きな跨線橋《こせんきょう》がある清水沢《しみずさわ》駅に到着した。

「ここは三菱《みつびし》南大夕張炭鉱がある南大夕張駅へ向かう大夕張鉄道線の始発駅でもあるんだよ。今日は移動だけになりそうだから、途中下車して近辺を散策してみよう」

時刻表を見ていた加藤は、ふいに席を立った。達也は慌てて網棚から自分のリュックサックと加藤のショルダーバッグを下ろして、加藤に従った。

駅前の商店街を南へ歩き、大きな交差点を左に曲がり、北海道道九〇七号線（現国道四五二号）に沿って東に向かう。すると長屋造りの木造建築がいくつもあった。清水沢清栄町《せいえいちょう》にある北炭清水沢炭鉱の炭住（二〇一〇年に解体）である。四軒長屋の窓は開け放たれ、近くには洗濯物がはためいている。どの家も生活感が溢《あふ》れていた。炭鉱労働者がここでまだ働いているのだ。

だが清水沢炭鉱の本坑の採掘は一九七〇年に終了しており、残された斜坑も八〇年に終掘して閉山された。炭鉱労働者は新炭鉱に吸収されていくことになる。

「この道をまっすぐ進むと、北炭清水沢発電所があるんだ」

加藤は事前に下調べをしてきたようだ。

「その前に、写真を撮っていいですか？」

炭住を見たら写真に収めたくなった。というのも九州の炭鉱で見てきた炭住と違い、屋根の勾配《こうばい》が途中で変わっているのだ。日本家屋というより、どちらかというとスイスのロッジのようなデザインだ。これは北海道ではよく見かける〝ギャンブレル屋根〟で欧米の建築スタイルである。

「何か気になるものがあったら、好きに撮ってくれたまえ。ついでにフィルムも渡しておくよ」

加藤はショルダーバッグから新品のフィルムを入れたビニール袋を出した。

達也はリュックサックからカメラを出すとフィルムを入れた。その手つきもプロカメラマンなみと言っていい。情報員だった瀬田が隠し撮りするのにスピードを要求されたからだろう。さっそく達也はカメラストラップを首にかけて炭住を撮りはじめた。

「うん？」

数メートル離れた炭住の脇に菜の花に似た黄色の花が咲いている。

「〝キガラシ〟……」

花の名が口をついて出た。すると周囲の風景が一変し、辺りは一面の野原になった。

「私、この花が大好き」

女の声が聞こえた。

振り返ると、髪の長い女がしゃがんで〝キガラシ〟の香りを嗅《か》いでいる。

「名前、知っている？　〝キガラシ〟っていうのよ」

女が顔を向けてきた。美人だが、顔立ちに特徴はなく口元に小さなほくろがあり、その目は薄い青みがかった灰色をしている。

「達也君、……大丈夫かい？」

加藤の声で情景は元に戻った。

「……」

達也は両手を膝《ひざ》についてしゃがみ込み、荒い息をしていた。

三

新たな覚醒の影響で達也ははじめて幻覚を見た。メギドが見たと言う髪の長い女の映像だ。口元にほくろがあり、青みがかった灰色の目をした女だ。名前は祥子というらしい。覚醒しようとしている脳細胞の持ち主が生前に深く関係した彼女か、妻だったのかもしれない。

幻覚を見るきっかけとなった〝キガラシ〟という花は、六月から九月にかけて花を咲かせるアブラナ科の植物だ。緑肥として広く利用され、現在（二〇一二年）も北海道の多くの農家で畑一面に黄色の絨毯《じゅうたん》のように咲き誇っている光景をよく見かける。もっとも〝キガラシ〟は植物と共生する菌根菌が着生しないため、土壌中の菌根菌密度を低下させ、後作の作物の育成が低下すると指摘されている。

「達也君、大丈夫かい？」

加藤は道道の脇で休んでいる達也を覗《のぞ》き込むように言った。

「すみません。ちょっと動悸《どうき》がしただけです」

達也は額の汗を手の甲で拭《ぬぐ》った。頭痛や吐き気はなかった。ただ、幻覚を見たというショックで心拍数が高くなったのだろう。

「炭住の脇に咲いている黄色い花は何ですか？」

達也は花の名前を確認するためにあえて加藤に尋ねた。

「あの花は〝キガラシ〟と言って、北海道の田舎ならありふれた花だけど、……」

加藤は質問の意味がよく分からず当惑している。

「やはり、そうですか」

花の名前は間違っていなかった。とすれば幻覚は脳細胞の記憶に間違いない。

「ひょっとして、新たな覚醒がはじまったんじゃないのかい?」

加藤の表情が険しくなった。彼は幾度となく達也に埋め込まれた脳細胞が覚醒する様を見ている。その度に事件に巻き込まれているだけに複雑な心境なのだろう。

「はあ、実はそうなんです」

達也は元気なく返事をし、これまでメギドの経験した幻覚や夢も加えて話した。

「髪の長い女性、殺害現場、逃げろと叫ぶ声、それに〝キガラシ〟か」

加藤はジャーナリストらしく取材用のメモ帳を取り出し、キーワードを書き込んだ。

「メギドの場合、暴力を振るおうとすると、吐き気がこみ上げて来るんです」

これまで加藤には脳細胞を活性化させるために何度も協力してもらっているので、正直に話した。

「今度覚醒しようとしている脳細胞は、これまでと違ってメギドの暴力行為を制御するために埋め込まれたんじゃないのかな」

しばらく考え込んだ末に加藤は言った。

「暴力行為の制御？」

達也は予想もしない加藤の推理に首を捻《ひね》った。

「以前君から聞いた話では、大島産業の訓練施設でメギドがよく暴れ、その度に独房に監禁されたそうじゃないか。困り果てた松宮健造は、殺人犯の脳細胞で彼の暴力を封じ込めようとしたんじゃないのかな。おそらく生前の殺人犯は、不可抗力で人を殺し、自分の犯した罪に怯《おび》え、警察から逃げ回っていたんだよ。きっとそうに違いない」

自信ありげに加藤は大きく頷《うなず》いてみせた。

「……なるほど、確かにあの松宮ならやりかねませんね」

納得したわけではないが、加藤の仮説は理解できた。

達也とメギドは人間兵器〝零チャイルド〟という極秘の存在だった。機密保持のためにすべての〝零チャイルド〟には〝記憶プロテクター〟という装置で、施設を脱走した瞬間に一切の記憶を失う強力なマインドコントロールがされていた。

さらにメギドの暴力を抑えようとした松宮は、同じ装置でメギドが暴力的な行為に及んだ際、激痛がするように暗示をかけてあった。だがそれでもメギドは時に松宮をはじめとした大島産業の関係者を恐怖に陥れた。とすれば、脳に直接細工をされた可能性も否定できない。

「これまで同様、完全に覚醒《かくせい》するまでは君たちの苦しみは収まらないんだね。君には世話になっているから、一肌脱ごうじゃないか。それにメギドさんからも感謝されるかもしれないしね」

加藤は、メギドをさん付けして持ち上げた。表に出ていなくても意識下で聞かれていることを警戒しているのだ。身近にいるだけに彼はメギドの恐ろしさを一番よく知っている。

「そう言っていただけると助かります」

達也は素直に頭を下げた。

二人は道道を歩いて巨大な北炭清水沢発電所の施設を見た後、炭鉱事務所を訪れて取材許可を取り、清水沢ダムの近くにある廃坑となった本坑を見学した。鉄製の長細い換気塔を備えた坑口は、コンクリートで封鎖されて中には入れない。終掘して七年の月日が経ち、すでに雑草に覆われていた。

その後、本坑の近くにある採掘が行われている斜坑を見学した。中まで入る許可は得ていないので坑口の写真を撮っただけである。坑口は二つあるが、ひっそりとしている。とても採掘中の炭鉱とは思えない。それだけ採炭量が減っているのだろう。

二人は近くにある〝ズリ山〟にこっそりと登った。〝ズリ山〟とは採掘した鉱石で使えない岩石や石炭の混じったクズを捨てて山積みにした場所である。九州の炭鉱では〝ボタ山〟と呼ばれる。崩落する危険があるため、登っている所を見つかれば叱られる。

事実過去に九州で豪雨により崩壊し、炭住が押し潰《つぶ》されて死傷者を出す事故も起きている。

「物悲しい眺めだね。日本の経済発展を支えてきた炭鉱産業は、どこもう終焉《しゅうえん》の時を迎えている。エネルギーは石油、やがて原子力に変わってしまうのだろう」

周囲の景色が一望できる〝ズリ山〟の頂上で加藤は寂しそうに呟《つぶや》いた。

「本当にそうですよね。僕はいわきにしばらくいましたが、原子力発電所が建設されて、近くに新たな火力発電所の建設も進められていました。政治家は原子力発電所をどんどん作らないと、やがて日本人はろうそくで生活することになると住民を半ば脅しているそうです。本当にそうなんですか？」

達也は溜息《ためいき》混じりに言った。

「私には正直言って分からない。経済発展で人々の生活は一変した。私が高校生の頃、家庭では白黒テレビ、洗濯機、冷蔵庫が三種の神器と呼ばれたが、それが今ではカラーテレビ、クーラー、車になっている。贅沢《ぜいたく》になったものだね。だからこそ電気はますます必要になるんだ」

加藤は苦々しい表情で答えた。

「それでいいんでしょうか？」

達也は自問するように尋ねた。

「後戻りはできないんだよ」

加藤は首を横に振った。

四

北海道炭礦汽船（北炭）が経営する北炭夕張炭鉱は、狭義の意味で夕張炭鉱と呼ばれていた。そのため、一九七七年に北炭の新第二炭鉱が閉山され、夕張炭鉱全体が終わったと誤解されることもある。

夕張には志《し》幌加《ほろか》別《べつ》川沿いに福住《ふくずみ》・高松・本町《ほんちょう》など、国鉄の夕張駅を中心に展開する北炭系の炭鉱と、〝大夕張〟と呼ばれるシューパロ湖側に展開する鹿島《かしま》・南部《なんぶ》・青葉町《あおばちょう》など三菱系の炭鉱があった。

北炭は多くの炭鉱を閉鎖したが、一九七五年に清水沢・沼《ぬま》ノ沢《さわ》にある夕張新炭鉱の操業を開始し、経営を悪化させながらも七七年当時は採掘を続けている。だが、八〇年の坑内火災を機に、翌年の八一年には戦後三番目の大惨事という九十三人の死者を出すガス突出事故を続けて起して石炭産業に引導を渡す結果となり、八三年に廃山となった。

夕方には清水沢の取材を終えて列車に乗った達也と加藤は、無人駅のような人気のない夕張駅へ午後五時二十分に到着した。夕張線の終着駅であり、炭鉱の街であった夕張本町は息を潜めるようにひっそりとしている。

駅舎は単線のためこぢんまりとしているが、駅裏の北側は北炭夕張炭鉱の選炭場と積み込み施設があり、貨物列車を留置しておく線路が沢山ある。そのため駅の敷地は広い。

だが、閉山されたため空の貨物車が置かれているだけで見渡す限り人の姿が見えない。

当時の夕張駅は現在（二〇一二年）のホテルマウントレースイ前にある場所から約二キロ北東にある〝石炭の歴史村（一九八三年に開業）〟辺りにあった。

二人は一人ぽつんと立っていた駅員に切符を渡し、改札を出た。

「瑠璃子のご両親は、昭和四十年（一九六五年）の炭鉱事故で父方の親族を亡くしたことで、まだ小学生だった彼女を連れて夕張を離れて東京に移り住んだらしい。なんでもその五年前の事故でも母方の親族を失っているらしく、父親は炭鉱に嫌気がさしたようだね」

駅前の活気のない商店街を見て、加藤は溜息をついた。

日本有数の炭鉱であった北炭夕張炭鉱は、明治の開業当時からガス爆発事故が多発している。記録に残っているものだけでも一九一二年に死者二百六十七人、一九二〇年に死者二百九人、一九三八年に百六十一人、一九六〇年に四十二人、一九六五年に六十二人。この数字を見るだけでも、近代日本の経済発展に多くの労働者の屍《しかばね》が積まれていることが分かる。

「それでも炭鉱が忘れられなくて、九州に移られたんですよね」

メギドが瑠璃子から身の上話を聞いているため、達也もその辺の事情は知っていた。

父親はしばらく東京でタクシーの運転手をしていたが、結局炭鉱労働に戻った。

「そう言えば聞こえはいいが、東京でご両親が共稼ぎしても食って行けなかったようだ。

進んで戻ったわけではなく、九州の炭鉱に活路を見いだしたのも、苦渋の選択だったんだろうねえ」

加藤はポケットからハイライトを出してしみじみと言った。

「ずいぶん苦労されたんですね。なおさら加藤さんが彼女のことを幸せにしてあげなくちゃいけませんよ。妬《や》けるなあ」

達也はからかい半分に言った。

「そうなんだけどね……」

「何か問題でもあるんですか？」

加藤の妙に歯切れの悪い返事に、達也は思わず聞き返した。

「彼女の希望で結婚式は生まれ故郷の平取町ですることになっただろう。ところが結婚式だけならいいが、彼女はあそこに住みたいと言い出したんだ」

立ち止まって煙草に火を点《つ》けた加藤は、話しながら煙を吐き出した。

「平取に住みたくないんですか？」

「それもあるが、私はジャーナリストとして働き続けたい。彼女は養豚農家で手伝いをしているんだが、先週突然ゆくゆくは独り立ちをしたいと言い出したんだ。つまり、私に農家のオヤジになれと言っているんだよ」

眉《まゆ》を寄せて加藤は言った。

「直接そう言われたんですか？」

いわきで農業のすばらしさを知った達也にとって、瑠璃子の希望はけっして唐突なものではない。

「いや、彼女は私には仕事を続けるように言ってはくれるが、自分で農業をはじめたら、私の自由は間違いなく奪われるだろう。養豚場を一人で切り盛りできるわけがないからね。それに私は都会の生活に慣れ過ぎた。田舎暮らしは今さら無理だよ」

一九七五年に養豚振興会を設立した平取では養豚が盛んになりつつあった。一九七八年には生産戸数が五十五戸とピークに達している。現在（二〇一二年）では過疎化もあり、生産戸数は四戸にまで減っているが、平取の黒豚はおいしいと評判である。

「……」

加藤の意外な言葉に達也は声もでなかった。暴力団に捕われ、海外に売り飛ばされるところだった瑠璃子を彼は救い出し負傷までしている。もっとも実際に救い出したのは達也とメギドだったが、暴力団が待ち受ける貿易船に加藤が命がけで乗り込んだことに間違いはない。

「結婚式に招待しておきながら、こんなことを言うのはおかしいのだが、本当にこのまま式を挙げてもいいのかと迷っているんだ」

「何を言っているんです。彼女のことが嫌いになったんですか？」

達也は無性に腹が立ち、声を荒げた。内から込み上げてくる不快な気分が抑えられなかったのだ。おそらくメギドの感情に違いない。

「いや、まさか、そんなことはない。彼女を愛しているからこそ、迷っているんだよ。結婚してから、彼女に不幸な思いはさせたくないからね」

加藤は両眉をだらしなく下げ、雨に濡《ぬ》れた子犬のように情けない顔になった。今で言うマリッジブルーなのかもしれないが、日頃からシティーボーイと気取っているだけに農業などもってのほかと思っているのだろう。

気まずい雰囲気になった二人は、無言で駅前の坂道を下り街の中心である本町に出た。駅の北西部にあった炭住はすでに撤去され、新たに取り壊しがはじまった炭住も数多くある。早くも緑に埋もれている場所を見れば、街が急速に退化していることは一目瞭《りょう》然《ぜん》だ。

十分ほど歩くと、左手に警察署があり、隣に寂れたボーリング場があった。年寄りが杖《つえ》を突きながらその前を歩いている。街の中心部のはずだが、物悲しい風景だ。そこそこ大きな街だけに通行人の絶対数が足りないのだ。

「こんな山奥にボーリング場があるなんて、炭鉱景気で沸いたんだろうね。事前の調べでは、この建物の裏の本町二丁目、三丁目には大正から戦後まで豪華な料亭がいくつもあって、芸者と酌婦も抱えたおけやもあったらしいよ。言わば炭鉱労働者の社交街だったんだ」

沈黙を嫌ったのか、加藤が立ち止まって解説した。山の斜面に段々畑のように炭住は建っている。夕張新炭鉱に移動になった労働者もいれば、まだ行き先を決めかねている者も沢山いるに違いない。夕張市は炭鉱が盛んな頃、十二万を越える人口があった。活気のあった地方都市の経営状態は炭鉱の没落で急速に悪化し、二〇〇七年に財政再建団体となり、事実上の財政破綻《はたん》となる道を辿《たど》る。

「まるでゴーストタウンですね」

達也はさっそくボーリング場の写真を撮った。

ボーリング場はその後一九八八年に改修され、夕張市美術館となった。一九七九年に市町村立として網走《あばしり》に次いで二番目に開館した美術館が移館されたのだ。内外の高い評価があったが、二〇一二年二月の豪雪で倒壊し、十二月現在も開館は未定になっている。

「もう一枚撮ります」

シャッターを切ると、歴史の一コマを刻むというなんとも言えない高揚感を覚えた。だが、街角から達也らの様子を窺《うかが》う男がいることには気が付かなかった。

五

夕張の本町一丁目には、一八九八年（明治三十一年）には芸妓《げいぎ》と、酌婦を抱えた〝北海楼〟という料亭があった。酌婦とは客に酒の酌をする女だが、実際は娼婦《しょうふ》である。その後、次々と色町は発展を遂げ、明治後期には料飲店十七軒、飲食店十二軒、芸妓六十二人、酌婦百四十七人もいたというから、当時の炭鉱産業の隆盛が伺い知れる。

もっとも公益性の高いエネルギー産業はいつの時代も政府の保護を受けて花形であった。現在は電気事業者である。なんせ作り出す製品は電気ただ一つでいい。電気代が高いからと言って拒否すれば、販売、すなわち電気を止めればいいのだ。消費者に否応《いやおう》はない。

電気事業者の利益は施設の資産の三パーセントという報酬率が決められており、高い施設をより多く持てば、儲《もう》かる仕組みになっている。だからこそ、固定資産が高い原子力施設を次々と建設することで付加価値を高めて、日本人は世界一高い電気料金を支払わされることになった。

二〇一二年十一月三十日、政権末期の民主党の枝野経済産業相は、「（電気料金は）今までが安過ぎた。間違った料金を取っていた」との認識を示した。原発事故のコストが含まれていないことを示唆したものだ。旧来の原発推進政治への皮肉ともとれるが、原発のネガティブコストまで国民の負担にしようとする政府の無責任さを露呈させた。

達也と加藤は本町二丁目にあるそば屋で晩飯を食べ、近くにある旅館に宿泊することになった。

「さてと昼の部の取材は終わったから、夜の取材に行こうか」

案内された部屋で煙草を吸っていた加藤がいきなり立ち上がった。旅館に入った時は疲れた顔をしていたが、今は爛々《らんらん》と目を輝かせている。この男の体力は夜の街に対しては別腹のようだ。

日が暮れるまで一時間以上も本町周辺を歩いて取材をしただけに、加藤は迷うことなく本町の裏通りにあるスナック〝杏〟に飛び込んだ。

午後七時半、客は誰もいない。カウンターは八席、四人掛けのテーブルが二つ、電気は消えているが奥には座敷もあるようだ。

「いらっしゃいませ」

カウンターに立っている女が愛想のいい笑顔を向けて来た。歳は三十代半ば、黒のブラウスカートにふくよかな体のラインがよくわかる。色白で真っ赤な口紅が引かれた少し厚めの唇が妙に色っぽい。まさに加藤の好みの女だ。店先で開店前の準備をしていた女をさりげなく加藤はチェックしていたようだ。

女は達也の顔を見て一瞬目を見開いたが、すぐに笑顔に戻った。

「いい店だね」

店内をぐるりと見渡した加藤は、カウンターの真中の席に座った。達也は無言で彼の左の席に座った。

「お客さんが入れば、いい店よ」

女は笑ってみせたが、目は笑っていない。よほど暇なのだろう。

「月曜日だからじゃないの」

加藤はポケットからハイライトを出した。

「ここ何年も、毎日月曜日と同じ。今は、毎日お正月かしら」

とぼけた返答をしながら女は加藤の煙草にライターで火を点け、カウンターの後ろの台からセブンスターを出して口にくわえた。

「店はママ一人？」

加藤は鼻の下を伸ばし、にやけた表情になった。

「前は女の子を雇っていたけど、閉山したから辞められちゃったわ。サッポロでいい？」

自分の煙草に火を点《つ》けて一服するとママは、尋ねてきた。ビールとは言わなかった。地元だけにそれしか置いてないのかもしれない。

「辞めちゃったのか残念だな。もちろんサッポロでいいよ。達也君は？……」

加藤は隣の席の達也を見て表情を一変させた。達也がカウンターに置かれた加藤のハイライトの箱から勝手に煙草を抜き取っていたのだ。

「俺もだ」

煙草が吸いたくなったメギドが、達也に代わっていたのだ。

「なんだか、いかしてるわね、このお兄さん、内地の人」

ママはメギドを見てうっとりとしている。北海道では本州、四国、九州を指して内地と呼ぶ。戦前日本が海外に進出し、植民地化した国々を外地と呼んだが、北海道も開拓地であったため、同じように本土を意味する言葉として使った名残りなのだろう。

「いっ、いつ出られたんですか？」

顔面を蒼白《そうはく》にさせた加藤はどもりながら尋ねてきた。彼にとって楽しいはずの時がにわかに恐怖に変わったため、眼前の女など構っていられなくなったようだ。

「楽しそうだな、加藤」

メギドは煙草の煙を吸いながら横目で睨《にら》んだ。

「そっ、そんなことはありません。何かおつまみでも注文しましょうか？」

「俺に構うな」

メギドはそう言って、顎《あご》をしゃくって後ろの壁のポスターを示した。

「男は黙って……はっ、はい。黙ります」

ポスターのタイトルを読み上げた加藤は頷《うなず》いてみせた。

壁に映画俳優である三船敏郎《みふねとしろう》の宣伝するサッポロビールのポスターが貼ってあったのだ。赤い毛筆で書かれた〝男は黙ってサッポロビール〟という宣伝文句は、当時テレビやラジオCMでも流行していた。

二人が険悪な雰囲気になったため、ママも黙ってビールの酌をした。

一時間ほどしてビールの大瓶が四本空き、加藤のハイライトが空になった。

「加藤さん、どうしますか？」

達也が空になったビール瓶を掲げて尋ねた。

「……達也君か。よかった」

加藤はほっとした表情を見せた。

「煙草を吸ったら満足したみたいです。すみません、本当に」

達也はいつものことだが恐縮した。

「いらっしゃいませ……」

店のドアが開き、ママが反射的に挨拶《あいさつ》をしたが、引き攣《つ》った笑顔になった。

「ここにいたのか。探したぜ、あんちゃん」

男のだみ声とともにヤニ臭い煙草の臭いが鼻を突いた。

「うん?」

振り返ると、見知らぬ男が二人立っていた。一人は髪を短く切りそろえた二十代の男で首回りも太く身長が一八〇センチ近くある。もう一人はずんぐりとしており、身長は一七〇センチほどだ。四十代前半か、パンチパーマで額に剃《そ》り込みを入れており、ママが顔色を変えたのも頷ける。

「何か?」

達也は首を傾げながら尋ねた。

「おまえら、写真撮っていただろう。何者だ」

年配のだみ声の男がショートピースを吸いながら尋ねてきた。街の写真を撮っていた達也をどこかで見ていたようだ。男の指先は煙草のヤニで黄変している。ヘビースモーカー特有のすえたヤニ臭さがするのも当然だ。

「僕らは夕張炭鉱の取材をしているだけですが、問題ありますか」

同意を求めて加藤を見ると、目を合わせないように下を俯《うつむ》いていた。

「本当か。嘘だったら承知しねえ。痛い目にあわせるぞ」

今度は若い男が額を付けんばかりに迫って凄《すご》んできた。

「嘘をついても仕様がないでしょう。この街では警察署やボーリング場の写真を撮っただけで問題になるんですか？」

達也は男から目を離さずに笑って答えた。

「むっ、帰るぞ」

パンチパーマの男が、脅しに動じない達也を見て顔をしかめ、若い男の肩を叩《たた》いて出て行った。

「ふう、驚いた。こんなところにまでヤクザがいるとはね。ここは連中の縄張りなの？」

加藤は大きく息を吐いて言った。

「南夕張の〝平岡《ひらおか》組〟と言って、炭鉱暴力団ですよ。この街に流れて来るあぶれものを雇って働かせているんです。炭鉱の下請けですけど、実際はヤクザなの。本当に始末が悪い」

ママは眉《まゆ》を寄せて言った。南夕張というのは現在の南部である。

〝平岡組〟は数年前まで本町に組事務所を構えていたが、夕張炭鉱の衰退で労働者の宿舎を残し、数年前に南夕張に事務所を移転したらしい。

「中抜きか。たちが悪いな。でも肉体労働者とヤクザはどこでも縁があるからね」

加藤は首を振った。

炭鉱街が繁栄した頃、街に様々な炭鉱労働者がやってきた。前科者、食い詰め者、犯罪者もいたが、ちゃんと働けば過去を気にする者などいなかった。そんな脛《すね》に傷を持つ男たちをヤクザがまとめていたのだ。いわきで達也らが遭遇した〝滝川土建〟もそうだった。

まるで大昔の話のようだが、二〇一一年の東日本大震災で大惨事となった福島第一原発の作業現場では、まったく同じ形態の原発暴力団が跋扈《ばっこ》していた。ピンハネ、労働者の中抜きという原始的な手段は未《いま》だにあるのだ。

「加藤さん、ここにいて下さい」

達也は胸騒ぎがしてひとり店を出た。

六

午後十時を過ぎていた。遅いとは言えないが月曜日ということもあり、本町の裏通りの飲食街で灯《あか》りの点《とも》っている店は少なかった。あるいはすでに廃業したのかもしれない。

二人のヤクザの態度に腹を立てたわけではないが、スナックを出た達也は、彼らを必死に追った。写真を撮られて何かまずい理由があったからこそ、彼らは因縁を付けて来たに違いない。だとすれば、何かよからぬことが起りそうな予感がするのだ。

深閑とした街に出た達也は神経を集中させた。

「こっちか」

　達也は微《かす》かに年配のヤクザのヤニ臭い体臭を闇の中に見いだした。街はずれの坂道の上に臭いは続いている。炭住が建ち並ぶ風景を撮ろうと、本町の中心部だけでなく坂の上まで登り写真を撮った記憶がある。原因はそれに違いない。

　男の体臭が途切れた。炭住の外れとなる坂の途中で立ち止まり、達也は闇を透かすように辺りを見渡した。曇り空のため頼りになるのは、間引きされた坂の下の街灯だけだ。

「……」

　左の闇から人の声が聞こえてきた。よく見ると、二階建ての木造の建物が二棟あり、その間に人がやっと通れる隙間がある。

　用心深く闇を進んで行くと、建物の裏にあるちょっとした広場に出た。三人の男のシルエットが見える。一人は坊主頭で手に懐中電灯を持っている。後の二人はスナックに現れた男たちだ。達也は建物の隙間に戻り、様子を窺《うかが》った。

　達也に凄んだ若い男が足下に置かれていたホワイトガソリンと印字された一斗缶を持ち上げた。傍らのパンチパーマの男が腕時計を気にしている。午後十時半になった。パンチパーマが若い男の肩を叩いた。男は一斗缶のキャップを外しはじめた。

〈達也、代われ。やつら、建物に火を点けるぞ〉

　メギドがいきなり出てきた。

〈分かっている。僕が行く。君じゃまた幻覚に襲われるからね〉

達也も声を出さずに心の中で話した。

〈この前の幻覚はおまえも見ただろう。条件は同じだ。闘って覚醒《かくせい》を完遂させるんだ。〝アパート〟を見張ってくれ〉

作戦があるのか、メギドは自信ありげに言った。もっとも暴れてストレスの発散もしたいのだろう。

〈分かった〉

達也は素直に応じた。脳内の仮想空間である〝アパート〟を監視するのなら、感情を抑えることができる達也の方が、適していると判断したのだ。

「おまえら、何をやっている」

表に出たメギドは男たちに近付いた。

「げっ！」

驚いた三人が一斉に振り返った。

「おまえはスナックにいた野郎だな」

だみ声の男が坊主頭の男から懐中電灯を取り上げ、メギドに向けた。

「俺の質問に答えろ」

「うるさい。見たからには死んでもらおう」

だみ声の男はメギドに懐中電灯を当てたまま、二人の男たちの背中を押した。

右側の若い男はナイフ、左側に立った坊主頭は懐から迷いもなくドスを抜いた。喧嘩《けんか》慣れしているようだ。

「そうきたか」

メギドは静かに息を吐いた。感情を昂《たかぶ》らせることなく、平静になろうと努力しているのだ。あらぶる心は急激な脳細胞の活性化を促す。冷静に闘うことで脳細胞の緩やかな活性を喚起できないかと考えてのことだ。

「死ね！」

坊主頭は両手にドスを持ち、腰だめに突進して来た。メギドは左にかわし、男の半月板を蹴《け》った。男は飛び込むように建物の壁に激突し、気絶した。

腰だめはヤクザの必殺技であるが、正面で受けなければ簡単にかわすことができる。本来なら裏拳《うらけん》で顔面を叩きのめすところをあえて足の攻撃で止めた。もっとも半月板を砕いたために当分は歩くことすらできないだろう。

まだ激痛は襲って来ない。メギドは異常がないことを確認し、にやりと笑った。

「野郎！」

若い男がナイフを突き入れて来た。鋭い動きだ。

すばやく左手でかわしたメギドは、右の掌底で顎《あご》の下から突き上げた。男はもんどりうって背中から倒れた。

「何！」

だみ声の男が驚いて懐中電灯を落とした。

「聞かせてもらおうか」

メギドはこめかみを押さえながら男に近付いた。二人目の男を叩きのめしたら、頭痛がしてきたのだ。

「俺は何も知らない」

後ずさりした男は建物の壁に背中を付けて、両手を振った。

「死んでもらうと言ったな。その理由だ」

男の胸ぐらを摑《つか》み、メギドは男の顔を右手の甲で軽く殴った。手加減したつもりが、男は鼻血を流した。

「むっ！」

血を見た途端、目の前の男は姿を消し、暗闇に投げ出された。だが不思議と周囲の様子は分かる。狭い部屋の中にいるのだ。三畳の板の間の片隅に流しがあり、その横に一口コンロが置いてある。流しの隣は玄関になっており、緑色のドアがあった。

足下に何か落ちている。拾ってみると、血染めの出刃包丁だった。

「くっ！」

メギドは激しい頭痛に耐えた。

背後に人の気配を感じる。首筋に長い髪が触った。女だ。腹を切り裂かれた祥子という女が立っているのだ。

「わっ、分かった。……言うから、放してくれ！」

振り向こうとすると、男の叫び声で幻覚は消え、頭痛からも解放された。

「うん？」

いつの間にか右手は男の首を鷲摑《わしづか》みにしていた。苦しさのあまり、だみ声の男の首を絞めていたようだ。

「さっさと、言え」

右手を弛《ゆる》め、左手で男の胸ぐらを激しく揺すった。

「保険金だ。この家を燃やせば、保険会社から金がもらえる」

男は白状すると、尻餅《しりもち》をつき肩で荒い息をした。

「保険金だと？」

〈メギド、建物には人が住んでいるんじゃないのか。この男は火事で人を殺して保険金をだまし取るつもりだよ。三年前に三億円保険金殺人事件があっただろう。あれと同じに決まっている〉

達也が断言した。

一九七四年十一月、大分県別府《べっぷ》市の国際観光港第3埠頭《ふとう》の岸壁から、日産サニーが海に転落し、自力で脱出した荒木虎美《あらきとらみ》は助かったが、運転していたという後妻と二人の連れ子は車内にとり残され死んだ。だが、死亡した三人には、六つの保険会社に計三億一千万円もの保険がかけられていた。しかも荒木には恐喝や保険金詐欺の前科があり、調べが進むうちに車を運転していたことや犯行に計画性があったことが分かり、死刑判決が下された。だが十年にも及ぶ裁判の途中、荒木は結審を待たずに癌を患い医療刑務所内で死んでいる。

「あれなら覚えている。そうとうな悪か、こいつは」

荒木はテレビのワイドショーの出演や記者会見を開くなど無実を訴えるパフォーマンスをしており、一九七五年に起訴されて一九八〇年に大分地裁で死刑判決を受けるまでテレビや新聞を賑《にぎ》わせ、メギドもよく知っていた。

「……」

男はメギドの独り言に首を捻《ひね》った。

「この建物には人がいる。だから俺まで殺そうとしたんだな」

メギドは男のパンチパーマを鷲掴みにして後ろに引っ張った。

「ひっ、人？……人が、いるはずないだろう。空家だ」

男の目が泳いだ。

「しらばっくれるな。保険金殺人を誰が考えた。おまえか？」

両眼に赤い光が宿り、メギドの両眉《りょうまゆ》が吊り上がった。答えなどもはやどうでもいい。男を殺す理由ができた。それに自分を殺そうとした人間を生かしておくつもりは、はなからない。左手で男の胸ぐらを掴み、右の拳を堅く握りしめた。顔面の急所である人中に拳《こぶし》がめり込むほど打撃を与えれば、一発で殺すことができる。

〈止めろ、メギド。例のドアがギシギシ音を立てている。頭痛が襲って来るぞ〉

〝アパート〟にいる達也が忠告してきた。埋め込まれた脳細胞が活発に動きだしたようだ。

「うっ！」

激しい頭痛で両眉が吊り上がり、眉間《みけん》に深い皺《しわ》が寄った。

「くっ、くっ組長だ。ほっ、本当だ」

鬼の形相となったメギドを恐れた男は、素直に吐いた。

〈メギド、もういい！〉

達也が止めに入った。

振り上げた拳を下ろし、メギドは大きく息を吐いた。

「運のいいやつだ。話を聞かせろ」

メギドは男を突き放し、一斗缶に腰を下ろした。

暴力制御

一

達也は一九七二年型スズキ・〝ジムニー〟のハンドルを握り、真夜中の北海道道九〇七号線（現国道四五二号）を疾走していた。夕張川に沿った道道は清水沢ダムの脇を抜け、やがてシューパロ湖にぶつかる。

街灯もない山岳道路をメギドに劣らぬ華麗なハンドルテクニックで、達也は運転していた。もっとも、助手席の加藤と後部座席に座るスナック〝杏〟のママ内藤範子《ないとうのりこ》は、カーブの度に悲鳴を上げている。

建物に放火しようとした二人のヤクザを倒し、兄貴分でパンチパーマの増田《ますだ》という男に尋問した。すべてを自供させたメギドは男を殴って気絶させ、達也と交代していた。というのも脳細胞の活性化による幻覚と頭痛で強い疲労感を覚えたからだ。

すぐさま店に戻った達也は、加藤と範子にヤクザが企てている恐ろしい陰謀を説明し、それを食い止めんと範子から車を借り出したのだ。彼女は正義感の強い女で自分も行くと言い出した。親類に炭鉱関係者が多いために〝平岡組〟の所業が許せないらしい。もっとも車が心配だったということもあるのだろう。

炭鉱会社の下請けである〝平岡組〟は夕張炭鉱の閉山を機に、本町にある自社の宿舎を引き払うどころか、保険金目当てで宿舎に放火して五人の労働者の殺害を図った。

達也とメギドの機転でことなきを得たが、組長である平岡修《おさむ》にはさらに別の計画があった。トラックで四人の労働者を南大夕張駅がある南部から本町に向かわせて途中で事故に見せかけ、夕張川にトラックごと突き落とすというものだ。

組の若い者にトラックを運転させ、荷台には南部にある〝平岡組〟の宿舎に住まわせている労働者を乗せて川に突っ込ませ、運転手は寸前に脱出するというのだ。そのため、若い組員に一週間前から走行中のトラックから飛び降りる練習をさせたらしい。また、四人の労働者らが川で溺《おぼ》れるように宿舎で夕食後酒を振る舞って、泥酔状態にさせることまでするようだ。

本町の宿舎が火事になったと連絡を受け、消火活動と瓦礫《がれき》の後始末に労働者を向かわせたという設定で、真夜中に慌てて運転したために事故に遭ったという悪辣《あくらつ》な計画である。本町の宿舎と五人の労働者、それに南部の四人の労働者にはすべて保険がかけてあり、成功すれば三億円近い金が手に入るというのだ。

火事は未遂に終わっているが、あらかじめ決められたスケジュール通りに動くため、午後十時四十分には労働者を乗せたトラックは南部の宿舎を出発するらしい。

午後十一時十六分、昼間来た清水沢駅の脇は五分前に通過している。

「もうすぐ清水沢ダムよ」

後部座席の範子が身を乗り出して言った。

「分かりました」

頷《うなず》いた達也はアクセルを踏み込んだ。

右前方にダムでせき止められた夕張川が大きく膨らんでいた。道は右に鋭いカーブを描いている。

「うん！」

達也は急ブレーキをかけ、懐中電灯を握って車を下りた。

加藤も後部座席から下りて来た。

「どうしたんだい？」

「見て下さい。杭《くい》がここだけ壊れています」

達也は懐中電灯で道路の端を照らした。等間隔に打ち込まれているガードレール代わりの木の杭が三本ほどもがれ、道路側から湖に向かって破壊されている。車がぶつかって壊れたに違いない。

「遅かったか」

加藤も自分の懐中電灯で湖面を照らし、溜息《ためいき》をついた。

「これは以前の事故かもしれません。急ぎましょう」

気を取り直した達也は車に戻り、加藤が助手席のドアを閉めるのももどかしく、車を出した。だが、川に沿って四キロほど進み、遠幌《えんほろ》の街に入り絶望感に襲われた。後二キロほどで南部に着いてしまうからだ。

「やはり、あそこでトラックが落ちたんだ。くそっ！」

車を停めた達也はハンドルを叩《たた》いた。

「いやまだ分からない。増田から連絡がないから、平岡は計画を中止したかもしれないじゃないか」

加藤は達也の肩を叩いた。

「でも、そうだったとして、本町の火事も事前に防いでいるから、警察に訴えられないでしょう。万が一トラックが本当に川に沈んでいたとしても、平岡がしらばっくれれば、証明もできないじゃない。一体、どうするつもり？」

範子は苛立《いらだ》ち気味に首を振った。

「確かめましょう」

達也はきっぱりと言って、また車を走らせた。

「どうやって？……まっ、まさかとは思うが、〝平岡組〟に殴り込みに行くんじゃないだろうね」

加藤は達也の横顔をまじまじと見つめている。

「そのまさかです。それしか方法はないじゃないですか」

「ちょっと待ってくれ。彼じゃあるまいし、君がそんな無茶をするとは思えない。本気かい？」

メギドに気を遣って、加藤は彼と呼んだ。

「僕だって、やる時はやります。四人の罪もない人が殺されたかもしれないんですよ。おめおめと帰ることはできません」

達也は努めて平静を装っているが、実は腸《はらわた》が煮えくり返る思いだった。

二

三菱石炭鉱業大夕張鉄道線、通称〝大夕張鉄道線〟は夕張線の清水沢駅と大夕張炭山《たんざん》駅を結んでいたが、一九七三年に大夕張炭鉱の閉山に伴い大夕張炭山駅と南大夕張駅間は廃止された。最終的には一九八七年に全面廃止されている。したがって七七年の南大夕張駅は〝大夕張鉄道線〟の終着駅であった。

遠幌を過ぎて街が途切れた森の暗闇から二つの黒い影が、車のライトの前を横切った。エゾシカである。さすが北海道といいたいところだが、鹿を巻き添えにして大事故になる可能性もあるだけに注意が必要だ。

夕張川が大蛇のように大きなうねりを見せ、川に沿っていた道道は南夕張の街に入る。この辺りは炭鉱があった大夕張の南側にあるため、南部と呼ばれるようになった。南大夕張炭鉱は一九七〇年に営業出炭を開始しているので、比較的新しい炭鉱と言える。それだけに閉山も一九九〇年と遅い。だが、閉山後は急速に過疎化が進行し、炭鉱で繁栄した街は今では見る影もない。

「確か、〝平岡組〟は菊水町《きくすいちょう》だと聞いたんだけどねえ」

内藤範子の案内で街の中心である南大夕張駅の手前を右に曲がった。

午後十一時四十一分、街は深い眠りについている。仕方なく建物を一つずつ当たって行くことにした。だがさほど時間を掛けることもなく、まだ灯《あか》りが点《とも》っている二階建ての木造建築の出入口に〝平岡組〟の大きな看板を見つけることができた。しかも、飲屋街でもないのにカラオケの音が外まで響いている。

「二人はここで待っていて下さい」

〝平岡組〟から数軒離れた建物の前に車を停めた達也は、運転席のドアを静かに閉めた。闘うチャンスにもかかわらずメギドは沈黙している。本町で三人のヤクザを倒した際、いつもの幻覚を見たために疲れているのだろう。

表の玄関のドアには鍵《かぎ》が掛けられており、上半分がガラスになっている。ヤクザといっても都会の暴力団と違い、抗争もないので襲撃に備えて鉄製のドアにする必要がないのだろう。

何か釘《くぎ》か鉄線でもあれば鍵を開けられるが、何もない。仕方なく窓ガラスを肘打《ひじう》ちで割り、右手を伸ばして鍵を開けた。カラオケの音楽に合わせて男の歌い声が聞こえる。

気付かれても仕方がないと思ったが、杞憂《きゆう》だった。

一階は事務所スペースになっており、灯りは消えている。奥に進むとトイレと小さな流し台があり、その後に急な階段があった。

足音を消して階段を上がり、音が漏れる突き当たりのドアを開けた。照明が消されており、まるでスナックのようにミラーボールの光が飛び交っていた。左手に真っ赤なソファーが置かれ、中年の男が両脇に女を抱きかかえている。水商売の女らしく、ミニのドレスを着ていた。だれもがカラオケに夢中で達也に気が付かない。保険金詐欺の前祝いでもしているに違いない。

傍で折畳椅子に座っている二人の男が手拍子をしているが、一人は腕に包帯を巻き付けていた。トラックの運転をして、脱出の際に怪我を負ったに違いない。ビールが入ったグラスを持って笑っている。その横顔を見ているだけで、心拍数が上がり胸焼けがしたように気分が悪くなってきた。

右手の奥にはタンバリンとマスカラを持った男が腰を振って踊っており、その隣にビール瓶の箱を並べて作られたステージがあった。壇上のマイクを持ったパンチパーマの男が達也に気が付き歌うのを止めた。男の視線の先にある達也に全員が顔を向けた。

「どこのガキだ！」

ソファーに座っている男が喚《わめ》いた。四十代前半か。髪をオールバックにし、脂ぎった顔に鋭い目つきをしている。

「あなたが平岡さんですか？」

達也は努めてゆっくりと言って、目の前の男への激情を抑えた。

「てめえ、どっから入って来た！」

ステージに立っていたパンチパーマの男が下りて来るなり、達也の胸ぐらを摑《つか》もうとした。伸びてきた男の右腕を片手でねじ上げた。

「いててっ！」

男が悲鳴を上げて膝《ひざ》を折ったが、構わずに腕を逆回転させて肩を外した。

「この野郎！」

ステージ横に立っていた男が殴り掛かって来た。半身よけて左膝で金的を蹴《け》り上げ、崩れた男の後頭部に肘打ちを入れた。できるだけ、感情を殺しながら攻撃しているが、左のこめかみに痛みを感じてきた。

「聞きたいことがあるんですよ。平岡さん」

気絶した男を前に押しやり、達也は平岡の前に立った。二人の女は悲鳴を上げて部屋を出て行った。

「そこの包帯をしている男がトラックを夕張川に沈めて、四人の人を殺したんですよね」

右手をまっすぐ包帯の男に向けて言った。

「どっ、どうして……」

平岡は腰を浮かして目を見開いた。

「やはりそうですか。おまえが運転し、来る途中の杭《くい》が壊れていた場所でトラックを川に落とし、四人を殺したんだね」

達也は包帯の男に向き直って睨《にら》んだ。男は折畳椅子から立ち上がり、達也の目から逃れるように壁伝いにゆっくりと移動をはじめた。残りの一人も包帯の男とは反対側に歩きはじめた。

「どっ、どこのどいつか知らないが、言いがかりは止めろ」

平岡は震える手で煙草に火を点《つ》けようとしている。

「あなたの部下の増田さんに聞きました。本町の放火も阻止しました。警察に自首して下さい」

達也は右の拳《こぶし》を左手で押さえながら言った。脳細胞の活性化をさせないように怒りを抑えているが、腹の底から怒りが湧いてくる。押さえ付けようとすることで、逆に増幅されるのかもしれない。

「あの野郎、俺を売りやがったな」

裏切られたと思い、平岡は腹を立てているようだ。怒りで平静さを取り戻したのか、震えが止まり、平岡は忌々しげに煙草に火を点けた。

「若いの取引しようじゃないか。少なくとも二億円近く手に入る。一千万円やろうじゃないか」

平岡は煙草の煙を鼻から勢いよく吐き出して言った。

「興味ない。あんたは、金のために人を殺したんだ。自首しろ！」

達也は声を荒げた。

「死ね！」

左脇から正面にいた男がナイフで襲ってきた。ナイフを持った右の拳を捻《ねじ》りながら前に引き崩し、右腕で男の首を引き寄せながら掬《すく》い投げた。男は両足を宙に浮かせて後頭部から床に落ちて気絶した。

「むっ！」

いつの間にか背後に立っていた包帯の男がナイフを達也の背中に突き入れて来た。冷静になろうとしていたにもかかわらず、怒りで我を忘れていたようだ。気配を感じて咄《とっ》嗟《さ》に避《よ》けたが、ナイフは脇腹をわずかに掠《かす》めた。

「くっ！」

裏拳《うらけん》を男の顔面に叩《たた》き込んだ。バキッという鈍い音、男の顔面が陥没し、血が噴き出した。手加減ができなかった。同時に頭をハンマーで殴られたような頭痛が襲ってきた。

「わっ、分かった。二千万やろう。それで充分だろう。俺は完璧《かんぺき》な仕事をした。だれも口を割らないし、俺は手を下してはいない。だから自首するつもりはない。大金が入るんだぞ。文句はあるまい」

手下をすべて倒された平岡は、苦々しい表情で言った。その表情はふてぶてしく、達也の怒りの炎に油を注いだ。

激しい頭痛と怒りで精神のコントロールを失った。

「何をする！」

「うお！」

達也は叫び声を上げて暴れる平岡の体を持ち上げ、窓ガラスに向かって投げた。平岡の体はガラスを突き破り、外の暗闇に吸い込まれた。

「うっ！」

周囲が闇に閉ざされた。

達也は手探りでドアを開けた。階段のはずが三畳ほどの板の間になっている。振り返ると片隅に流しがあり、その隣に緑色のドアがあった。メギドが何度も迷い込んでいる部屋にきたようだ。上がりかまちに血染めの出刃包丁が置かれている。髪の毛がざわつき、鳥肌が立った。

恐る恐る隣の部屋の襖《ふすま》を開けた。四畳半の部屋にちゃぶ台がひっくり返っている。よく見ると、畳に赤い足跡が付いていた。

「あっ！」

部屋に足を踏み入れた途端、空間が崩れ、達也は階段から転げ落ちた。幻覚を見ながら二階の部屋から移動していたのだ。

「祥子……」

達也は混濁して行く意識の中で女の名を呼んだ。

三

満天の星空にいく筋かの雲が流れている。気温は十五、六度か。少しばかり冷えた空気が、肌を心地よく刺激する。

達也は夕張市の本町二丁目のシャッターが下りた商店街を歩いていた。

昨夜〝平岡組〟に殴り込んだ達也は、階段から転倒した。意識が遠くなり、建物から出た所で気絶したらしい。路上で倒れた達也を加藤はジムニーの後部座席まで担ぎ入れ、内藤範子が運転し本町まで戻って来たそうだ。昨日から達也と加藤は範子の店であるスナック〝杏〟の二階で世話になっている。警察が達也を捜している可能性もあるため、宿に泊るわけにはいかなかった。

脇腹の切り傷と転倒した際に後頭部を打った程度だったので、怪我は三時間後にほぼ完治していた。だが、体が重く脱力感は翌日の昼近くまで残った。それほど今回の脳細胞の覚醒《かくせい》は精神的なダメージを受けるようだ。先に表に出ていたメギドがすぐに出て来なかった理由が分かった。

「あの部屋は何を意味するんだろう？」

腕を組んで独り言を言った。活性化しようとする脳細胞が過去の記憶を単純に蘇《よみがえ》らせているとは思えない。というのも記憶には間違いないが、いささか説明的に映像が流れるからだ。

「何かを要求しているのだろうか？」

〈俺たちに要求だと？〉

メギドが達也の問いかけに答えた。

「僕らは同じ部屋の映像を何度も見ているよね」

〈脳細胞が活性化する際に、繰り返し見る映像は、キーポイントだ。意味はあるだろう。だが、それは俺たちに脳細胞を提供し、死んだやつにとっての話だ〉

「確かにそうなんだけど、一番記憶に残っていたとしても、最初に見た映像では、部屋の電気は消えていたんだろう。だけど、僕の見た時は電気は点いてなくても状況は把握できた。しかも、恐ろしい体験をしているという嫌な感じはするけど、最後まで見なければならないという気になるんだ。後で考えると、なんだか、まるで説明を受けているような気分になるんだ」

達也は考えながら、本町の商店街から道道に出た。

〈おまえはお人好しだからそう思うんだ。俺たちに埋め込まれた脳細胞が再現しているのは殺人現場だ。おそらく臆病者《おくびょう》だったんだろう。死体を見てパニックになっているんだ。だからやつの記憶が蘇る度に、俺たちは頭痛がしたり、吐き気がしたりすることになる。おまえもちゃぶ台がひっくり返った部屋まで行っただろう。その奥の死体が転が

っている部屋まで行けばいいんだよ〉

　メギドは鼻で笑った。

「今度はそうするよ。死体の状況を詳しく見てみようと思うんだ」

〈物好きが。勝手にしろ〉

　そう言うとメギドの気配は消えた。

　達也は夕張駅に着いた。

　午後十一時四十分、夕張線の最終列車がホームに入って来た。数人の乗客が疲れた足取りで駅舎から出て来た。

「加藤さん、お疲れさまです」

　最後に改札から出て来た加藤を達也は労《ねぎら》った。メガネがずれて眠そうな顔をしている。列車で眠り込んでいたのだろう。加藤は南部へ朝から取材を兼ねて〝平岡組〟がどうなったか調べに行っていたのだ。南大夕張駅からの〝大夕張鉄道線〟の列車は一日に三本しかなく、終電は午後四時三十七分と早いため、清水沢まではタクシーで来たようだ。

「出迎えなんて、悪いね。取材も調査もうまく行ったよ」

　加藤は明るく答えた。

　二人はさっそく世話になっているスナック〝杏〟に戻った。火曜日ということもあり、昨日に引き続き客はいない。

「とりあえず、ビールね」

ジャケットを後ろのテーブルに乱暴に載せた加藤は、カウンター席に座りながら注文した。達也は苦笑を浮かべつつ、加藤のジャケットをハンガーにかけて壁に吊《つ》るしてから、席に座った。

「どうでした？」

ママの範子が三つのグラスをカウンターの上に載せ、身を乗り出して来た。今日は表の電飾看板も下げてあり、普段着のままだ。

範子にビールを注がれると加藤は一気に呷《あお》った。

「じらさないで聞かせてよ」

空になったグラスにビールを注ぎながら範子は尋ねた。

「〝平岡組〟の事務所前に立っていた警官に朝読新聞の記者だと言ったら、詳しく教えてくれたよ」

加藤は東洋情報出版社を辞めてフリーのジャーナリストになってからも、昔勤めていた朝読新聞の記者を名乗り、情報を得ることがある。全国紙という強みはあるのだが、偽の名刺まで持っているので犯罪行為である。

「二階から落ちた組長の平岡は右足と右腕の骨折のほか、頭を激しく打ったようだ。未《いま》だに意識は戻っていないらしい。目覚めてもまともな生活が送れるかどうかは保証できないと、医師は言っているそうだ。少なくとも事件当夜の記憶はないだろうね」

二杯目のビールも飲み干し、加藤は続けた。

「手下たちだけど、街から一人残らず消えたそうだ。警察でも関係者を重要参考人として捜索しているようだが、車に家財道具まで積み込んで逃げた者もいるらしい」

「あら、まあ。どうしてかしら」

範子は冷蔵庫から新しいビールを出し、加藤と自分のグラスに注ぎながら首を捻《ひね》った。

「達也君に保険金詐欺のことを知られてしまったんだ。四人も殺せば間違いなく、死刑だからね。関係した連中が逃げるのも当然だろう。もっとも達也君が通報すればの話だけどね」

加藤はポケットからハイライトを出して顔を向けてきた。

「通報したところで、平岡が言ったように証拠は何もありません。彼が保険金の請求をすれば、まだ事件となる可能性もありますが、どうでしょうか？」

達也は珍しく怒りを抑えることができず、平岡を二階から突き落としたのだが、無事と聞いて正直言ってほっとした。

「平岡は保険金の請求はしないよ。君が警察に通報したと疑念を持っているだろうからね。警察では保険金詐欺のことは知らないから、手下たちが平岡の殺害に失敗し、逃亡していると考えている。関係者から証言は得られない。事件は闇に葬られることになりそうだ」

加藤は煙草に火を点《つ》け、にやりと笑って首を横に振った。

「とすれば、一件落着ね。乾杯しましょ」

範子は、三人のグラスをビールで満たした。

一九八一年、北炭夕張炭鉱で、死者九十三人、重軽傷者三十九人という大ガス爆発事故が起きた。その中で炭鉱の下請会社への作業員の斡旋《あっせん》をしていた暴力団〝日高工業〟の坑内員も七人が犠牲になっている。社長である日高と妻信子は社員にかけられていた一億三千万円の保険金を手にして、贅沢三昧《ぜいたくざんまい》の暮らしをしたが、浪費癖が付き二年もしないうちに金は底をついた。

事故で大金を手にしたことに味をしめた夫婦は、新たに社員と宿舎に保険金をかけて手下に放火させた。結果、火事で四人の社員と住み込みの家族二人、それに消防士一人も巻き添えになった。いわゆる〝夕張保険金詐欺事件〟である。

日高は不慮の事故として、まんまと一億三千八百一万円を手にするが、放火した手下が約束の分け前をもらえず、身の危険を感じて自首し、夫婦は逮捕される。一九八八年に二人の死刑は確定し、一九九七年に夫婦揃って札幌拘置所で処刑された。

皮肉な話だが、日高が市内に〝日高工業〟の事務所を設立したのは、達也らが夕張を訪れた一九七七年のことだった。〝平岡組〟の事件が公になっていれば、なんらかの影響はあったかもしれない。

「浮かない顔をしているね」

加藤が無言でビールを飲む達也を見て言った。

「いえ、そうでも」

言葉少なに答えた。

裁きを受けない悪人が野放しという事実が、達也にはどうにも納得できなかったのだ。

四

翌日の午前八時三十八分、夕張駅発の上り夕張線に達也と加藤は乗り込んだ。スナック〝杏〟のママである内藤範子にしばらく泊って行けばと引き止められたが、鼻の下を伸ばした加藤を達也が強引に連れ出す形で店を出たのだ。

二人はとりあえず、加藤のフィアンセである矢田瑠璃子が待つ平取町に向かっている。列車は追分に午前九時四十分に到着し、十時十八分発の苫小牧行きの室蘭本線の上り列車に乗り換えた。

「達也君、まだ怒っているのかい？」

車窓から外の風景を漠然と見ていると、向いの席に座る加藤が遠慮がちに声を掛けてきた。夕張駅からほとんど一言も口を利かなかったために気を遣っているのだろう。

「いえ、別に」

窓の外を見たまま達也は素っ気なく答えた。加藤が瑠璃子という婚約者がいるにもかかわらず範子にうつつを抜かしていることに腹を立てたのは事実である。だが、達也が気になっているのは新たに覚醒《かくせい》する脳細胞のことであった。完全に覚醒させようと努力はしているが、メギドと同じ場面の幻覚ばかり見せつけられてうんざりしていた。

「それじゃ、新しい覚醒のことを考えていたんだね」

加藤は日が暮れるとスケベな出来が悪い人間になるが、日中は元新聞記者として手腕を発揮する。

「そうなんです」

達也は渋々認め、加藤の顔を見た。

「〝平岡組〟から出てきた君は気絶してしまったが、あの時も幻覚を見ていたんじゃないのかい？」

加藤は鋭い質問をしてきた。

「ヤクザと闘っていたら、激しい頭痛がして幻覚を見ました」

「やはり、今回の脳細胞はいわゆる〝暴力制御〟という役割を果たしているのかもしれないね。それで、どんな幻覚を見たんだい？」

「僕ははじめてでしたが、メギドが何度か幻覚で見たという殺人現場のアパートの一室にあの時もいました」

思い出しただけで、頭痛がしそうな気がする。

「待ってくれ、メモするから」

ジャケットのポケットから加藤はメモ帳と鉛筆を出した。

「緑色のドアの玄関があり、上がりかまちに血の付いた出刃包丁がありました」

達也は目を閉じて説明した。

「なるほど、1DKのアパートだね。こんな感じかい？」

加藤はメモ帳に描いた部屋の見取図を見せて来た。三畳のキッチンに四畳半の部屋が描いてある。

「メギドの話では、四畳半の部屋の奥にも六畳の部屋があるようです」

「とすれば、2DKのうなぎの寝床のような部屋だね。上がりかまちに凶器。真中の部屋にひっくり返ったちゃぶ台か」

ぶつぶつと独り言を言って加藤は、出刃包丁やちゃぶ台まで描き加えた上で見取図を完成させた。

「トイレや風呂《ふろ》はどこにあるんだい？」

「トイレ？　僕はまだ全室見たわけではないので分かりません。今度メギドに聞いておきます。それは、重要なことですか？」

言われてみれば風呂はともかくトイレはあってもよさそうだ。

「時代によりアパートの構造も違うんだ。以前君から脳の移植手術は、七歳から九歳までの間に行われたと聞いている。だとすれば、昭和三十六年から三十八年ぐらいのことだろう。脳細胞の持ち主が生前関係していたとなれば、アパートは十四年以上前の物件だ。戦後に建てられたものなら、まだ建っている可能性も充分あるよ」

加藤はメモ帳に年号をかき出し、計算して見せた。

「なるほど、犯行現場に直接行けば、完全に覚醒する可能性は高いですね」

達也は大きく頷《うなず》いた。

「関係している祥子という女性だが、今まで聞いた話から判断すれば、北海道の住人だったのだろう。彼女は十四年以上前に殺されているんだ」

幻覚の中で、祥子は〝キガラシ〟の花が好きだと言っていた。それだけでは決めてに欠けるが、加藤は直感的に考えているようだ。

「しかし、犯行現場が北海道で十四年以上前の殺人事件だったとしても、それだけではまだ絞り込めませんね」

列車を乗り継ぎ、達也は改めて北海道が広いということを実感していた。

「いや、北海道ということが分かっているんだ。地図なんか見るのはどうかな。地名を思い出せば、ヒントになるかもしれないよ」

「地図か。それなら次の乗り換えの苫小牧で時刻表を買いましょう。実用的だし、地図に路線図も載っていますよ」

ポケットサイズの〝全国版コンパス時刻表〟を加藤は持っていたが、昨夜清水沢駅から乗った最終列車の中に置き忘れていた。

「面目ない。疲れていたんだよね」

加藤は頭を掻《か》いてみせた。この男は、基本的に太陽が沈むとだらしなくなる。

午前十一時、列車は苫小牧に到着した。平取には日高町行きの富内線《とみうち》（一九八六年廃線）に乗り換えなければならない。達也は駅舎にあるキヨスクでポケット判の時刻表を買った。

　ちなみに現在の駅ビル（開業一九八二年）は一九八一年に旧ビルの東に建てられたもので、駅前中央通も一九七七年当時は今より一本西にあった。

　午後十一時十四分、発車ベルが鳴り、二両編成のキハ21（寒地向け車両）は重い腰を上げるようにゆっくりと動き出した。バス窓の古い型だ。列車は日高本線を走り、分岐駅である鵡《む》川《かわ》駅で日高町に向けて富内線に入る。先頭車両に乗った達也はさっそく時刻表に掲載されている北海道の路線図を開いた。ポケット判の小さな文字の駅名を一つずつ辿《たど》ってみたが、どうもぴんと来ない。

　午前十一時四十九分に鵡川駅に到着した。ここで分岐するのだが、発車まで十五分も時間がある。二人はホームの立ち売りの弁当屋から幕の内弁当（現在は販売されていない）を購入し、席に戻った。

「鵡川の名物といったらシシャモでね。ここの幕の内は絶品のシシャモの甘露煮が入っているんだ。もし、君の頭の中の住人が北海道出身なら、分かると思うんだけどね」

　加藤は嬉《うれ》しそうな顔で割り箸《ばし》を握っている。達也も幕の内弁当と書かれた黄色い包装紙を解き、薄っぺらい弁当の蓋《ふた》を取った。卵焼きの傍にまるまると太ったシシャモの甘露煮が添えられている。

「これか」

さっそく達也は甘露煮にかぶりついた。口の中に醤油《しょうゆ》で煮込んだシシャモの香ばしくやさしい味が広がった。

「どうだい？」

加藤は真剣な表情で見ていた。

「甘露煮は、本当にうまいですね」

「違う、違う。頭の中のことだよ。刺激を受けて変化はなかったのかい？」

「別に変化はありませんが」

「そうか……」

相当期待していたようで、加藤はがっくりと肩を落とした。

「うん？」

車窓からホームに背の高い男が二人立っているのが見えたので、達也は思わず箸を置いた。

「どうしたんだい？」

加藤は達也の視線を追って窓の外を見た。

「あの二人が気になって」

達也はそう言って窓際から離れた。二人の男は弁当を買っている。二人とも一八五、六センチはあり、一人は栗色の髪をした白人で、もう一人は黒髪だが、白人の血が混じっているのか、彫りが深い顔をしている。田舎だけに外国人の二人連れは目立つ。とはいえ別の車両に乗っていたらしく、気が付かなかった。

大島産業は人間兵器〝零チャイルド〟の実用性を米軍に知らしめるため、現役の米陸軍特殊部隊〝グリーンベレー〟の小チームに達也を襲わせた。達也からスイッチしたメギドは、彼らの攻撃をかわし、指揮官であるウイリアム・マードック大尉を残して四人の男を殺害した。以来、復讐《ふくしゅう》に燃えるマードックに命を狙われるようになった。

「二人とも外人だけど、達也君の追手じゃないよ。ここは北海道、沖縄じゃない。第一彼らの格好を見てごらんよ。君を尾行するには少し重装備すぎないかい？」

加藤は箸を持った手を振って笑った。男たちは二人とも登山靴を履いている。少なくとも米兵が履くコンバットシューズではない。それに足下にリュックサックが置かれていた。

「そうだといいんですが」

達也は胸騒ぎを覚えながらも、再び箸を取った。

五

赤とベージュで彩られている二両編成のキハ21は、ホームにぽつんと立つ駅員に見送られ午後十二時四分に鵡川駅を発車した。

達也と加藤はすでに弁当を食べ終わり、加藤はハイライトで食後の一服をはじめたところである。

達也は時刻表の路線図で駅名を函館から一つずつ追っていた。ポケット判だけに駅名の印字も小さくインパクトに欠ける。そのため脳細胞も刺激を受けないのかもしれない。十分ほど見ていたが、何の兆しもなく諦《あきら》めて時刻表を閉じた。

「うまく行かないようだね。苫小牧の駅前の本屋で、北海道の地図か、大判の時刻表を買うべきだったよ」

加藤は窓の外に煙草の煙を吐き出しながら残念そうな顔をした。

「確かにそうですけど、この電車を逃したら、次は三時間後でしたから、仕方がありませんよ」

本当は本屋に行きたかったが、接続があまりにも悪いことを知っていたのであえて言わなかった。

列車は沙流《さる》川の西側を流れる鵡川の緑豊かな渓谷を抜けて行く。

富内線は沿線の鉱物資源や森林資源の開発と輸送を目的に一九二二年に開業した。それゆえ山深い風光明媚《めいび》な土地を縦断する。だが、貨物や乗客の減少で赤字路線となり、国鉄再建により一九八六年に全廃されている。

午後十二時二十五分、二人は鵡川駅から三つ目の旭岡《あさひおか》駅で降りた。富内線は単線であるが、旭岡駅は中央にホームがある島式ホームで、待機や列車交換の駅になっている。時間帯や車両編成にもよるが、列車は一両を残して切り離されてホーム反対側の線路に移され、対向車の先頭に接続されて上り線となる。乗降客の少ない終点の日高町駅までは、一両だけで向かうのである。

連絡すれば瑠璃子が駅まで迎えに来てくれるため、達也らはゆっくりと列車を下りた。

「うん、まさか」

達也は二両目の列車から降りた二人組のビジネスマン風の男を見て慌てて列車に戻り、後ろで煙草に火を点《つ》けていた加藤とぶつかりそうになった。

「どうしたんだね、いったい」

煙草を落としそうになった加藤は、目を丸くして尋ねてきた。

「……」

達也は人差し指を口に当てて加藤を黙らせた。

車両の出入口から様子を窺《うかが》い、旅行鞄《かばん》を持った二人の男をやり過ごしてから列車を下りた。男たちは達也に気付くことなくホームの南側にある小さな駅舎に入って行った。

達也は何ごともなかったように列車を下り、さりげなく駅舎の陰に隠れた。

二人の男は駅前でしばらく佇《たたず》んでいたが、黒のセドリックが目の前に停まると、後部座席に乗り込み、駅を離れた。すると、間髪を入れずにやってきた黒のクラウンに同じ列車に乗っていた白人が飛び乗り、後輪から白煙を上げながら走り去った。

達也は小さな溜息《ためいき》を漏らした。

「事情を説明してくれないか」

寄り添うように立っていた加藤が訝《いぶか》しげな表情で尋ねてきた。

「さっき見た二人の男の一人は大野影久という男です。福島県の平にあった〝滝川土建〟の顧問をしていたようですが、今は何をしているのか知りません」

達也は正直に〝滝川土建〟の社長である滝川嘉朗とのいきさつを語った。社長である滝川が死んだ以上、会社が存続しているとは思えなかった。

「暴力団の顧問だって、それがなんでまた、こんなところに？　ひょっとして君を尾《つ》けて来たんじゃないのかい」

加藤は不安げな表情になった。

「それはいくらなんでもないでしょう。そもそも尾けて来た人間が、僕らより先に車で立ち去るのは変じゃないですか。目的は知りませんが、札幌から朝一番で動いたら、多分この時間になります。なんせ列車の本数は限られていますから」

達也も不思議には思ったが、次の列車は三時間以上間隔が空いてしまうので、行き先はともかく一緒の列車に乗る確率は高くなることは事実だ。

「なるほど。確かにダム工事や鉱山もある。この地方でもヤクザが絡むような利権があるということか」

加藤は腕組みをして唸《うな》った。

「失礼ですが……」

立ち話をしていると、背後から声をかけられた。

「むっ！」

達也は気配を感じなかっただけに動揺した。鵡川駅で白人と一緒にいた男がいつの間にか背後に立っていた。

「トイレに行っている間に、仲間に置いてきぼりにされました。タクシーで移動したいのですが、どうしたらいいですか？」

男は流暢《りゅうちょう》な日本語で話した。顔はともかく達也と同じで日本人なのかもしれない。男の肌は浅黒く、窪《くぼ》んだブラウンの眼は大きい。なかなかハンサムなラテン系の顔をしている。歳は三十前後か。

「置いてきぼり？　それはまたどうしてですか？」

加藤が首を傾げながら尋ねた。

「ここまでは一緒に来ましたが、彼とはグループが違うので、私がこのまま列車で行くと勘違いしたのでしょう」

「そうですか。この辺りでタクシーはありませんよ。どちらまで行かれるのですか？」

怪しむことなく加藤は答えた。

男は質問で返してきた。

「それは困った。みなさんは、どうされるのですか？」

「我々は車で迎えが来ます。平取町の町役場がある本町《ほんちょう》までだったら乗せられますが、どうします？　街からは路線バスもありますよ」

「ありがとう、ございます。ぜひお願いします」

男は頭をぎこちなく下げた。やはり日本人ではないようだ。

「日高山脈にでも登られるのですか？」

加藤が男の格好を見て言った。

「登山ではありません。我々は米国の大学の地質学研究室の者で、北海道の地質サンプルを集めています。だから山や林の中に入れるように、こんな格好をしているのです。私は、ジョージ・佐竹《さたけ》といいます」

男は笑顔で加藤に右手を差し出した。

「アッ、アイアム、淳一・加藤、アンド、ヒー、イズ、達也・根岸」

加藤は米国と聞いて、いきなりつたない英語で自己紹介した。

「確かに米国人ですけど、父がイギリス系の米国人で、母は日本人なので日本語は話せます。だから、気を遣わないで下さい」

佐竹は肩を竦《すく》め、苦笑して見せた。

「サンキュウ、バット、アイ、カン、スピーク、イングリッシュ、ア、リトルね」

加藤はそう言って偉そうに咳払《せきばら》いしてみせた。沖縄でも彼のカタカナ表記のような英語は通じなかったが、懲りていないようだ。

佐竹は助けを求めるように達也に顔を向けてきた。

「加藤さん……」

苦笑いをした達也から警戒心は消えた。

六

旭岡駅に到着した達也らは駅舎で平取町本町に住む瑠璃子が迎えに来るのを待った。彼女は九州で加藤と暮らすようになってから自動車の免許を取得している。今から考えれば、北海道に帰ることを前提に準備していたのかもしれない。一九七〇年代も後半に入り、鉄道路線の廃止が相次ぐ地方では車の移動は当たり前になっていた。

気温は二十五度近くある。北海道にしては汗ばむ陽気だ。もっとも本州と違って夏を物語る蟬の音はなく、控えめな鳥のさえずりを聞きながら達也らは駅舎の日陰に佇んでじっと待った。

「あれかな」

駅前の舗装されていない通りを眺めていた加藤は、遠くから近付いて来る砂煙に気が付いて駅舎を出た。達也も加藤の脇に立ち、右手で日差しを遮って遠くを見た。やがて白い軽トラックが二人の前に停まった。

「お久しぶりです。達也さん」

運転席から下りてきた瑠璃子は、丁寧におじぎをして見せた。

「こちらこそ、ご無沙汰《ぶさた》しています。驚きました。まるで別人になりましたね」

瑠璃子は長い髪を切り、日に焼けて小麦色の肌をしている。ジーパンにトレーナーというラフな格好が似合っていた。彼女をまじまじと見ていると、メギドの舌打ちが聞こえて来た。以前は陰のある女だった瑠璃子が、メギドの最も苦手とする健康的な女に変身したからであろう。

「毎日、汗を流して働いているせいでしょう。ここに来てから自分でも別人になったと思っています。というより、生まれ変わったと言った方がいいかしら」

瑠璃子は屈託のない笑顔をみせた。声も以前よりも張りがあり、よく通る。加藤が戸惑うのも分かるような気がする。ひょっとすると、加藤もメギドと同じように陰のある女が好きなのかもしれない。

「瑠璃子、お仲間とはぐれてしまった米国人のジョージ・佐竹さんだ。大学の研究員だそうだよ。町まで乗せてあげてくれ」

加藤は後ろに立っていた佐竹を紹介した。

「ジョージ・佐竹です。よろしくお願いします」

加藤に紹介され、佐竹はぺこりと頭を下げてみせた。

「矢田瑠璃子です。日本語がとっても上手。達也さんみたい」

達也と佐竹を見比べ、瑠璃子は白い歯を見せた。微笑んだ顔が、脳裏で沖縄に残してきたマキエの笑顔と重なり、胸が少しばかり痛んだ。

「ところで、僕は荷台でいいんですけど、どうしますか?」

達也は加藤にそれとなく尋ねた。目の前の軽トラは一九七六年型のスズキのキャリイである。当然車内には二人しか乗れない。本来なら加藤が助手席に乗るべきだが、初対面の米国人を荷台に乗せるのは気が引ける。

「そっ、そうだねえ」

「達也さん、運転して、私と淳一は、荷台に乗るから」

加藤が返答に困っていると、瑠璃子は加藤と達也の荷物を引ったくるように担いで、荷台に手をかけた。

「待って下さい。レディにそんなことはさせられません。私が荷台に乗ります」

佐竹は慌てて瑠璃子を遮り、一またぎで運転台を背にして荷台に乗り込んだ。

「僕も荷台に座りますから、二人で前に乗って下さい」

達也は瑠璃子から荷物を取り上げ、長い足を上げて佐竹の隣に座った。

「すまないね。二人とも、それじゃ遠慮なく」

加藤は頭の後ろに手をやりながら助手席のドアを開けた。

「もう、お客様に気を遣わないんだから」

瑠璃子は頬を膨らませ、運転席に収まった。

七六年型スズキ・キャリイは先代の３６０ＣＣから５５０ＣＣにパワーアップしただけに、バタバタと力強いエンジン音を上げて走り出した。駅前の道をまっすぐ進み、鵜川に架かる橋にさしかかった。川面《かわも》までは数メートルの高さがあり、透明度の高い水が滔々《とうとう》と流れている。両岸は自然のままで深い緑をたたえていた。

達也は橋の上に髪の長い女が立っていることにふと気が付いた。白いワンピースを着て川を見下ろしている。身長は一六〇センチほど、思い詰めたかのように痩《や》せた両腕を胸に当てていた。

「停めて下さい。停めて！」

運転席の窓を左手で叩《たた》き、必死に叫んだ。

急ブレーキが掛かり、軽トラは橋を渡りきったところで停まった。

「どうしたんだ！」

助手席から加藤が飛び出して来た。隣に座っている佐竹は呆気《あっけ》に取られている。

達也は加藤を無視し、荷台から下りてゆっくりと橋の上を歩いた。コンクリート製の橋の欄干は膝丈《ひざたけ》までしかない。女が一歩踏み出せば、川に落ちてしまう。

「どうされたんですか？」

達也は優しく言った。

女が振り返った。

「祥子……」

達也は絶句した。幻覚に出てくる女だった。

祥子は悲しい目でゆっくりと首を振り、川に身を投げた。

「祥子！」

達也は彼女を捉《つか》まえようと橋の上から身を躍らせ、空中で彼女を抱きしめた。

「何！」

両腕に抱きしめたはずの女は掻《か》き消え、冷たい水の衝撃が全身を襲った。

平取の怪

一

日高山脈北部を水源とし、門別町《もんべつちょう》（現日高町）の富川《とみかわ》で太平洋に注ぐ沙流川は、アイヌ語で〝シシリムカ〟と呼ばれる。語源は〝砂が流れる〟という意味であり、沙流の由来である。

沙流川流域は北海道でも雪が少ない温暖で豊かな自然に恵まれているため、古くからアイヌのコタン（集落）が数多くあった。江戸時代、幕府の巡視令を受け、一八五六年と五八年の二回にわたりこの地を訪れた幕吏の松浦武四郎《まつうらたけしろう》は、戸数が多い二風谷《にぶたに》、荷菜《にな》、紫雲古津《しうんこつ》、平取をはじめ十五のコタンの詳細な記録を残している。

「……」

メギドはふと目を覚ました。六畳の部屋のカーテンもない窓から明るい日が射している。裸電球が天井からぶら下がり、調度品はなく、押し入れの隣に引き戸という素っ気ない部屋だ。

「どうなっているんだ？」

Ｔシャツにジーパンを穿《は》いていたはずだが、新しい下着に浴衣《ゆかた》を着て布団に横になっていた。自分の荷物であるリュックは枕元に置かれている。メギドは手を伸ばしてリュックサックのサイドポケットに入れてあるハイライトを取り出し、火を点《つ》けた。

「……そうか。橋から女が飛び降りた幻覚を見た達也が、助けようとしたんだったな」

煙草をくゆらせながら、布団の上に胡座《あぐら》をかいた。だが、記憶を辿《たど》っても空中で女に抱きついた後を思い出せない。立ち上がったメギドは、窓を開けた。建付が悪くぎしぎしと音を立てた。

「ぼろ家が」

悪態をついて煙草の灰を外に落とした。窓からは山深い緑が見えるだけだ。

〈すまない。橋の上で女は幻覚だと分かってはいたけど、彼女の行動に体が勝手に反応したんだ。あの時の感覚は、僕じゃなかったような気がする〉

達也も目覚めていた。

「とすると助けたのは、〝太郎《たろう》〟の記憶だったのか」

〈〝太郎〟って、誰？〉

「埋め込まれた脳細胞の持ち主だ。いつまでも名無しじゃ呼びにくい。名前が分かるまでは〝太郎〟でも〝ポチ〟でもいいだろう」

〈犬じゃあるまいし、〃太郎〃でいいよ〉

「橋の上の女は、確かに〃太郎〃の記憶だが、助けたのはおまえがお人好しだからじゃないのか」

メギドは呆《あき》れ気味に言った。

〈助けたのは僕の行動としてもおかしくはないけど、あの時は絶対違っていた。〃アパート〃の住人は、つまり〃太郎〃は祥子さんが自殺した時に助けているんだよ〉

「断定するのは早い。俺は祥子が殺された姿を何度も見ている。〃太郎〃が犯人じゃないとは言い切れない。助けた女をわざわざ殺すか?」

メギドにとって暗殺なら分かるが、人助けをする心情など理解不能だった。

〈〃太郎〃さんは絶対そんなことをしないと、僕は思っているんだ。今回の幻覚で確信が持てたよ〉

「理由はなんだ?」

〈祥子さんが出てくる幻覚を僕は二度見たけど、気分が悪くなることはなかったよ〉

夕張の清水沢の炭住脇に咲いていた〃キガラシ〃がきっかけで現れた幻覚の時も今回同様動悸《どうき》はしたが、頭痛や吐き気はしなかった。

「そう言えば、函館のステーキ屋でハンバーグを食べる祥子の幻覚を見たが、頭痛もなかったな。それがどうしたんだ?」

〈おそらく祥子さんとのいい思い出だった場合は、脳細胞も苦痛がないんだ。だが、殺

人現場や祥子さんの遺体を思い出すと苦痛になるんだよ。だから、吐き気や頭痛がするんじゃないのかな〉

「馬鹿を言え、自殺する女を助けたことがいい思い出なのか」

メギドは煙草の煙を鼻息とともに荒々しく吐き出した。

〈おそらく、彼女は〝太郎〟に助けられて生き延びたんだ。だとしたら、彼にとっていい思い出に決まっているさ、きっと〉

「うん？　達也、代われ」

メギドは煙草の火を窓の外の壁で揉《も》み消して捨てると、意識を後退させた。

「達也君、気が付いたのかい？」

加藤の声が引き戸の向こうからした。メギドは外の気配を察していたのだ。

「すみません。今着替えます」

メギドからスイッチした達也は、リュックから別のジーパンとTシャツを出して着替え、急いで廊下に出た。

「今回の覚醒《かくせい》はかなり深刻のようだね。佐竹さんには、君が酷《ひど》い頭痛持ちでたまに発作を起すと言っておいたよ。ちなみに鵜川で気を失った君を助けたのは彼なんだ。いくら君でも溺《おぼ》れていたかもしれないよ」

加藤は耳打ちするように言った。達也は川底の岩で頭を打って気絶し、ジョージ・佐竹に助けられていた。

「どれくらい気絶していましたか?」

「午後二時二十分だから、一時間ちょっとかな」

加藤は腕時計を見ながら答えた。

「そうなんですか。一言お礼が言いたかったな」

「それなら居間にいるから、礼を言うといいさ。彼も服を着たまま飛び込んだからね。とりあえず、うちで着替えてもらったんだ。今日は何も予定がないらしいから、泊ってもらうつもりだよ」

達也がいた部屋は玄関脇にあり、廊下を隔てた居間に佐竹は一人でいた。瑠璃子は仕事を抜け出して来たので、職場に戻ったらしい。

「もう大丈夫なんですか?」

煙草を吸っていた佐竹は、達也を見て心配げな顔で尋ねてきた。

「すみません。時々すごい頭痛がすることがあるんですが、何でもありません。ご迷惑をおかけしました」

佐竹の前で正座をして頭を下げた。

「失礼ですが、医者には行かれたことはありますか?」

「えっ、最近は行っていませんが、原因はよく分からないらしいんです」

笑って誤魔化すしかない。加藤の嘘に合わせたのだが、自分を見失うような頭痛というのならかなり重病と思われても仕方がないだろう。

「機会があったら、米国の病院で診てもらうといいかもしれませんね」

真剣な表情で佐竹は頷《うなず》いてみせた。

「ご親切にありがとうございます」

会ったばかりなのに佐竹は他人の気がしない。互いに片親が外国人ということもあるのだろう。

「ところで、列車が旭岡駅に着いて下りようとしたら、達也さんは急に列車に戻り、様子を窺《うかが》ってから駅舎の陰にお二人とも立っていましたよね。前を歩いていた男から隠れたように見えたんですが、あの男はいったい何者なんですか？」

目を細めた佐竹は達也と加藤の顔を交互に見た。大野影久に悟られないように神経を使っていたが、背後への気配りが足りなかったようだ。達也らより後に下りた佐竹に、不審な行動をしっかり見られたようだ。

「あの男ですか。……実をいうと、彼はヤクザなんですよ。福島の繁華街で一度だけ見たことがあるんです。さわらぬ神に祟《たた》りなし、英語では、寝ている犬は起すなというじゃないですか」

達也は頭を掻《か》きながら苦しい言い訳をした。

「福島のヤクザ？」

佐竹は首を捻《ひね》った。

「ジャパニーズマフィア、恐い、恐いですネ」

加藤が妙な発音で説明した。ひょっとして英語を話しているつもりなのかもしれない。

「マフィア、それは確かに恐ろしいです」

眉間《みけん》に皺《しわ》を寄せた佐竹の眼光が一瞬光った。

「……」

達也は佐竹の表情の変化に一抹の不安を覚えた。

二

加藤と瑠璃子が住んでいる家は、平取町の中心である本町の北側にあった。大家である栗原善次郎《ぜんじろう》の両親が数年前に相次いで亡くなり、住んでいた離れが空家になっていたので多少手入れして借りている。

瑠璃子の通っていた小学校で栗原は教師をしていた。彼女が低学年のころの担任で、世話好きの好人物らしい。瑠璃子は両親の都合で平取から夕張、東京、熊本と遠く北海道から離れて行ったが、栗原とは年賀状や手紙のやり取りで音信は絶やさなかった。その縁で彼女も北海道に帰ることになったのだ。

栗原は教師の傍ら実家の農業の手伝いをしていたが、定年退職してから本格的に農業に専念し、今では郊外に養豚場を構えるまでになった。天涯孤独となった瑠璃子を栗原が呼び寄せたのは、養豚場の経営が軌道に乗っていることもあるようだ。彼女も住居ばかりか、仕事の世話まで受けている恩義に応《こた》えようと、朝から晩まで働いている。

加藤はというと、フリーのジャーナリストと言えば聞こえはいいが、社会問題も扱う一方で風俗のリポート記事も書く。それを瑠璃子から伝え聞いた栗原には印象が悪いようだ。夜の街をテーマにした加藤の記事は、雑誌で連載されて人気があり、彼にとって大事な収入源になっていることもあるが、本人が一番気に入っているため辞めるつもりは毛頭ないようだ。

午後三時、借家を出た達也と加藤と佐竹の三人は、本町の裏山にある〝義経《よしつね》神社〟に向かっていた。暇を持て余したので、加藤が散歩に誘ったのだ。

東北や北海道には、文治《ぶんじ》五年（一一八九年）に亡くなった源義経は影武者で、密《ひそ》かに弁慶《べんけい》らとともに蝦夷《えぞ》（北海道）に落ち延びた後に大陸にまで渡り、やがて成吉思汗《ジンギスカン》になったという伝説が残っている。

義経は、平家追討の功績が認められて後白河《ごしらかわ》法皇から〝判官《ほうがん》〟という役職を任じられた。だが、兄の頼朝《よりとも》の許可を得ずに戴《いただ》いたばかりに疎まれ、奥州平泉《ひらいずみ》で頼朝の意を汲《く》んだ藤原泰衡《やすひら》に攻められ衣川館《ころもがわのたて》で自刃した。この悲劇故に世の同情を引き、〝判官贔屓《びいき》〟という言葉が生まれた。

「不思議ですね。義経は平泉で死んだはずなのに、どうしてここに足跡が残っているのでしょうか？　日本の歴史ではそんな話はないですよね」

佐竹は米国の大学で日本の歴史を学んだことがあるらしく、大鳥居を潜《くぐ》り参道の急な坂を上りながら首を捻った。

「一七九八年に幕吏としてこの地を訪れた松前《まつまえ》藩の近藤重蔵《こんどうじゅうぞう》が、アイヌに義経伝説があることを知って、翌年仏師に彫らせた義経像をアイヌの民に祀《まつ》らせたのがこの神社のはじまりなんだ」

昼間だけに加藤はジャーナリストらしく博学を披露した。

「アイヌの義経伝説？」

「この神社の社伝によれば、義経一行は蝦夷地白神（現福島町）に渡り、日高ピラトリ（現平取町）のアイヌ集落に落ち着いたとされているんだ。そこで義経はアイヌ民族に農耕や舟の作り方と操法や機織りだけでなく、武術も伝授し、アイヌの民から〝ハンガン（判官）カムイ（神）〟と呼ばれ敬われていたらしい。そして何年後かに大陸に渡り、成吉思汗になったとも伝えられている」

「成吉思汗！　それは荒唐無稽《むけい》だ」

佐竹は首を振りながら笑った。

「確かに突飛だけどね。アイヌ民族は北海道だけでなく、樺太《からふと》、つまりサハリン南部まで住んでいたんだ。船で行き来していた、彼らにとって大陸に行くことは絵空事じゃないんだ」

「ロシアのサハリンにまで住んでいたんですか」

佐竹は知らなかったようだ。

「江戸初頭まで北海道や北方領土どころか千島《ちしま》列島や南サハリンまでアイヌ民族の住処《すみか》、つまり領土だったんだ。少なくとも日本やロシアのものではなかった」

加藤は熱く語った。

一六八九年に大清帝国とロシア間で結ばれた〝ネルチンスク条約〟では、樺太（サハリン）は清のものであるとしたが、中国人は住んではおらず、中部から北部は先住民族であるウイルタ民族が、南部はアイヌ民族が実際の住人であった。戦後日本軍の撤退により、ロシアはサハリンから先住民族を駆逐し、自国の領土とした。

「確かに領土は国同士の政治的な問題で勝手に決められ、住民の意思は反映していないのかもしれませんね」

佐竹は肩を竦《すく》めた。

「いまでこそアイヌは日本の国民だが、彼らは自然と共生する民族で、領土意識もなく国すら持たなかった。だから文字は必要とはしなかったんだよ」

「国家と文字を持たないことが関係するんですか。意味がよくわかりませんね」

佐竹は加藤の理論に首を傾げた。

「文字や数字は歴史的に見て納税する上でそれを記録する必要性から生まれた。つまり民を治める者と税を納める者の関係が出来てはじめて必要になる。だが、アイヌの人々は何千年も自然の恵みを神の許しを得て受け取って生活するという平和な暮らしを続けてきた。だから文字は必要なかったんだ」

「なるほど、それにしてもよくご存知ですね」

「北海道の生まれだからね。子供の頃から色々見聞きしてきたから」

佐竹に褒められて加藤は満足げに頷いた。

「それにしてもこの神社の由来が、一七九九年といえば、今から百七十八年前ですか。伝説はそれ以前にあったわけですね」我が国の建国と変わらないんだ」

佐竹は顎《あご》を幾分上げ、感心してみせた。他国の古い文化に興味がある者が多い。あこがれもあるが、古い歴史へのコンプレックスなのかもしれない。

「私の考えでは、蝦夷では日本人の商人が古くからアイヌと交易していた。だから商人から義経のことを聞いて、アイヌの人々は伝説としたのだろう。彼らには勇者を尊ぶ風習があるからね。ただ、まんざら作り話とも言えないんだ。平取には義経が砦《とりで》を作って二年間住んでいたという洞穴があってね、そこで鎌倉時代のものと思《おぼ》しき刀や鎧《よろい》や兜《かぶと》も見つかっているんだよ」

「本当ですか！　鎌倉時代といったら、七百年以上昔じゃないですか」

佐竹は目を丸くして声を上げた。

「鎌倉時代にこの地に侍が落ち延びたのか、あるいは新天地を求めてきたのか分からないが、生き延びるためにアイヌと親交を深め、後にそれが義経と言われるようになったと考えれば辻褄《つじつま》が合う。ただしこれを地元の住民に言ったら酷《ひど》く叱られたよ」

加藤は苦笑いをしてみせた。瑠璃子や栗原の前で得意げに推理を披露してひんしゅくを買っている姿が思い浮かぶ。

「なるほど、確かにそう考えれば、自然ですね」

佐竹は納得したのか大きく頷《うなず》いた。

「ところで佐竹さんが属しているのは、なんという大学の研究室なんですか？　それにどうして北海道までわざわざいらしたんですか」

達也は佐竹の横顔をじっと見つめて流暢《りゅうちょう》な英語で矢継ぎ早に尋ねた。人当たりがよく、知識もあるため加藤は気さくに話しているが、達也は疑いの目を持っていた。大野影久の話をした時に見せた表情が、何か屈託があるように見えたためだ。

「私は、カリフォルニア工科大学のバークレー教授の地質学研究室で、助教授をしています。北海道を選んだのは、日本でも手つかずの自然が沢山あるからなんですよ。それにしても、ずいぶんと英語がうまいんですね」

「たまに英語で話さないと錆《さ》び付きますからね。地質学というのなら、有珠山の噴火の方が研究上重要じゃないのですか？」

達也は微笑みを浮かべて誤魔化した。

「地質学といっても色々ありましてね、火山学はむしろ地質学では独立している方なんです。私の研究室では〝地史学〟という、地域から地球までの広範囲での地層のおいたちを研究するんですよ」

佐竹は達也の知らない専門用語を並べた。

「それじゃ、日本に来た他の研究員はどうされているんですか？」

「私を含めて四人、この地域を手分けして調べています。二風谷ダムの工事が本格化する前に調べないと将来湖底に沈んでしまう場所も結構ありますからね」

執拗《しつよう》な質問にもかかわらず、佐竹の受け答えは丁寧で、紳士的態度を保っている。

二風谷ダムは一九七三年に計画が発表されたが、アイヌの聖地が水没してしまうことから、アイヌを中心に反対運動が起っていた。ダムは差し止め裁判などで工事は進まず、一九七三年の着工から二十四年後の一九九八年に竣工《しゅんこう》している。

「具体的には何をされているんですか？」

「仲間はボーリング調査で地質サンプルを採取し、私は単独で地形を調べて、サンプルが必要な場所を調べています。だから別行動を取っているんですよ」

「……そうなんですか」

偽者なら言葉に詰まるだろうと尋ねてみたが、佐竹は淀《よど》みなく答えた。だが、達也が不審を抱いていることが分かったはずなのに、不快感も表さず説明したところにむしろ違和感を覚えた。

「まさか喧嘩《けんか》しているわけじゃないよね。二人とも、日本語で話してくれないか。ここは日本なんだから」

堪《たま》り兼ねた加藤が二人に割って入った。口論していると思ったのだろう。

「すみません。久しぶりに英語を使ったら夢中になってしまって」

達也は笑いながら話を切り上げた。

三

木漏れ日がさす参道を上っていくと、こぢんまりとしているが、威厳のある〝義経神社〟の社殿が姿を現した。

境内に至る砂利道を進み、十段の石段を上り、狛犬《こまいぬ》に迎えられた。

化粧気のない優雅でそれでいて重厚な造りの社殿は長い歴史を感じさせる。社務所は少し離れた所にあり、境内は森に囲まれ神秘的な空間を作り出していた。参道はすれ違う人もいなかったが、地元の住人なのか絣《かすり》の着物に雪駄《せった》を履いた白髪の老人が賽銭《さいせん》箱の前に立っている。賽銭を投げ入れて二礼した老人の柏手《かしわで》が、静まり返った境内に気持ちよく響き渡った。

「せっかくだから、我々も参拝して行こうか。佐竹さんも宗教上の問題がなければ、どうですか。いい思い出になりますよ」

参拝人を見ていた加藤が、達也と佐竹を誘った。

「そうですね。実に興味深いです」

達也も頷いてポケットの小銭を探っていると、お参りをしていた老人が振り返った。

「……！」

危うく声を上げる所で、達也は口をつぐんだ。老人は矢島政信だったのだ。気難しい表情で俯《うつむ》きかげんに社殿の石段を下りて来た。

「これは、失礼」

矢島は達也にぶつかりそうになり、軽く頭を下げるとそのまま境内から姿を消した。

「佐竹さんからどうぞ」

「いいえ、お参りの作法を知りませんので、加藤さんからどうぞ」

加藤と佐竹が矢島を気に留めることもなく、譲り合っている。それほど矢島の演技は自然だったが、達也は右手に折畳んだ紙をしっかりと握らされた。

「それじゃ、僕が先にお参りします」

達也は石段を上がって賽銭箱に十円玉を投げ入れ、神社によって違うが当たり障りがないように二礼二拍手一礼をした。

「お先に」

参拝をすませた達也は、階段を駆け下りて加藤らの背後に立った。

「では私から」

加藤が石段を上がると、佐竹もすぐその後ろに立った。二人が背中を見せている間に達也は矢島から手渡された紙切れを広げた。

〝本日午前零時、ハヨピラ公園、円形花壇にて〟と書かれている。目を通すとメモ書きを丸めてポケットに突っ込んだ。

「加藤さん、ハヨピラ公園てご存知ですか？」

佐竹の参拝も終わったところでさりげなく尋ねてみた。

「平取にあるけど、誰に聞いたんだね？」

加藤は鼻で笑ってみせた。

「いえ、それは……」

「そうか、例のあれか。それなら、これから行ってみようじゃないか」

口ごもった達也を見た加藤は、勝手に脳細胞の覚醒《かくせい》と関係があると勘違いしたに違いない。三人は参道を下りて本町を横切る日高国道を北に向かった。途中で加藤の借家の近くを過ぎて二百メートルほど進んだところに、〝ハヨピラ自然公園〟という小さな看板が草むらから顔を覗《のぞ》かせていた。

脇道は林道になっており、上部に〝HAYOPIRA〟の切り文字と、その下には翼のある丸い物体がデザインされている金属製のアーチが入口に建っていた。現在（二〇一二年）では、災害の影響で崩壊が進み、立ち入りが禁止されている自然公園の入場門である。

「自然公園なのに、妙なデザインですね」

達也は両脇に大小様々な丸い金属製の板が飾られた、自然とは調和しない不自然なデザインのアーチを見て唸《うな》った。

「理由は、もう少し先まで行ってから説明しようか」

加藤は笑いを堪《こら》えているのか、悪戯《いたずら》っぽい目をしている。

林道の途中で〝ハヨピラ〟の由来が書かれた立て看板があった。〝ハヨピラ〟とはアイヌ語で武装した崖《がけ》を意味するらしく、アイヌ民族の始祖と言われる〝オキクルミカムイ〟が降臨した神聖な場所のようだ。

背の高い木々を分ける林道を抜けると視界が開けた。

「何ですか、これは？」

「ワッイズ、ディス！」

達也と佐竹がほぼ同時に声を上げた。

斜面に幅広い石段があり、小高い丘の頂上にある台形のコンクリートでできた建物まで続いているのだ。その姿はまるで南米のマヤ文明の遺跡である〝ククルカン・ピラミッド〟を彷彿《ほうふつ》させる。二人が驚きの声を上げるのも当然であった。

十数段上がったところに金属製のアーチがあり、さらにその上には雑草に埋もれた円形のエリアが石段の中央にある。どうやら矢島が待ち合わせ場所に指定した円形花壇のようだ。

三人は石段を上り、花壇の脇を抜けてその先にある妙なモニュメントの前に立った。しっかりとしたコンクリートの台座に鍋《なべ》ぶたのようなものが、細い三本の柱の上に載っている。また右側の石段の脇にはアイヌらしき男が、天空を指差している図案の石柱が建てられていた。後で分かったことだが、アイヌ民族の神である〝オキクルミカムイ〟の記念像であった。

「ははーん」

佐竹が二つのモニュメントを見て頷《うなず》いてみせた。

「分かりましたか？」

加藤が残念そうな顔をしてみせた。答えを自分で言いたかったのだろう。

「ここは自然公園ではなく、UFO研究の団体が作り上げた施設ですね。円盤のモニュメントで分かりました」

「UFOって、空飛ぶ円盤のUFOですか？」

佐竹の突拍子もない答えに達也は吹き出しそうになった。

「そうなんだ。〝CBA〟、正式名称は〝宇宙友好協会〟という宇宙人との交信を研究する団体があったんだ。彼らの目的は宇宙連合、つまり宇宙人の手を借りて地球の滅亡から人類を救おうという宗教じみた活動をしていた。そこでUFOとコンタクトを取るためにこの施設を作りだしたんだ」

加藤は肩を竦《すく》めながら説明した。

〝宇宙友好協会〟は、一九五七年航空ジャーナリストの松村雄亮が中心となり設立された。この手の団体としては先駆けであるが、彼らの活動が特殊なのは、地軸がゆがみ大洪水が起きて地球は滅亡するという世紀末思想であった。もっともこの予言は見事に外れ、一九六四年からは平取にピラミッド型の祭壇の建設をはじめた。業者に委託せずに会員だけで一九六九年に完成させるも、力尽きた協会は平取町に施設を土地ごと譲渡し衰退する。

「頂上の祭壇に上がりましょうか」

説明を終えた加藤は、階段の最上段を目指して上りはじめた。遠目からは分からなかったが、実際に上ってみると完成から八年が経ち、階段は所々壊れている。風雪により崩壊が進んでいるのだ。

石段を上りきり、台形の建造物の前に立った。中央に開口部があり、中は空洞で鉄製の階段があった。入口には〝崩落の危険あり。立ち入り禁止〟という看板が立てられている。

「おかしいな。この間来た時はなかったのに」

首を捻《ひね》った加藤は、看板を後ろ向きにして中に入った。塗装がはげて錆《さび》だらけの階段を上がり、屋上に出た。青空の下、沙流川の流れと平取町の本町が一望できる絶景があった。

「眺めは最高だな」

加藤はポケットからハイライトを出して吸いはじめた。

「うん？」

気が付くと佐竹が反対側に立って北の方角にある山を険しい表情をして見ていた。本町の北側には二風谷が隣接している。

「どうされたんですか？」

「いや、何でもないんだ」

佐竹は笑顔を見せて加藤の隣に並んだ。

四

満天に拡がる星の光を奪うかのように、南の空に満月が輝いている。

午後十一時四十分、達也は加藤や佐竹が寝静まったのを確認して借家を抜け出した。役場がある本町でも繁華街はなく、夜中に営業している店もないので、街は静まり返っている。まして街はずれの借家は街灯もないため、人の目を気にすることもなかった。ジーパンに黒いTシャツ、それに黒いトレーナーを着ている。だが、月明かりに姿をさらけ出すことを嫌い、道の端を歩いた。

日高国道を逸《そ》れて脇道に入り、〝ハヨピラ自然公園〟の入場門を潜《くぐ》って林道に入った。さすがに月明かりも遮られて闇のトンネルとなる。目が慣れると十数メートル先にうっすらと明るい場所が見える。長大な石段の下にある広場だ。

林道を抜けて広場に着いた。頂上のピラミッドのような祭壇まで人影はない。

「……！」

石段に足をかけると、周囲に人の気配を感じた。神経を集中させ、待ち合わせの時間に合わせるためにゆっくりと石段を上りながら気配を数えた。

待ち合わせ場所である雑草の生い茂る円形花壇に近付いた。午後十一時五十九分、安物の腕時計は一日一分遅れる。達也はリューズを引っ張り、時計の針を午前零時に合わせた。

「時間に正確だな」

花壇の上にある円盤のモニュメントの陰から湧き出るように矢島は現れた。昼間と違い、黒いズボンに黒いニットシャツ、それにジャケットまで黒を着込んでいる。

「僕が平取に行くと言ったので、部下の方と先回りをしていたのですか？」

「部下？」

「藪《やぶ》の中に四人の方が潜んでいますよね。僕はあなたに危害を加えるようなことはありません。この辺りにはマムシがいるそうですから、出てきたらどうですか？」

「人数まで把握していたか。さすがだ」

矢島は低く笑い、短く息を吐いた。それが合図だったらしく、石段の両脇の藪の中から四人の男が姿を現し、矢島の後ろに控えた。以前熊本や福岡で見た顔ぶれだ。

「平取には一昨日《おととい》から来ているが、別に君の先回りをしたつもりはない。仕事なのだ」

「仕事？　北海道は広いんですよ。偶然過ぎませんか？」

達也は呆《あき》れ気味に言った。

「前も言ったはずだ。君には危険を引き付ける力があると。それは君に埋め込まれた脳細胞の影響もあるのだろう。瀬田は期せずして事件に巻き込まれることが多かった。もっとも、それが命取りになったのだがな」

矢島は小さく溜息《ためいき》を漏らした。

「それじゃ、僕は今事件に巻き込まれているのですか？」

矢島の言ったことを否定できなかった。達也は持ち前の正義感で、メギドは暴力で幾度も面倒なことに巻き込まれてきた。

「そうとも言えるし、そうでないとも言える。ところで、君の体調はどうかね。北海道に来てから覚醒《かくせい》は進んでいるのか？」

矢島は達也に埋め込まれている脳細胞を全て覚醒させ、能力が身に付いた達也を自分の部下として引き入れるために画策している。それだけに心配しているのだろう。

「覚醒はまだ半ばです。あなたは僕に埋め込まれた脳細胞の情報を知っているはずです。ヒントでもいいから、教えて下さい」

今回の覚醒は今までとかなり毛色が変わっており、正直言って参っていた。矢島の魂胆は分かっているが、達也は藁《わら》にもすがりつきたい思いだった。

「手伝ってやりたいが、私は松宮健造から覚醒を無理に促してはいけないと、忠告されている。まずは、新たに活性化している脳細胞のことがどこまで分かったか教えてくれ。私はその上でヒントが出せるかもしれない」

「僕とメギドがこれまで見た幻覚は、ほとんど祥子という女性のものばかりです。僕らに埋め込まれているのはいったい誰なんですか？」

達也は脳を刺激しないように淡々と説明した。

「その女性の幻覚ばかり見るのだな。愛情と後悔の念に悩まされているのだろう。なんとも哀れな話だ」

矢島は腕を組んで、夜空を仰いだ。

「祥子さんのことを知っているんでしょう？」

「前にも言ったが、松宮から君に埋め込まれた脳細胞のことはすべて聞いている。なぜなら瀬田の移植手術が六番目だったからだ。私は手術の成果が分かるように、瀬田以外の脳細胞についても調査をしている。とはいえ十五年も前のことだが」

「これまでも三人の脳細胞の覚醒を経験しています。何を聞いても大丈夫だと思います」

達也は真剣な眼差《まなざ》しで矢島に迫った。

「よかろう。だが、一つ条件がある」

顔を上げた矢島は目を細めた。

「条件？」

「そうだ。日系米国人のジョージ・佐竹の命を守ることだ」

「彼を知っているんですか」

意外な条件に達也は戸惑った。

「素性は分からないが、おおよその見当はついておる。米国の政府機関の者に違いない。今この時期にここを訪れる米国人は限られているからな。放っておけば、やつは命を狙われるだろう」

「大学の助教授だと言っていましたが、政府機関の人間なんですか」

「身分を偽っているのだろう。だが、殺されでもしたら、米国政府に難癖を付けられるのは目に見えている。ただでさえ経済で一人勝ちをしている日本を欧米は目の敵《かたき》にして対日貿易制限をしているのだ。少しでも火種は避けねばならない。とはいえ、あの男にかかわれば、陰謀に巻き込まれるだろう。それを承知の上で君に頼むのだ」

「そんな。会ったばかりで、ボディーガードをしろというんですか。向こうだって怪しみます。おかしいでしょう」

達也は首を振った。

〈代わってくれ達也。イライラしてきた〉

珍しく黙っていると思ったが、メギドがやはり現れた。

〈乱暴はなしだ。矢島さんは僕らの秘密を握っているんだからね〉

〈煙草を吸いたいだけだ〉

〈分かった〉

達也は心の中で返事をすると、意識を後退させた。すばやく入れ替わったメギドは、ポケットからハイライトを出し、百円ライターの火を両手で覆って煙草に点《つ》けた。吸う時も左手で包み込むように煙草を持ち、火のついた先を決して他人に見せない。夜間屋外で狙撃《そげき》されないようにする米兵独特の吸い方である。むろんジェレミー・スタイナーの習慣である。

「条件を出すのなら、俺にもある」

メギドは深く吸い込んだ煙草を吐き出した。

「その声色は、いつの間にメギドに変わったのだ」

矢島は険しい表情になった。途端に背後に控えていた四人の男たちが、矢島を取り囲んで身構えた。

「俺が煮干爺《じじい》を殺すとでも思っているのか。馬鹿馬鹿しい」

メギドは平然と煙草を吸い続けた。

「煮干爺はよかったな。おまえの条件を言ってみろ」

矢島は笑いながら部下を後ろに下がらせた。

「報酬と適当な身分だ。免許証もいる」

「なるほど、ただ働きはしないということか」

「当たり前だ。条件を出すといいながら、仕事の依頼をしているに過ぎない。俺はおまえの部下じゃないぞ」

メギドは冷たい視線で矢島を見据えた。

「これは一本取られた。いいだろう。報酬と戸籍と免許証も出そう」

矢島はかすれた声で笑った。

「仕事は引き受けてやる。だが、佐竹のボディーガードに簡単になれるとは思えない。アイデアを持っているのか」

佐竹がボディーガードを雇うとは思えない。人知れず尾行するしかないだろう。だが、車に乗られたら、足の確保もしなければならない。

「それは、こちらで手だてを考えるから心配せずともよい」

矢島の目が怪しく光った。

五

〝CBA（宇宙友好協会）〟がハヨピラに巨大な施設を建設した理由は、この地に伝わるアイヌ民族の神である〝オキクルミカムイ〟の神話であった。彼らは〝オキクルミカムイ〟を宇宙ブラザーと呼んでいた。つまり宇宙人と信じていたようだ。

ハヨピラの施設は一九六四年の建設当初、〝オキクルミカムイ〟の記念塔と上空からも見える巨大な円盤を模した花壇が地元に披露された。だが後に記念塔は脇に押しやられるように斜面にピラミッド型の石段と祭壇が設けられている。祭壇は記念碑を見下ろす位置にあり、CBAの真の目的はアイヌの神を祀《まつ》るのではなく、UFOとコンタクトを取ることが主眼だったことがこれで分かる。

月光に照らされたピラミッド状の石段でメギドは紫煙をくゆらせた。

「さて、聞かせてもらおうか」

メギドは煙草を握りつぶし、火を散らせることもなく足下に捨てた。

「まるで古参の兵士のような煙草の吸い方をする。そんな習慣まで移植によって得られるものなのか」

傍で見ていた矢島が感心してみせた。

「どうでもいい、そんなことは」

「慌てるな。様子を見ながら話そう。とりあえず、埋め込まれた脳細胞の持ち主をAと呼ぶ。いきなり名前を言うと刺激が強そうだからな。あくまでもAの供述から得た情報だが、Aと沢口《さわぐち》祥子の出会いから、話そうか」

矢島は石段に腰を下ろして話しはじめた。

沢口祥子と名前を聞いた途端、動悸《どうき》がしてきた。メギドは思わず矢島の隣に座り、拳《こぶし》を握り締めた。

「彼女は、帯広《おびひろ》郊外に住む貧しい農家の娘だった。中学を卒業し、十六歳で帯広駅の近くにある繁華街で働くようになったそうだ。だが、二年後の夏、帰宅中に何者かに連れ去られた。明け方には解放されたが、家には帰らず、帯広川に架かる橋から投身自殺を図った。その時、たまたま居合わせたAによって祥子は一命を取り留めたのだ」

やはり、鵜川の橋の上で見た幻覚は祥子との出会いの記憶だった。

〈メギド、代わってくれ。君の斜め前の部屋が騒がしくなってきた。幻覚に陥る兆候だ。部屋が遠い分、僕の方が衝撃は弱いはずだ。それに確かめたいことがある〉

〈分かった〉

達也の助言に従いメギドは交代した。途端に達也の脳裏に橋から飛び降りる祥子の姿がプレイバックされた。するとコマ送りの映画を見ているように様々な映像が流れた。

「そうか。祥子さんと結婚したんだ」

達也は目を閉じて微笑んだ。メギドは幻覚で祥子がレストランでハンバーグを食べているところを見た。達也も、彼女と花畑にいる場面を見たが、それはほんの一部に過ぎず、次々と祥子の思い出が浮かんでは消えた。

「Aは手先が器用な男で、有能な鍵《かぎ》職人であった。だが、賭博《とばく》で借金を負い、その返済に迫られて泥棒になった。また、人のポケットから財布や鍵を盗む、スリとしてもすご腕だったようだ。結婚後もAは鍵職人と祥子に信じ込ませ、泥棒から足を洗わなかった。だが、嘘で塗り固められた幸せなぞ長続きしなかったのだ」

達也の様子をしばらく見ていた矢島は、低い声で言った。

「むっ！」

脳裏から映像が消え去り、達也は暗黒の世界に迷い込んだ。両手を固く握り締め、歯を食いしばった。

「これから先は、Aの調書に書かれていたことだ。事件は昭和三十五年六月十四日に起きている。Aは真夜中に仕事を終えて、つまり泥棒をしていたのだ。自分のアパートに帰宅した。すると、部屋には血染めの出刃包丁が落ちていた。驚いたAは……」

「くっ！」

頭痛が襲い、暗闇は例のアパートの薄暗い廊下に変わった。達也は緑のドアを開けて狭い台所に入った。足下には血の付いた出刃包丁が落ちている。すぐに隣のちゃぶ台がひっくり返った四畳半の居間に入った。

頭痛が激しさを増した。だが、達也は意を決し、奥の部屋の襖《ふすま》を開けた。

「なっ！」

六畳の部屋の中央に全裸の祥子が血の海で横たわっていた。メギドが見た赤い絨毯《じゅうたん》は祥子の血だった。

達也は吐き気を覚え、口を押さえながらも死体を直視した。腹が切り裂かれ、内臓がはみ出している。そして、血まみれの小さな人形が傍らに置いてあった。

「こっ、これは」

全身から血の気が失《う》せ、次いで腹の底から怒りが込み上げてきた。

人形は胎児であった。祥子は殺された上に腹部から胎児を抜き取られていたのだ。

達也の体が怒りで大きくわななないた。

「しっかりしろ！　目を覚ませ！」

「……」

目を開けると、矢島が達也の両肩を摑《つか》んで揺すっていた。

「大丈夫か?」

「……」

口の中に血の味がする。唇を嚙《か》み切っていた。

「もう大丈夫です。殺人現場の幻覚を見ていました」

達也ははじめてだが、メギドは何度も見たことがある場面だ。覚醒《かくせい》した脳細胞の一番のキーポイントに間違いない。

「その口調は達也君か。君たちはいつもそんなに目まぐるしく変わるのかね。それにしても、激しい痛みを伴うようだな。このまま続けると危険だと判断し、話しを中断したよ」

矢島はポケットからハンカチを差し出した。

「僕らは必要に応じて交代するんです。今回の覚醒に伴う衝撃は、それでも僕の方が若干軽いんですよ」

達也はハンカチを断り、口から流れた血を手の甲で拭《ぬぐ》った。

「Aは殺人現場から逃走したのだ。本人は動転していたと供述しているが、泥棒だったために通報することができなかったのだろう。アパートの押し入れの天井裏から、盗品が見つかったからな。三日後、Aは潜伏先の札幌で、殺人罪で逮捕された」

「幻覚では、Aは血の付いた出刃包丁に気付いて奥の部屋に入り、祥子さんの遺体を発見しています。彼が犯人だとは思えませんが」

幻覚で見た映像を思い出し達也は首を傾げた。

「Aもそう供述し、無罪を主張していた。だが、凶器にはAの指紋しか付いてはおらず、部屋の鍵をこじ開けた形跡もなかった。何より、通報しなかったから、警察はAを犯人と断定したのだ。もっとも一時間後に自分で通報したとも主張したが、矛盾しているとして却下されている」

「確かに条件は悪いですね」

「もっともAの運動神経は抜群によかったのだが、臆病者《おくびょう》で子供の頃からよくいじめられて逃げ回っていたそうだ。恐くなって逃げたのかもしれないな」

「なるほど」

暴力的な場面になると、頭痛がして逃げろと叫ぶのはAが生まれ付きの臆病者だからなのかもしれない。それを知った松宮は、鍵職人としての技術を持ったAの脳細胞を達也らに移植すると同時にメギドの暴力を封印しようとした可能性はある。

「質問があります。大野影久って知っていますか。僕は平で会って、旭岡駅でも見かけました。偶然とは思えません」

矢島はこの地で何かが起っていることを知っているようだ。だとしたら、大野のことを知っていてもおかしくはない。

「……今日はここまでにしないか。話し疲れた」

少し考えているようだったが、矢島は何も答えずに腰を叩《たた》きながら立ち上がった。

「そうですか。しかしメギドと同じ場面を見たという意味では、前進しました。これからは二人の間で幻覚や夢も完全に共有されるようになり、脳細胞の活性化も進むでしょう」

達也も立ち上がったが、幻覚を見たせいで全身に気怠《けだる》さが残っていた。

「なんとも不思議なことばかりだ。私は松宮に色々説明を受けているからまだ理解できるが、六人もの人間から脳細胞の移植を受け、その上、二つの人格があるなんてとても信じられない話だな」

矢島は引き攣《つ》った笑顔を見せた。

「一番信じられないのは僕です」

達也はそう言うと、矢島に背を向け、石段を下りた。

六

午前二時、達也は壁掛け時計の歯車が刻む音をじっと聞いていた。加藤の借家の客間で横にはなっているが、なかなか眠れなかった。

〝ハヨピラ自然公園〟から戻って一時間以上経っているが、新たな幻覚を見たことで疲れているにもかかわらず、脳は興奮状態のようだ。

「…………」

部屋の外で人の気配を感じた。加藤は酒を飲むと夜中に起きてトイレに行き、その後で水を飲みたがる。今日は瑠璃子と再会したこともあるが、米国人の佐竹が客として加わったことで宴会になった。しかも、はるばる米国から人がやって来たということで隣家の栗原や近所の住人まで物珍しさに借家を訪れ、酒やツマミの差し入れがあった。おかげで加藤はご機嫌になり、酒を浴びるほど飲んだ。

「うん？」

達也は布団をはだけて半身を起した。今度は玄関が開く音がしたのだ。泥棒など皆無の街なのでどこの家も戸締まりはしていない。

「むっ！」

部屋を出ようと引き戸に手をかけたが開かない。鍵《かぎ》はないので廊下側のさんに何か置いてあるに違いない。

急いで窓を開けようとしたが、建付が悪い窓は悲鳴のような音を立てるばかりでなかなか開かない。

「こんな時に！」

両手でなんとか窓を開けると、飛び降りて玄関に回り家に上がった。客間の引き戸のさんに角材が置いてある。達也は舌打ちをして居間の襖を開けた。佐竹が寝ているはずだが、乱れた布団があるだけだ。

隣の部屋を確認しようとしたが、加藤のイビキと瑠璃子の寝息が聞こえてきた。達也は再び外に出て、表の道まで走った。

国道の暗闇に人影を発見した。両腕を前で縛られ、猿ぐつわをされている佐竹を神輿《みこし》でも担ぐように四人の男が運んでいるのだ。その先には白いバンが停まっていた。男たちは身長一八〇センチ前後あり、目出し帽を被り逞《たくま》しい体をしている。

「待て！」

達也は男たちに走り寄り、佐竹の足を持っている右側の男の後頭部に手刀を入れ、反対側の男の脇腹に肘打《ひじう》ちを当てて倒し、彼らの歩みを止めた。

佐竹の腕を抱えていた二人の男が振り返った。体勢を崩しながらも佐竹を両脇からしっかりと抱え込んでいる。しかも、先に倒したはずの男たちも起き上がって身構えた。達也の攻撃から急所をずらして打撃を軽くしていたに違いない。

バンの助手席から新たに黒ずくめの小柄な男が出てきた。それを合図に四人の男は佐竹の鳩尾《みぞおち》を殴って路上に転がし、一斉に襲い掛かってきた。

「むっ！」

右からのパンチを避《よ》け、左からの蹴《け》りを払い、左斜め後ろにいる男の鳩尾を蹴ったところで、後ろに回った男の強烈な蹴りを右脇腹に喰らった。バランスを崩したがすぐに中段に構えた。

四人とも腕が立つ、それにタフだ。達也が腹を蹴った男は、自力で起き上がり、道路の隅まで移動した。少し休んだらまた攻撃してくるつもりなのだろう。

男たちは二人が前、一人が後ろに回った。達也は中段から自然体に構え、緩やかに呼吸し息を整えた。

前方の男たちがじりじりと間合いを詰めてくる。

〈逃げろ!〉

頭の中でまた例の叫び声が聞こえ、同時に襲ってきた頭痛に達也は顔をしかめた。

先に後ろの男が仕掛けてきた。男の蹴りを右に体を反らせてかわし、左脇に抱えて捻《ひね》って前に投げ飛ばした。

投げ飛ばされた男をよけ、体勢を崩した左の男の鳩尾にパンチを入れ、すかさず脇腹に肘打ちを入れて気絶させた。

残った右の男の前蹴りをかわすと、間髪を入れずに左右のパンチを叩き込んできた。蹴りはともかくパンチはプロボクサー並みにスピードがある。

「くっ!」

頭を振ってよけたが、二発目の右のパンチをわずかに喰らい、衝撃で思わずのけぞった。

たたらを踏むように後退したが、あえて自然体に構え、軽く体を上下させて敵の攻撃リズムに合わせた。左のジャブから右のストレート。男の右腕を捉《とら》え、体を回転させて投げ飛ばした。合気の四方投げという技である。男は頭から路上に転がり踞《うずくま》った。

達也の闘いぶりを見ていた小柄な男が息を鋭く吐き出した。すると、男たちは気絶している男を担いでバンに乗り込み、最後に小柄な男は悠然と助手席のドアを開けて乗った。

「……」

達也は小柄な男の背中をじっと見つめていたが、バンが走り去ると我に返り、道の片隅で腹を押さえて踞っていた佐竹に駆け寄った。

「大丈夫ですか？」

佐竹の猿ぐつわを解いて尋ねた。

「ありがとう。私も腕には多少の自信がありましたが、四人掛かりであっという間に連れ出されてしまいました。それにしても、達也さんは強いですね」

佐竹は大きく息を吐き出しながら言った。

「日本の古い武道を身につけています。でも正直言って手強《てごわ》かった」

達也はさりげなく自己アピールした。

「武道？　侍の技ですか？」

「何百年も前から伝わるものです。それより、連中に心当たりはないのですか？」

達也は彼らの正体はもう分かっていたが、わざと聞いてみた。小柄な男は矢島であり、四人の男たちは部下だったのだ。芝居だと悟られないように達也にも黙って仕掛けたのだろう。彼らの攻撃は真剣そのもので、達也も手を抜くことはできなかった。

「いえ、私のような科学者を襲っても、何もないはずですが、ひょっとして米国人を嫌う者がいるんじゃないですか」

佐竹は首を捻ってみせたが、視線を達也からわずかに逸《そ》らした。

「そうかもしれませんね。ここは危険だから、米国に帰った方がいいんじゃないですか？」

達也は佐竹の両腕を縛ってあるロープを解《ほど》きながら尋ねた。

「そうしたいのですが、仲間を置いては行けません。それに仕事を終わらせなければ、米国に帰れないのです」

佐竹は自分で立ち上がると、ロープで擦れた手首をさすりながら答えた。

「僕がボディーガードをしてあげましょうか。佐竹さんには溺《おぼ》れる所を助けてもらった借りがありますから」

達也は胸を叩《たた》いてみせた。

「本当ですか。是非お願いします。仲間と合流するまで一緒にいてもらえれば助かります」

佐竹は達也の手を取って握手をしてきた。

「了解しました」

達也はまんまと矢島の計略に乗ったことに、内心苦笑を漏らした。

悪神の住処

一

一九九八年にアイヌの聖地を水没させて完成した二風谷ダムの建設は、アイヌ民族を世に知らしめ、彼らの身分を確立させる契機にもなった。

北海道開発局は一九八七年に反対するアイヌ関係者の土地の〝強制収用〟を行った。これに対しアイヌ側は、一九八九年に〝建設差し止め訴訟〟を起した。

長年の裁判での係争後、一九九七年に訴えは棄却されたが、〝強制収用〟は違法だと認められ、アイヌは日本の先住民族であることが認められた。判決を受けた政府は〝北海道旧土人保護法〟を廃止し、アイヌの真の保護を目的とした〝アイヌ文化振興法〟を成立させている。ただしこの法律では、アイヌは国民としては平等であるが、先住民族とは認められていない。

アイヌを強制的に日本人に同化させようとした明治時代の悪法が、現代まで生きていた。アイヌの人々を〝旧土人〟と呼び、法律を制定した政治家の冷酷さと執行した役人の非情さを察することができる。

達也は佐竹が拉致《らち》されそうになった翌朝、自分のリュックに食料や水を詰め込み、佐竹と行動を共にした。二人は沙流川の左岸にある町道を北に向かい、二風谷に入った。

佐竹ら米国人は主に二風谷の西側の山間部を地質調査しているらしい。もっともそれは偽装で、目的は他にあるのだろう。彼らは二つのグループに分かれて二ヵ所でキャンプをしているらしい。先発しているメンバーはあまり日本語が得意ではなく、日本語が堪能《たんのう》で歴史文化に詳しい佐竹は急遽《きゅうきょ》派遣されたようだ。

沙流川は護岸もない原始河川のため、手つかずの自然が残っている。秋には鮭やマスが遡上《そじょう》し、それを熊が捕獲する。

五キロほど進んだところで、休憩がてら二人は町道に腰を下ろした。川の近くに行きたいところだが、草むらにはマムシが潜んでいる可能性があった。

「やはり自然はいいな。私はオレゴン州の田舎育ちだから、ここは肌に合っている。達也さんの生まれはどこ？」

佐竹は水筒の水を飲みながら尋ねてきた。

「僕は、東京です。でも自然は好きですよ」

地下の実験室で生まれたとはとても言えない。達也は苦笑した。

「今回の調査をする上で事前にこの地域を調べて来たんだ。四年前に北海道開発局が発表した二風谷のダム計画では、ちょうどこの辺りにダムを建設するらしいよ」

「ここにダムを作る意味って、あるんですか？」

　ダムと言えば黒部《くろべ》ダムのように深い渓谷に作るものだと思っていた。だが、川の流れも緩く、周囲の山も低い。貯水量も期待できそうにないだけに疑問を思った。

「洪水対策と言っているが、苫小牧の工業地帯への水と電気の確保が主眼さ。だから、ここだけじゃなくて、いくつもダムを作る必要があるんだ。日本は高度成長で、工業用水はいくらあっても足りないんだ。経済発展もいいが、大切な自然を破壊するのはどうかな。それで日本人の心も蝕《むしば》まれていくような気がする」

　佐竹は寂しげに首を振った。

　ダムは苫小牧東部に建設する工業地帯への用水確保が目的だったが、進出企業が集まらずに洪水対策と発電に目的はすり替えられた。不要となったダム建設だったが、公共事業である工事が中止されることはなかった。

「佐竹さんは、日本が好きなんですね」

「私の血の半分は日本人なんだ。当然だよ。というか、半分しかないから余計そう思うのかもしれない。だからこそ日本は間違った方向に進まないで欲しいと思うよ。君だってそうじゃないの？」

「どうでしょうか。僕も父親がドイツ人で、母は日本人のハーフですが、国を意識したことはあまりありません。子供の頃、日本語と接する機会が少なかったせいかもしれませんね」

達也は首を傾げた。同じようなことを矢島からも聞いている。日本のために働かないかとも言われたが、正直言ってぴんとこない。そう言う意味では愛国心というものがないのかもしれない。

五歳まではドイツ人のカール・ハーバーの元で過ごし、ドイツ語と日本語で教育を受けた。六歳から大島産業の訓練施設である〝エリア零〟に移され、日本語、英語、ベトナム語の教育を受け、ベトコンと闘って米国の為に働けと教えられている。そのためアイデンティティーが欠けているのだろう。脱走してからは日本語を主に使っているので、どちらかと言えば日本人という感覚がある程度だ。

「さて、行こうか。第一のキャンプは近いはずだ」

会話が進まないせいか、佐竹が立ち上がった。

二キロ近く歩き、町道の脇の木陰に二つのテントが張ってあった。町道からは見え難《にく》い場所である。中を覗《のぞ》いてみたが、人も荷物もない。

達也は二張りのテントを見て疑問に思った。仲間は三人だと聞いている。二人ずつ使うとして、二張りあることは頷《うなず》けるが、二カ所もキャンプを設営する必要はないからだ。ましてベースキャンプを作るほど、高い山はない。

「森に調査に出かけたのだろう。昼まで待って戻らないようなら、第二のキャンプまで行こうか」

二人は二時間ほど辛抱強く待ったが、誰も戻らなかった。そのため、町道に戻り、再び北に向かった。

三キロほど歩いて立ち止まった佐竹は、地図とコンパスを出して現在位置を確認した。第二キャンプは町道の近くにはないらしい。佐竹は道具の扱いに慣れている。軍隊経験があるのかもしれない。

待つこともなく再び歩き出した佐竹は、四百メートルほど進んだ所で左手から沙流川に流れ込む小さな沢を見つけた。沢と言っても雨が降っていないせいで獣道のようになっている。V字の地形の足下は枯れ葉で覆われ、中央を踏みしめると水がしみ出てくる程度の水量だ。

佐竹に従って百メートルほど進むと、少し開けた場所に出た。町道からは見えないまるで隠れ家のような所に大きなテントが一つ張ってある。だが、四人が寝るには少々きつそうだ。

「ここも留守か。まだ明るいからな」

佐竹はテントを覗いて溜息《ためいき》をついた。

「飯にしますか」

達也は佐竹の返事も待たずにリュックを下ろした。

時刻は午後一時を過ぎている。二人は川の水を汲《く》んで用意してきた飯ごうを使い、石油コンロで飯を炊いた。コンロは加藤の大家である栗原から借りたドイツ製の気化式バーナーで、ボンベに内蔵されているポンプで内部を高圧にしてガスを出すという優れものだ。火力が強いためあっという間に飯ごう飯が炊きあがった。

おかずは佐竹が持ってきた米国製のコンビーフだ。熱々のご飯に載せ、マヨネーズをかけて食べた。腹が減っているので美味といえた。

「どうしますか？」

空になった飯ごうを片付けながら達也は尋ねた。

「夜までここで待とう。すまないが一緒にいてくれないか？」

「もちろん、そのつもりです。一つ質問していいですか？」

達也は近くにある岩の上に座った。

「旭岡駅で見た大野影久のこと、本当は何者か知っていたんでしょう？」

同じ質問を矢島にもしたが、しらを切られてしまった。

「……ヤクザとかいう男のことかい。知らないな」

一瞬佐竹の眉《まゆ》が動いた。

「そうですか」

反応を見れば充分だった。大野のことを知らないのは、当事者では達也とメギドだけらしい。あるいは当事者でないということか。

「どうしてそんなことを聞くんだい？」

困惑した表情で佐竹は尋ねてきた。

「僕はあなたを命がけで守ろうと思っています。だから嘘をついてほしくないだけです。

違いますか」

「…………」

佐竹は俯《うつむ》いてしまった。言い訳をするつもりはないらしい。

「その気になったら、教えて下さい」

達也が笑顔を向けると、佐竹は無言で頷いた。

二

谷の日暮れは早い。山際に日が隠れると見る見るうちに辺りは暗くなった。テントの近くで漫然と佐竹の仲間の帰りを待ったが、誰も姿を現さなかった。

午後六時五十分、達也はリュックからカーバイドランプを取り出した。山に入ると言ったら、栗原が石油コンロ以外にもキャンプ用品を色々貸してくれたのだ。二十センチほどの二段になっている筒型で、上部のネジを回すと筒の中央にある細いノズルから異臭を放つガスが出てきた。カーバイド（炭化カルシウム）に水を添加してアセチレンガスを発生させるために臭いのだ。

百円ライターで点火した達也は、近くの岩の上にランプを置いた。

「どうしたんだ。いったい？」

夕暮れ時からテントの周りを歩き回っている佐竹が、苛立《いらだ》ち気味に言った。

「ひょっとして、第一のキャンプにみんないるんじゃないですか」

達也は呑気《のんき》に言った。

「あのキャンプはカモフラージュなんだ」

佐竹はしまったという顔をした。

「カモフラージュ？　そうか四人しかいないのに、二つもキャンプがあるのはおかしいと思ったけど、そういうことか。敵に寝込みを襲われないようにしているんですね。それにこの辺りは熊が出るそうですから、分散しない方がいいですよね」

達也は本町を出る際、栗原から熊に注意するように言われていた。

「いや、勘違いしないでくれ」

佐竹は両手を振ってみせた。

「山の中に米国人嫌いがいることを予測していたんですよね。晩飯でも食べて待ちませんか。苛立っても仕様がないでしょう」

達也は笑顔で言って、石油コンロの準備をはじめた。

「せいぜい馬鹿にしてくれ」

佐竹は肩を竦《すく》めて見せ、自分のリュックから二つの緑色の缶詰を取り出した。一つは〝ミート・アンド・ベジタブル〟で、もう一つは〝ミート・アンド・ビーンズ〟であった。

「〝Cレーション〟か、懐かしいな」

達也は思わず頰を緩ませた。〝Cレーション〟は米軍に第二次世界大戦から一九八〇年代まで配給されていた戦闘糧食である。むろんジェレミー・スタイナーの記憶で達也は食べたことはない。

「米軍の放出品を安く買ったんだ。お父さんはドイツ系の米兵だったのかい？」

佐竹は缶詰を缶切りで開けながら尋ねてきた。

「あっ、いえ沖縄に住んでいたんです。いつでも食べられますよ」

達也は適当に誤魔化したが、沖縄では実際に放出品は出回っていた。米軍はレーションを備蓄しているため入れ替え時期になると、大量に払い下げられ市場や雑貨屋の店先に並ぶ。今（二〇一二年）でも新しいレーションが〝Cレーション〟と呼ばれて売られている。

二人は石油コンロで飯ごう飯を炊いた後、缶詰の蓋《ふた》を開けて直接コンロの火にかけた。

「どっちがいい？」

温めた缶詰を二つ並べて佐竹が尋ねてきた。

「〝ミート・アンド・ベジタブル〟」

スタイナーの記憶が反応し、即答した。

火傷《やけど》しないように缶詰を地面に置いて食べた。口に入れるとビーフシチューに似た味がした。まずくはないがうまくもない。

〝ミート・アンド・ビーンズ〟を食べている佐竹は眉間《みけん》に皺《しわ》を寄せながら食べている。

好き好きだが、達也はインゲン豆の肉料理は好きではない。

「昨夜、うまい物を食い過ぎたことを本当に後悔しているよ」

佐竹は苦笑を漏らした。やはりまずいらしい。

「うん？」

右手を突き出して佐竹を黙らせ、耳をすませた。沢の上流から枯れ葉を踏みしめる音が聞こえる。佐竹は仲間と思ったらしく笑顔になった。

「油断はできませんよ」

達也は浮かれている佐竹に注意し、リュックのサイドポケットから栗原から借りた登山ナイフを出した。

足音が近付き、カンテラを手にした二人の男が姿を現した。カーバイドランプに照らし出された男たちの顔は明らかに日本人である。しかも背中にライフル銃を背負っていた。

佐竹の顔が凍り付いた。達也は佐竹を近くの岩の背後に押しやり、登山ナイフをホルダーから出して右手に隠し持った。

「肉の臭いがすると思ったら、あんたらか？」

五十代後半と思われる男が咎《とが》めるように尋ねてきた。もう一人は三十代半ばか。

「はい？……」

質問の意味が分からず、警戒しながらも首を捻《ひね》った。

「こんなところで肉の臭いをさせたら、熊を誘《おび》き寄せるようなものだ」

男は達也の足下にある缶詰と飯ごうを見て言った。

「あなたたちは？」

達也は男たちの背中の武器に視線を当てて尋ねた。

「おらたちは二風谷の猟師だべ。日が暮れちまったから、帰って来たんだ」

男がそう言うと、背後にいる男が頷《うなず》いてみせた。

「僕たちは仲間が帰って来るのをここで待っているのです。だからここを離れるわけにはいかないのですよ」

「何だって！　山に入ったんかい」

年配の男は舌打ちをして、若い男と顔を見合わせた。

「そうですけど……」

達也は振り返って岩陰から顔を覗《のぞ》かせている佐竹を見た。

「昨日から知り合いの猟師が山から帰って来ねえから、捜しまわっていたんだ。この辺りはアイヌの聖地で熊も出る。だから、おらたちも普段はなかなか近寄らないようにしているんだ。悪いことは言わない。地元の人間じゃなさそうだ。早いとこ、街に帰るっぺ」

年配の男は険しい表情で言った。

「もう少し待たせて下さい。お願いします」

岩陰から佐竹が出てきた。

「よく見たら、あんたらは、外国人け？」

猟師は佐竹の顔にカンテラの光を当てて、質問してきた。

「私は米国人のジョージ・佐竹といいますが、彼は日本人です。私たちは米国の大学から地質調査に来たのです。同僚の三人が朝から山に入っているはずです」

佐竹は丁寧に説明した。

「三人もかい。困ったものだ」

男は腕組みをして若い男の顔を見た。

「仲間は日が暮れて道に迷っているのかもしれません。ここで灯《あか》りを絶やさなければ、気が付くかもしれません」

佐竹はすがるような目で言った。

「仕様がない。俺たちで見張っているから、とりあえず、飯を食べてくれ」

年配の猟師は溜息《ためいき》をつきながら言った。

「ありがとうございます。一緒に食べますか。缶詰は沢山持ってきましたから」

佐竹は自分の〝ミート・アンド・ビーンズ〟の缶を猟師たちの目の前に差し出した。

「止めとく」

男たちは缶詰の臭いを嗅《か》ぎ、上目遣いで右手を振ってみせた。

三

達也と佐竹の前に姿を現した二風谷の猟師は年配の男が菅沼丈太郎《すげぬまじょうたろう》、若い男は杉坂功《すぎさかいさ》夫《お》で、仲間の川添俊彦《かわぞえとしひこ》の捜索で山に入ったらしい。山で行方不明ということが確実であれば、近在の猟師も集めて山狩りをするのだが、川添は行方も告げずに単独で行動していたためにまずは心当たりを同じ町の仲間で捜しはじめたらしい。

達也らの食事が終わると、菅沼から自分の家に泊りに来ないかと勧められた。親切ということもあるが、佐竹が米国人だということに興味があるようだ。一時間半もあれば、本町にある加藤の借家に戻れるのだが、情報収集するために菅沼の世話になることにした。

沢から町道に出てしばらく沙流川の上流に向かって歩き、小さな橋を渡ってさらに上流に百メートルほど行った藪の中に菅沼の家はあった。周囲に民家はなく、十数坪のこぢんまりとした小屋で、月明かりにトタン屋根が照らされていた。

夏の間の住まいらしく、冬は札幌に出稼ぎに行くらしい。家族は二年前に苫小牧の工場で働くために移住してしまったようだ。菅沼は男のわび住まいを言い訳するかのように帰る道すがら身の上話をした。

小屋にはダルマストーブと唯一の電化製品らしき冷蔵庫が置かれた土間があり、上がりかまちの向こうは十畳のいろりがある和室で、調度品は何もない。奥にはタンスが置かれた四畳半の和室があり、どの部屋も寒さを凌《しの》ぐために新聞紙が壁一面に何層も張られていた。杉坂は近くに住んでいるらしく、小屋の前で別れた。

達也と佐竹はいろり部屋に上がった。気温は下がったが、いろりに火を入れるほどではない。

「まんま、食べさせてもらうよ」

菅沼は土間の台所で調理をはじめた。十分もしないうちに食欲をそそるいい香りがしてきた。レーションの缶詰と飯ごう飯で晩ご飯はすませたが、おかずがまずかったせいか食は進まなかった。

「あんたらも食べるか？」

菅沼が振り返って尋ねてきた。

「是非お願いします」

達也と佐竹は揃って返事をした。

しばらくしていろりの自在鉤に鍋《なべ》が吊《つ》るされ、お椀《わん》に汁物が入れられて手渡された。味噌《みそ》仕立ての料理だ。

「いただきます」

さっそく箸《はし》を付けた。数種のキノコにタマネギや人参などの野菜と豚肉らしき肉が入っている。コクがあり、キノコと肉のダシがよく出ている。

「うまいですね。この肉はイノシシですか？」

佐竹が舌鼓をならして尋ねた。

「いくら俺が猟師だからって、北海道にいない獣は撃てないだべさ。平取町の豚肉を使った豚汁だっぺ」

菅沼は東北訛《なま》りで笑った。

イノシシは足が短いという体型ゆえに雪深い土地には生息できない。そのため太平洋側は宮城県、日本海側は福井県が北限と言われている。

「ところで、あんたらは米国から地質調査に来たと言っていたが、日本政府から頼まれたのけ？　ダム建設が発表されてから、測量技師や役人やら、見かけねえ連中を山や川で見かけるようになったからね」

先ほどまでの笑顔とうってかわって、菅沼は鋭い目つきになった。佐竹が米国人だから興味があったわけではなく、工事関係者かどうかそれとなく確認したかったのかもしれない。

二風谷のダム建設予定地は〝チプサンケ〟と呼ばれるアイヌの神聖な儀式が執り行われる場所であった。後に国会議員になった萱野茂《かやのしげる》をはじめとしたアイヌが建設の差し止め訴訟を起している。

「まさか、違いますよ。我々は学術的な地質調査をしているんです。ダムが建設されると、調査できなくなるので来ました。我々に取っても工事は迷惑なんですよ」

佐竹は両目を見開いて首を振ってみせた。

「そうか。それならいいんだべ。ダムなんか作られたら、この家も沈んじまうからな、アイヌじゃなくたって反対するさ。この土地は補償金を積まれたって代え難い恵みがあるんだ。もっともおらの家族は、田舎は嫌だと、とっとと出て行ったがな。おらが一人暮らしに悲鳴を上げて立退料《たちのき》を貰《もら》うのを期待しているんだ」

菅沼は椀の汁を啜《すす》りながら達也らがダム建設に関係ないことが分かると、笑顔を交え身の上話をはじめた。

「うん？」

食事を終えて三十分ほど経った頃、達也は家の外に複数の人の気配を感じた。

「おばんです。菅沼さん」

外で声がして玄関の引き戸が叩《たた》かれた。

菅沼が応対すると、小屋の土間に六人の男たちが詰めかけた。

「米国の測量技師が来たと聞いたが、本当かね？」

白髪頭の小柄な男が達也と佐竹を睨《にら》みながら言った。歳は七十代前後と見られるが、背筋を伸ばし体格もいい。

「すまない。おらの勘違いだ。ダムが作られると困るから、工事がはじまる前にこの人らは学術的な地質調査で日本に来たんだと」

「なんと、そうだったんですか。これは失礼をした。私は猟師仲間の一番の年寄りで、寺田正吉《てらだしょうきち》といいます。ダム建設に反対するのはアイヌだけでなく、おらたちのような住民もいるんですよ」

　よほど人間が素朴なのだろう、男たちはあっさりと佐竹の話を信じたようだ。

「ところで川添さんのことだが、白人にガイドを頼まれたらしい。何日か前に聞いたことを川添さんのかみさんが思い出したんだ」

　寺田は菅沼に向かって言った。

「白人？　どんな男でしたか？」

　佐竹が敏感に反応した。

「名前は分からないけんど、身長は一八〇センチほどで、金髪だったらしい。あんたの仲間け？」

「おそらくそうでしょう。地図だけでは心もとないとガイドを雇ったのかもしれません。しかし、そこまでして帰って来ないということは、熊に襲われたのでしょうか？」

　佐竹の声が震えた。

「わかんね。明日《あした》、人数を増やして山に入るべ。それにあの山に一番詳しい人に頭を下げた方がよさそうだ」

　寺田の言葉に男たちは頷《うなず》き合った。

「我々も同行させてください」

　佐竹が手を上げた。

「いいとも、おらたちと一緒に来るべ」

寺田が右手の拳《こぶし》を握った。

「……そうですよね」

いつの間にか頭数に入れられた達也は、苦笑がてら佐竹を見た。

四

日付は九月に変わった。そのせいか朝は冷え込んだ。

午前八時、達也と佐竹は、沙流川のほとりにある板葺《ぶ》き屋根の平屋に連れて行かれた。家の脇に〝イナウ（木幣）〟という木製の棒が何本も並べられた〝ヌサ〟と呼ばれる祭壇がある。アイヌの萱端康次郎《かやばたやすじろう》の家であるが、建物自体はアイヌの伝統的な茅《かや》で作られたチセ（家）とは違うらしい。だが生活そのものはアイヌの伝統を守っており、それを嫌った子供たちは、みな都会で仕事を見つけて出て行き、妻にも先立たれた今は一人暮らしをしているようだ。

達也と佐竹は、昨夜会った菅沼と寺田に伴われて家に入った。菅沼らは山に入るためにライフル銃を持ち、小さなリュックを背負っている。

「オー」

佐竹が小さな溜息《ためいき》をついた。手前に土間があり、一段高くなった部屋は十六畳の畳部屋で中央に炉（いろり）が切られている。その他に部屋はない。左側の壁際には様々な調度品が並べてあり、一般的な日本家屋と違った独特な趣があった。

いろりの前に敷かれたゴザに座っている白髪混じりの木綿衣を着た男が立ち上がって、ゆっくりと土間に下りて来た。木綿衣はアイヌ独自の刺繍《ししゅう》が施されている。歳は六十代後半か、髪を後ろで束ね、髭《ひげ》で埋もれた顔には威厳があった。

「イカタイ」

男はアイヌ語で久しぶり、おはよう、今日は、今晩はなど日常挨拶《あいさつ》のほぼすべてを賄える言葉を使った。

「イカタイ、萱端さん。昨夜お話しした二人を連れてきました」

親しげに寺田は軽く会釈をした。

「ジョージ・佐竹です」

「根岸達也です。よろしくお願いします」

二人は深々と頭を下げた。

萱端はなぜか達也の顔をしげしげと見た。

「……」

「昨夜お話しした通り、西の山に入った佐竹さんの仲間と川添さんを捜すために、おらも含めて七人出しますが、萱端さん、一つ案内をよろしく頼みます」

二風谷だけでなく本町やさらに二風谷の北にある荷負《におい》など、平取中の猟師仲間をかき集めたようだ。

「分かりました。すでに出かける前の祈りも終えてあります」

萱端はそういうと、木綿衣を脱いでウインドブレーカに着替え、素足に運動靴を履いた。アイヌでは儀礼や狩猟に出かけるときは、炉で燃えている火である〝アペフチカムイ（火の姥神《うばがみ》）〟に祈りを捧《ささ》げるのだ。

祈りだけでなく準備はしていたようで、萱端は片隅に置いてあったリュックサックを背負い、頭に〝マタンプシ〟と呼ばれる鉢巻を巻いた。伝統的な慣習を守りながら生活様式はかなり現代的なようだ。

萱端を先頭に達也、佐竹と続き沙流川の昨夜と同じ橋に到着すると、五人の男たちが集まっていた。その中に昨夜会った若い猟師である杉坂功夫の顔もある。それぞれ、ライフル銃を持ち、青や黄緑色の長袖《ながそで》のシャツに弾薬を入れるベストを着込んでいる。人数が多いため誤射されないように派手な色を着ているのだろう。

総勢で十人になった一行は川を渡って対岸の町道を下り、しばらく歩いて例の沢から山に入った。

萱端の身長は一七〇センチほど、贅肉《ぜいにく》はなく足取りは驚くほどしっかりとしている。百メートルほど進んで、開けた場所にたどり着いた。片隅に昨日残してきたテントが倒れている。

「これは」

気が付いた佐竹がテントのポールを持ち上げると、中程から引き裂かれていた。

「熊だ！」

背後で猟師たちがざわめいた。

萱端はテントの残骸《ざんがい》を手に取り調べはじめた。達也もしゃがんで辺りの臭いを嗅《か》いだ。テントの生地を引き裂くことなど人間には出来そうにない。だが、野生の熊なら動物臭が残っていてもおかしくないが、それは感じられなかった。

四年前のことだが、不意に熊に襲われて闘ったことがある。後で熊の体臭が服に付いていたことが記憶にあった。もっとも五感が異常に発達した達也だから分かることだ。

「根岸さんはどう思われますか？」

達也の様子を見ていた萱端が、質問をしてきた。

「とりあえず、熊の臭いは感じられません。消えてしまったのかもしれませんが」

「ほう、臭いですか。なるほど」

萱端は口元をわずかに緩ませた。

「以前、熊に襲われたことがあるんです。でも一度きりですから、あてにはなりませんが」

無意識のうちにメギドに入れ替わり、熊と闘って気絶させている。達也だったら、殺されていたかもしれない。

「生地の爪痕《つめあと》は確かに熊に似ていますが、餌もないようなところで無意味に物を壊すようなことは、熊はしないと思います。しかも、あなたが言われるように臭いも残さないのはおかしい。もっともそれが分かるのはおそらく私とあなただけでしょう」

「だとしたら、熊に見せかけた人間の仕業ですか？」

「それも考えられます。あるいは悪神かもしれません」

「悪神？」

達也は思わず聞き返した。

「神々は神の世界では人間と同じ格好をしており、人間を見守っていますが、人間世界に下りて来ると、それぞれの衣装を身に着けます。熊の神は熊の姿に樹木の神は樹木になると私たちは考えて、動物を捕ったのならその霊を送り返す儀式〝ホプニレ〟を行います。霊と肉体を分離し、はじめて我々は神のお土産である肉を戴《いただ》くことができるのです。一方で人間を襲ったりするのは、悪い神を宿しているからです」

萱端は説明を続けた。

アイヌは、自然、動植物、道具など、すべてに魂が宿っていると考える。鮭を捕った場合でも、〝イサパキクニ〟と呼ばれる〝イナウ（木幣）〟の一種で叩《たた》いてとどめをさす。これはもっとも簡単な儀式の一つで、鮭は〝イナウ〟をお土産として神の国に戻る。もし別の道具を使うのなら、鮭は悲しみのあまり二度と人間界には戻って来ないと考えられていた。

「悪神にはどう対処するのですか？」

萱端の説明に達也はいつの間にか惹《ひ》き込まれていた。

「抗議の儀式をしてコタンから出て行くようにお願いするのです。先に進みましょう」

立ち上がった萱端は、猟師たちに目配せをして歩き出した。

沢は奥に進むほど急勾配《きゅうこうばい》になり、足下の岩も滑り易くなった。

「休憩しましょう」

午前九時十分、二メートルほどの岩の壁の前で萱端は腕時計を見ながら後ろを振り返った。ペース配分を考えながら行動しているようだ。

先ほどの休憩から三、四十分しかたっていないが、猟師の中で年配の者には辛《つら》そうな顔をしている者がいた。彼らはライフル銃を持っているため、それだけ負担がかかっているようだ。

「さきほど悪神に対する儀式といいましたが、道具を今持っていないので、一度戻らなければなりません。悪神と出会わないように祈るばかりです」

萱端は曇った表情で言った。

「そうですね」

「あなたは、私の説明を聞いても不思議には思わないのですか。私は先祖から伝わる教えを子供の頃から聞かされていますので、疑うことを知りませんが」

「世の中、科学で割り切れない不思議なことはいっぱいあると思っています。すべてが科学で説明がつくというのなら、それは人間の奢《おご》りに過ぎないのじゃないでしょうか」

達也にとって現実離れした萱端の説明は、決して不思議ではなかった。なぜなら自分の存在そのものが不可思議だからである。

「あなたのような方が、和人にいようとは思いませんでした。もっともアイヌとは人間を意味します。あえて区別するなら、正しい行いをする人をアイヌと呼び、働かない怠け者は悪い人という意味で〝ウェンペ〟と呼びます。だから、私たちは人種、民族の区別はしません。差別はされてきましたが」

萱端は声を上げて笑ってみせた。

ドーンと破裂音がこだました。

「……!」

誰もが耳をそばだてた。

再び破裂音。

「銃声だ!」

「川添さんかもしれないぞ」

猟師たちが騒ぎはじめた。

「行きましょう」

達也は岩壁の下に進んだ。

「待て!」

達也を寺田が押しとどめた。

「熊に襲われたのかもしれない。下手に近付けば誤って撃たれるぞ。ここで待っていてくれ。猟師のおらたちに任せるんだ。萱端さん先導をよろしく」

寺田は萱端に頭を下げ、仲間を引き連れて沢を登りはじめた。

達也も岩壁に手をかけた。

「待ちましょう。足手まといになる」

彼らを追いかけようとする達也を佐竹が押しとどめた。

五

二発の銃声の後、山は静寂を取り戻していた。

午前十一時、達也と佐竹の二人は沢の岩壁の下でひたすら寺田ら猟師たちの帰りを待っていた。

「遅いですね。もう二時間近く経ちます。どうなっているんだ」

猟師らを追いかけようとした達也をとどめた佐竹が先に痺《しび》れを切らした。

「待つしかありませんよ」

達也は岩壁にもたれ沢の下流を見ている。

「それはそうだけど」

佐竹は不満げな顔で見返して来た。

「……いや、待って下さい」

達也は上流に耳を傾けた。人の足音が聞こえる。

待つこともなく猟師の杉坂功夫が息を切らしながら、沢を下りて来た。

「どうしました！」

岩壁を飛び降りて肩で息をしている杉坂に佐竹が迫った。

「……川添さんの死体を見つけました。……崖《がけ》から落ちたようです。外人さんはまだ見つかっていません。今死体の近くを手分けして捜しています」

杉坂は中腰になり、息継ぎしながら報告した。

「なっ、なんてことだ」

佐竹はがっくりと肩を落とした。

「僕らも行きましょう」

達也が岩壁に足を掛け、佐竹を促した。

おおよその場所を聞いた達也と佐竹は、岩壁の上の沢に登り山の奥へと進んだ。連絡してきた杉坂は平取町本町の駐在所に通報しに行くため別れている。捜索隊を指揮している寺田は杉坂と一緒に達也らは街に戻ると思っているのだろう。

沢は次第に浅くなり水の流れはいつの間にかなくなっていた。沢を出て小さな尾根伝いに北に進む。しばらく歩くと崖にぶちあたった。杉坂は北の崖の下だと言っていた。

「あれですよ」

達也は前方の崖を指差した。木々の隙間から猟師たちのカラフルなシャツが見える。二人は茂みをかき分けながら、北に向かった。

「なっ！」

達也と佐竹は思わず両手を上げた。突然茂みから飛び出して来た二人に猟師たちが一斉にライフルを向けたからだ。

「あぶないじゃないか。せめて声を上げてくれ」

寺田はライフルを下ろして胸に手をやった。

「遺体は？」

達也は川添の死体を探した。崖の下は河原のように開けており、大小の岩がごろごろと転がっている。中央の岩の上に大量の血痕《けつこん》はあるが、肝心の死体がないのだ。

「かわいそうだから、移したのだ」

寺田は沈痛な面持ちで崖から離れた茂みの前を指差した。毛布で覆われた死体の傍に萱端と菅沼が立っていた。

「移されたんですか」

達也は絶句した。警察に気を遣うつもりはないが、死体を移せば死に至る原因が摑《つか》めなくなる。

「山で見つけた死体はおらたちが面倒をみる。昔からそう決まっておる」

寺田は悪びれる様子もなく言った。山岳救助隊がない地方では、遭難者の遺体を山の関係者が麓《ふもと》まで下ろすのは不思議なことではなかった。

「遺体を拝見させてください」

達也は寺田に許可を得て死体に近寄った。

傍らには落下の衝撃で銃身が少し歪《ゆが》んだ猟銃が置かれている。日本猟銃精機製作所（現フジ精機製作所）の〃フジ・ダイナミックオート〃である。米国やイタリアからガス圧を利用した優秀なライフル銃が輸入されるようになってから久しい。にもかかわらず一九六三年に発売された旧式の自動散弾銃を使っているところをみると、川添の猟師歴は十年以上あるのだろう。あらゆる銃の知識は、〃エリア零〃でさんざん叩き込まれているので間違いない。

死体に手を合わせ、毛布をゆっくりと捲《まく》った。川添の年齢は五十代半ばといったところか。顔に損傷はない。山の遭難は崖から落ちた時に岩場で顔面を傷めるケースが多いため、ほっとした。

右肩を少し持ち上げて、後頭部を見た。後頭部が潰《つぶ》れている。仰向《あおむ》けの状態で落下したのだ。三階建ての高さがあるとはいえ、崖はさほど高くない。前から体を捻《ひね》るように落ちたのでなければ、後ろ向きに足を滑らせて落ちた可能性が高い。

次に顎《あご》と首を触ってみた。筋肉は硬い。死後硬直がはじまっているのだ。法医学の知識は断片的であるが、瀬田の脳細胞から得ている。生前の彼は刑事顔負けの知識があったようだ。矢島の言うように、瀬田はあらゆる分野の知識や技術に長《た》けている諜報員《ちょうほういん》だったことは間違いない。

「うん？」

達也は首を傾げた。念のために手や腕も触るとすでに硬くなっていたのだ。腕時計で時間を確かめた。午前十一時四十八分。銃声を聞いたのは、午前九時を少し回っていた。川添が銃を発砲した直後に崖から落ちて即死だったとしても死後二時間半というところだ。顎や首は二時間ほどで硬くなるが、手や腕が硬くなるには数時間を要する。この時間のずれはいったい何を意味するのか？

〈達也、脳細胞が呻《うめ》きだした。気をつけろ！〉

メギドが苦しげな声で言った。

〈こんな時に！〉

拳《こぶし》を握りしめ、片膝《かたひざ》を突いて幻覚の衝撃に備えた。直後に激しい頭痛と吐き気に襲われた。後頭部の血を見たために脳細胞が活性化されたのだ。

視界は閉ざされ、闇に投げ出された。気が付くと達也はまたもや例のアパートに立っていた。このシーンから卒業しなければ覚醒《かくせい》は完遂されないのだろう。意を決して奥の部屋に向かった。

襖《ふすま》を開けて血の海に足を踏み入れた。頭痛で頭が割れそうだ。腹を切り裂かれた祥子の死体の傍に立つ。すぐ近くには胎児の死体が転がっている。

死体の状況を見ようと腰を下ろした瞬間、祥子が両眼を見開いた。

〈なっ!〉

達也は逃げようとしたが金縛りにあったかのように動くどころか声すら上げられない。

祥子はバネ仕掛けのように半身を起こし、髪を振り乱して達也の肩を摑んできた。

〈……!〉

恐ろしくて目を閉じようとしたが、それすら許されず祥子は血走った目で達也に顔を近づけてきた。

歯を食いしばり、達也は祥子の目をじっと見た。

〈うん?〉

その目は悲しみに満たされ、助けを求めている。幻覚は脳細胞の経験ではなく、切なる希望から生まれた映像に違いない。とすれば、祥子を殺した真犯人を見つけて欲しいということなのか。

〈そうなんだね?〉

自問するように祥子に問いかけると幻覚が霧散した。

「大丈夫ですか?」

荒い息をする達也の傍らで、萱端が心配げに覗《のぞ》き込んでいた。

「心配いりません。頭痛がしただけです」

達也は深呼吸をして、額に浮かんだ汗を拭《ぬぐ》った。

六

午後三時、佐竹の仲間を捜していた四人の猟師が、川添が発見された崖の下に戻って来た。彼らは途中で二手に分かれて捜索したようだが、不慣れな山中だったため、遠くまでは行かなかったようだ。

「一行は崖の向こうのむかわに行ったに違いないでしょう。とはいえ、崖の向こうに行くにはかなり回り道をしなければならない」

山に詳しい萱端が難しい表情で言った。崖の上の南北に延びる尾根の向こう側は沙流《さる》郡平取町に隣接する勇払《ゆうふつ》郡のむかわ町《ちょう》になる。

「隣町ですか。入るのに許可を取る必要はないが、この時間から崖を迂回《うかい》して行くのでは日が暮れてしまう」

寺田も腕組みをして渋い顔をした。

「この崖を登ればいいんですね」

達也はそそり立つ壁を見上げて言った。

垂直というほどではない。高さは二十一、二メートル、上の方が緑に覆われているのでもう少し低いかもしれない。岩盤が剝《む》き出している所もあるが、草や木に覆われている所も多い。高さは問題ないが、草木の生い茂る場所は足場としては崩れ易く危ないだろう。

「この絶壁を登るつもりかね」

寺田が目を丸くして言った。

「これぐらいなら、何度も登った経験はありますよ」

思わず口に出た。だがでまかせではない。そう思えるのだから、埋め込まれたいずれかの脳細胞の記憶にあるのだろう。

「たとえ登れたとしても、向こう側に熊がいたらどうする。川添さんは熊に追われて崖《がけ》から落ちたに違いない。同じ目に遭うぞ」

菅沼は達也の前に立って強い口調で言った。

「素手では恐いですね。どなたか、銃を貸していただけますか？」

達也は意に介せず質問で返した。

「冗談じゃない。銃は猟師が命の次に大事にしているものだ。貸せるものじゃない。第一素人に扱えるはずがないだろう」

菅沼は呆《あき》れた表情をしてみせた。

「こうみえてもライセンスは持っています。銃の知識も皆さんと同じぐらいありますよ。菅沼さんの銃は、六年前に出た〝フジ・スーパーオート〟、亡くなった川添さんはさらに一世代前の〝フジ・ダイナミックオート〟、杉坂さんは〝レミントンM一一〇〇〟、それから寺田さんは、〝村田式銃の三十二番〟ですよね」

達也は次々と猟師の銃の名前を挙げて言った。ライセンスの話は便宜上の嘘だが、プロのスナイパーとして活躍した特殊部隊員だったジェレミー・スタイナーの経験と技術には猟師が束になっても敵《かな》わないだろう。

「驚いた。おらの銃まで言い当てるとは。若い者はこの銃が戦争中に軍隊で使われていたことすら知らないのに」

自分の銃まで言い当てられた寺田は苦笑を漏らした。

「僕も使ったことがあります。もっともその銃は軍隊から払い下げられた際、ライフリングが削られて民間用に改造されたものですよね」

瀬田武之は戦前、軍事教練で使っていた。

「なんと……」

寺田は自分の銃の出自まで当てられて当惑したようだ。

「川添さんの銃を借りるわけにはいきませんか？」

古い銃だが、銃身さえ直せば使えるはずだ。

「川添さんの？」

菅沼は困惑した表情で寺田を振り返った。

「あの銃は崖から落ちたために銃身が曲がっとるよ」

寺田はゆっくりと首を振った。

「大丈夫です。すぐ直せます。それにあの銃ではどのみち至近距離じゃないと、しとめられません。少々照準が狂っていても大丈夫です」

「直せるのなら問題ないかもしれないが……」

寺田は唸《うな》るように答えた。

達也は死体の傍に置かれていた銃を拾い上げ、近くの岩の間に銃身を挟んでゆっくりと曲げた。少し曲げては照準を見て、銃身の先の反りを補正した。何度か作業を繰り返し、ボルトを引いて作動するか確かめる。三度繰り返し、残弾がないことも確認した。

「問題ありませんね」

達也はまるで自分の銃のように手慣れた手つきで扱った。

「すばらしい。まるで軍人のようだ」

菅沼が感嘆の声を上げた。

「しかし、一人じゃ、やはり心配だべ」

寺田は首を縦に振ろうとはしない。

「僕も深入りするつもりはありません。崖の上だけ調べようと思います。川添さんがあそこから落ちたのなら、何かあるかもしれません。その先には行かないとお約束しますのでお願いします」

達也は川添の死亡時刻の誤差が気になっていた。崖の上に出れば何か見つかるかもしれないという期待がある。

「負けたよ。それじゃ時間を制限しよう。一時間以内にここに戻ること。それ以上遅くなれば、下山途中で日が暮れてしまう」

寺田はようやく頷《うなず》いてみせた。

達也は他の猟師が持ってきたザイルと救急用具を渡されてリュックに詰め、スリングを斜めに掛けて〝フジ・ダイナミックオート〟を背中に回した。

「気をつけて下さい」

佐竹が不安げな表情で言った。

達也は改めて崖を見上げてルートを決めると、岩壁に取りついた。足場を確保しながら手の位置を決めて行く。岩は硬くしっかりとしている。それに草木がある場所も、雨がしばらく降っていないせいか、締まっていた。慎重に登ったが、十分ほどで崖の上に到達した。

崖の上は腰丈ほどの雑草が生い茂っており、南北に延びる尾根までは緩い坂になっていた。土が剝き出しているなら、崖から落ちた状況が摑《つか》めるだろうが、これでは痕跡《こんせき》を見つけることは不可能だ。

雑草をかき分けながら注意深く歩いて行く。

「うん？」

達也は血の臭いがすることに気が付いた。

「……！」

臭いを辿《たど》って行くと、人の足にぶつかった。佐竹と一緒に列車に乗っていた男だ。服は引き裂かれ、喉《のど》を食い破られている。生死の確認をするまでもない。崖から三十メートルほど尾根よりだ。熊に追われて逃げて来たのだろう。

近くを探すとさらに二人の白人の死体を見つけた。一人は顔面に鋭い爪痕《つめあと》が残り、もう一人は肩から胸にかけて深々と爪痕がある。いずれも喉を食い破られたことが致命傷のようだ。

「待てよ」

達也は三人とも喉を食い破られていることに違和感を覚えた。だが、熊の生態を知らないために、答えを出すことはできない。

とりあえず、一番大きい男を担いで崖の手前まで運んだ。

「佐竹さん、残念ですが、三人とも亡くなっていました。今から死体を下ろします」

崖の下に向かって叫んだ。

死体の体にザイルを結びつけて崖の突端に置き、近くに立っている松の木の幹にザイルを巻き付けた。銃を下ろし、ザイルを自分の体に巻きつけて、死体を崖から押し出した。

ザイルがぴんと張り、体が松の木に引き寄せられる。足場を確保し、ザイルをゆっくりと伸ばして行く。長さは四十メートルあるので余裕はあった。

ザイルのテンションがふいに緩んだ。下で受け止めてくれたようだ。

「上げてくれ」

菅沼の声が響いてきた。

ザイルを引き寄せ、同じ要領で別の死体を下ろした。二人とも一八〇センチを超える巨体だったためにさすがに疲れた。最後の一人は体力配分を考え、一七〇数センチと一番軽そうな死体を残しておいた。

「あれっ」

達也は三人の死体の生々しい血を見たにもかかわらず、幻覚に襲われなかったことに気が付いた。

〈今回は何の能力も得られずに覚醒《かくせい》は終わったようだな。松宮の野郎、今度会ったら、殺してやる〉

メギドはさほど残念そうでもなく言った。頭痛や吐き気から解放されただけでよしと思っているのだろう。

「分からない。覚醒の段階が変わっただけかもしれない。いくらなんでもまったく新しい能力が移転されないのはおかしいよ」

〈どうせ鍵《かぎ》職人の技術だ。欲しいとも思わないね〉

メギドは吐き捨てるように言った。

「んっ！」

尾根の方から背中を刺すような視線を感じた。銃は崖の手前の松の木の下に置いたままだ。胸騒ぎを覚えた達也は急いで死体を担ぎ、松の木に向かった。

「むっ！」

気配を感じて振り返ると、姿は見えないが茂みが音を立てて揺れていることに気が付いた。時折黒い毛の背中が見える。

〈やばい。脳細胞が動き出した〉

メギドの舌打ちが聞こえた。

茂みを分ける揺れは次第に速度を速め、達也にまっすぐに向かって来る。しかも、いつの間にか二筋になっていた。

達也は松の木まで走り、死体を下ろすと、根元に立てかけてある〝フジ・ダイナミックオート〟を手に取った。

〈逃げろ！〉

頭に男の声が響き、右手が痙攣《けいれん》して銃を落とした。

「何！」

〈逃げろ！　逃げるんだ！〉

銃を拾おうとすると、頭痛が襲ってきた。

「くそっ！」

茂みの揺れが十メートル先まで迫った。銃を諦《あきら》めてザイルの先端を松の木に縛り、背負った死体ごとザイルを体に巻き付けて、崖《がけ》から飛び降りた。一瞬、自由落下した後に岩壁に叩《たた》き付けられた。衝撃で左手が緩み、右手にザイルが絡みながら崖を滑り落ちる。

「いけない！」

右手を握りしめた。死体の重みが加わり、ザイルは焼けた鉄の棒のように熱くなった。

「ぐっ！」

歯を食いしばり両手に力を入れた。ザイルは右の掌《てのひら》に食い込み、血飛沫《ちしぶき》を上げながらも何とか滑走を止めることができた。

地上まではまだ十二、三メートルある。

〈逃げろ、逃げるんだ！〉

男の声がまた響いて来た。

「駄目だ、駄目だ。今は駄目だ」

達也は幻覚を見ないように必死に抵抗したが、周囲は暗転し、高いコンクリートの塀の上にいた。飛び降りれば自由になれる。理屈抜きでそう思えた。だが、右手が引っかかり自由が利かない。

〈逃げろ、逃げるんだ！〉

達也は男の声に促され、激痛を伴う右手を離し、コンクリートの壁から飛び降りた。

重力からも逃れたように、体が自由になった。

だが次の瞬間激しい衝撃で、幻覚は消えた。

目の前に拳大《こぶしだい》の石が転がった地面が見える。

意識は急速に失われた。

真犯人

一

沙流川流域の山中で猟師が熊に追われ崖から転落死。

三人の米国人研究者が同時刻、熊に嚙《か》み殺される。

前者はともかく、後者は本来なら全国的なトップニュースになる内容である。だが、実際は地方紙に載ることもなく、地元平取町の住民にさえ事実は知らされなかった。

猟師の川添の死を仲間の杉坂功夫は、いち早く下山して本町の駐在所に届けている。すぐさま駐在所から管轄の門別警察署に通報され、さらに北海道警察本部に連絡された。だが、本部からの指示は、秘密裏に門別警察署で事件を処置せよという命令だった。そこに米国に追随する日本政府の困惑が働いたのか、単純に騒ぎが拡大し、責任問題に発展することを警察本部が恐れたのかは定かではない。

午後五時半、川添と米国人の遺体を担いで下山した猟師たちを町道で複数の警官が待ち受けていた。米国人の遺体とジョージ・佐竹は、扱いは丁寧だが、警官らに連れて行かれた。残った猟師たちは、事件を決して口外しないように口止めされた上で、即時解散を命じられた。

熊に追われた達也は米国人の遺体を担いで崖の途中から落下し、気を失った。遺体がクッションになり、肋骨《ろっこつ》を数本折ったものの目立った外傷もなくすんだ。だが、二十分後に意識は取り戻したものの、激痛のためすぐに動くことはできなかった。

猟師たちは川添と米国人の遺体を運ぶので手一杯で、達也に肩を貸すことは出来ない。そこで山に慣れているアイヌの萱端康次郎に付き添われ、時間をかけて下山することになった。

日も落ちた午後八時過ぎ、達也と萱端はようやく沙流川に架かる橋を渡り、萱端の家の前に辿り着いた。

「ご苦労様です。心配していました」

家の陰から寺田が姿を現した。緊急事態とはいえ、怪我人の達也を萱端一人に任せたことが気になったのだろう。

「今まで待たれていたんですか。義理堅い人だ」

萱端は鍵《かぎ》もかかっていない玄関のドアを開けて笑った。

「それが、根岸さんに伝えなくてはならないことがありましてな」

寺田は言い難《にく》そうに、話しはじめた。警察官に佐竹が拘束され、仲間の死体とともに連れ去られたそうだ。

「遺体を調べるのは分かりますが、佐竹さんまで連れて行かれたんですか？」

さすがに警察が相手では達也もなす術《すべ》がない。

「逮捕されたのではないので、問題はないと思いますが、警官から事件を他言してはいけないときつく言われました」

寺田は首を傾げながら言った。

「おそらく、住民にいらぬ心配をさせないためでしょう。そもそも山に入らなければ、襲われることはなかった。普段人が立ち入らない土地に許しを請わずに足を踏み入れれば、山の神も怒ります。まして根岸さんの話を聞けば、二匹の熊が襲って来たそうです。ありえないことです。悪神の住処《すみか》だったのかもしれません」

萱端は咎《とが》めるように言った。祈りを捧《ささ》げ、神から自然の恵みを戴《いただ》くと考えるアイヌにとって、熊や鹿に商売上の獲物としてあるいは駆除で鉄砲を使う猟師を非難する気持ちがあるのかもしれない。アイヌは〝北海道旧土人保護法〟によって、縛られていた。表面上はともかく和人である一般人を快く思ってないことは確かだろう。

一八九九年に制定された保護法は、アイヌ民族に対する非人道的な日本人の行為を非難する欧米の圧力を避けるための名目に過ぎなかった。実際にはアイヌの豊かな土地を没収し、漁業や狩猟の禁止をして彼らの既得権でもあった収入源を奪った。さらに、アイヌの伝統的な習慣や風習を禁止し、日本語の使用を義務付け、日本風に改名させて戸籍へ編入した。保護ではなく日本人に同化させることが一番の目的だったのだ。

「むっ……」

寺田は言葉を詰まらせた。死亡した川添の行為は猟師仲間でも掟破《おきてやぶ》りだったらしい。

「明日《あした》、警察署に連絡してみます。行き掛かり上、僕にも責任がありますから」

達也は険悪な雰囲気になったので、割って入った。

「根岸さん、今日はもう遅い。私のうちに泊って下さい。寺田さん、お知らせくださり、ありがとうございました」

萱端は丁寧に頭を下げた。

「いや、お二人には世話になりました。何かあったら、ご連絡ください。本来ならば、我が家にお呼びするところですが、仲間がなくなりましたので、後日また日を改めてお越し下さい。お腹が空《す》いたでしょう。女房に握り飯を作らせました」

寺田は手に提げていた袋を萱端に渡した。袋の上から日本酒の瓶が覗《のぞ》いている。

「おお、これはこれは。奥さんによろしくお伝えください」

萱端は相好を崩した。

二人は寺田が砂利道の闇に消えるまで見送った。

「さすがに腹が減りましたな。お入りください。今〝キナオハウ〟を作ります」

「〝キナオハウ〟？　ありがとうございます」

どこかで聞いたような名前の料理だが、達也は考える力もなかった。肋骨を折っているため、急速に再生しようと体中のエネルギーが傷に集中しているのだ。糖分補給に持参したチョコレートやキャラメルを下山途中で何度も口にしたが、ガス欠の状態だった。

家に入った萱端はすぐに炉の火を熾《おこ》し、祈りを捧げた。達也は炉の奥の上座に座らされた。男の客の位置で、アイヌでは決まっているらしい。萱端の座る位置は達也から向かって右で、主人の席のようだ。祈りが終わると、萱端は土間にある小さな流しで料理を作りはじめた。

待つこともなく萱端は、炉の自在鉤《かぎ》に大鍋《おおなべ》をかけ、薪をくべて火を大きくした。猟師の菅沼も昔ながらの質素な暮らしをしていたが、萱端にもこだわりがあるのだろう。

鍋がぐつぐつと音を立てはじめると、いい匂いがしてきた。

「もう、いいでしょう。いただきますか」

萱端から鍋の汁を椀《わん》に入れて渡された。〝キナオハウ〟とは山菜汁のことらしい。

「これは……」

汁を一口飲むと、塩気の効いた薄味だがニンニクのような味が引き立っている。

「いかがですか？」

萱端の質問は聞こえなかった。達也はすでに幻覚の中に身を置いていた。目の前には髪の長い祥子の姿があった。

「どう？　おばあちゃん直伝のキトピロを入れた〝キナオハウ〟、おいしいでしょう。うまいって、アイヌ語でケラアンって言うのよ」

汁の入った椀を持って祥子は笑った。笑顔がよく似合う女だ。

「ケラアン、か。本当においしいよ」

いつも逃げろと叫ぶ男の声だ。

「うれしい。豪蔵《ごうぞう》さん、おかわりする？」

祥子が椀を覗き込んで尋ねてきた。

「根岸さん、どうされましたか？」

萱端の声で現実に引き戻された。精神的な苦痛を伴わない幻覚はあっさりと醒《さ》めるようだ。

「ケラアン」

達也は〝キナオハウ〟の感想を聞かれたと思って答えた。

「ほう、アイヌ語が話せるのですか」

萱端は頬に皺《しわ》を寄せて笑った。

「アイヌ語？」

達也は首を傾げた。自分の言ったことに自覚がなかった。

「今さっき、ケラアンと言っていましたよ」

萱端は怪訝《けげん》な表情で答えた。

「ケラアン……。そう言えば、キトピロが入った〝キナオハウ〟と彼女は言っていたな。それに名前は豪蔵か。……分かったぞ。村野《むらの》豪蔵という名前なんだ」

幻覚を思い起すと、脳細胞の名前が浮かんだ。達也は思わぬ進展を遂げ興奮気味に呟《つぶや》いた。

「彼女というのは、アイヌなのですか？」

端で聞いている萱端は混乱しているようだ。

「僕の彼女じゃありませんよ。知り合いの彼女ですが、おばあさんがアイヌの女性だったようです。ところでキトピロってなんですか？」

達也は誤魔化すために質問した。

「地域によって、キトとかキトピロとアイヌは呼んでいますが、一般にはギョウジャニンニクと呼ばれています。ニンニクに似た味と香りで、滋養強壮に優れ、春先に収穫して、アイヌは乾燥させて備蓄しますが……」

萱端は答えたものの納得していない様子だ。

「おにぎり、いただけますか？」

達也は構わず、尋ねた。素直に説明したいところだが、秘密は明かせない。

「おにぎり？　そうでしたね」

質問を諦《あきら》めたのか、萱端は苦笑して袋から大きな包みを出して達也に渡した。

渡された包みを開くと、拳大《こぶしだい》のおにぎりが五個も入っていた。萱端の包みには三個。その他にも日本酒〝北の誉《ほまれ》〟の一升瓶が、袋に入っている。

手づかみでおにぎりにかぶりつくと中は鮭だった。肉厚の鮭のほどよい塩加減がご飯に合っていた。

「さあ、どうぞ」

萱端に湯のみを渡され、菅沼からもらった北の誉が注がれた。

「これは、ケラアン」

達也は酒を口にし、わざと陽気に言った。

村野豪蔵の覚醒《かくせい》は新たな段階に入った。だが一刻もはやく覚醒を完遂させなければ、村野の臆病《おくびょう》さに引き込まれてしまう。凶悪な追手から逃げる達也とメギドにとって、闘えないというのは致命的だった。

二

午後十一時、青白い月光に照らされた二風谷は、アイヌ伝承の小人〝コロボックル〟が隠れていそうな静かな夜を迎えていた。

「……！」

メギドはふと目覚めた。

萱端の家にある炉傍《ろばた》で横になっていた。

「うん？」

外壁に小石が当たる音がした。目覚めたのはそのせいだろう。外に人の気配がする。

誰かが呼んでいるようだ。

メギドは脇腹を押さえながら体を起して右腕を回し、肋骨《ろっこつ》が折れた右脇腹の痛みが和らいだことを確認すると、静かに立ち上がった。

炉にはちろちろと火が燃えており、傍らの萱端は綿衣のまま寝ている。アイヌの昔ながらの布団をかけずに寝る慣習を守っているようだ。よほど疲れているのだろう、メギドが土間に下りてもリズムよく寝息を立てている。

家を出ると、ハイライトに火を点《つ》け、物陰に潜む四人の気配に神経を集中させた。少し離れた所に四人とは別に小柄な男の輪郭が見える。煙草を吸いながらメギドは暗闇の砂利道を沙流川に架かる橋のたもとまで人影に従った。

橋の手前で男は振り返った。辺りは民家もない寂しい場所だ。

「今日ははじめからメギド君か」

男は矢島だった。

「報酬をもらうか」

周囲を警戒しながら煙草の煙を吐き出した。達也と違いメギドは矢島を信用しようとは思っていない。

「ひょっとして、ジョージ・佐竹の護衛の報酬のことか？」

矢島は首を傾げてみせた。

「とぼけるな、死体と一緒に警察に佐竹を拘束させたのは、おまえが裏から手を回したからだろう。俺たちの手を離れた時点で仕事は終わった。しかも米国人の死体を見つけるというおまけ付きだ。文句はないはずだ」

「さすがと褒めておこう。警察の保護下におけば安全だからな。二、三日もすれば、佐竹は自由になり、米国に帰るだろう。それにしても米国人たちが熊に襲われるとは、予想外だった」

矢島は苦々しい表情で言った。

「達也も二匹の獣に襲われたが、熊とは確定できない。姿全体を見たわけじゃないからな。それに殺され方が腑《ふ》に落ちない」

メギドと達也は死体の様子に不審を覚えていた。

「大きな爪痕《つめあと》と致命傷である首の嚙《か》み痕から、警察では熊に殺されたと断定している。イノシシならともかく、日本で人間を殺すことができる獣は熊をおいてはおらんからな。もっともイノシシは北海道にはいないし、嚙み付きもせんだろう」

矢島は警察の判断を頭から信じているようだ。

「野生の熊が、三人の首を嚙んで殺したんだぞ。変だとは思わないのか」

メギドは呆《あき》れ気味に言った。首の頸動脈《けいどうみゃく》を嚙み切れば、人を簡単に殺すことができる。だが、それを野生の熊が分かった上で襲ったとは思えないのだ。

「確かにそう言われれば、おかしい。猟犬のように訓練され、人を殺すように調教された熊だったのかもしれない。だとしたら、あれは事故ではなく、殺しになるな」

矢島は腕を組んで唸《うな》った。

「いずれにせよ。敵は俺を本気で怒らせてしまったことに変わりはない。決着はつけるつもりだ。敵の正体を教えろ」

熊に襲われたのは達也だが、命を狙われたのであれば、メギドにもかかわってくることになる。

「今は全てを教えるわけにはいかないが、現場の最高責任者は大野影久だ」

「現場だと？　情報を小出しにするな。大野が一番偉いというわけじゃないのなら、誰が敵のボスだ？」

メギドは目を細めて矢島を睨《にら》んだ。

「大野の組織は非合法だが、無数の政治家や企業がバックに付き、政財界から金をもらって動いている。そういう意味で、現場という言い方をしたのだ。大野に直接のボスはいないが、組織は政府の外郭団体みたいなものなのだ。だから、我々は監視まではできるが手を出すことができない。もっとも殺しという証拠がはっきりすれば、別だがな」

「それで、俺を利用したのか。俺が富内線の列車に大野と米国人と同時に乗り合わせたのも、おまえが仕組んだのだろう」

メギドは新しい煙草をくわえ、短くなった煙草で火を点けた。

「おまえさんが乗ったのは偶然だ。嘘ではない。そもそも平取に来たのは、加藤と行動を共にしたからじゃないのか。我々とは関係がないのだ。だが、大野らが乗った列車に乗るように米国人の二人を密《ひそ》かに導いたことは事実だ。富内線は本数が少ないから簡単なことだ。佐竹らはそうとも知らずに旭岡駅で下りた大野らを追ったのだ。だが、それが命取りになったようだな」

そう言って、矢島はメギドの煙草を羨《うらや》ましそうに見た。

「うまそうに吸うやつだ。まったく禁煙をしているというのに」

ぶつぶつと言いながら、矢島はポケットからセブンスターを出して火を点けた。

「〝鵬翼《ほうよく》〟じゃないのか」

メギドは皮肉っぽく言った。矢島は戦争中、軍の支給煙草だった〝鵬翼〟をよく吸っていた。

「〝鵬翼〟か、懐かしいことを言う。瀬田の記憶だな」

遠い目をした矢島は深くは吸い込まず、煙をすぐに吐き出した。

「米国人は何者だ？」

「ジョージ・佐竹は本物の大学の助教授だった。おそらく米国政府の協力者なのだろう」

たった一日で、佐竹の身辺調査をしたようだ。矢島は米国内にも情報網を持っているのかもしれない。

「殺された三人も研究者なのか？」

「いや、情報員だ。おそらくＣＩＡに違いない」

言い難《にく》そうに矢島は答えた。

「すると、大野は米国に知られたくないことを二風谷の山中でしているんだな」

日本の国益にかない、米国にとっては都合が悪いことは何があるか考えてみたが、思い浮かばなかった。

矢島はポケットから出した茶封筒を目の前に差し出した。

「ここにとりあえず二十万ある。戸籍と免許証はもう少し待ってくれ」

「たったの二十万だと」

メギドは封筒に目もくれなかった。

「そう言わんでくれ、今回は突然のことで銀行に行く暇もなかった。それにこれは私のポケットマネーだ。組織からのものではない」

「仕様がない」

封筒を渋々受け取り尻《しり》のポケットにねじ込んだ。

「決着をつけたいと思っているかもしれんが、とりあえずこの件からは手を引いてくれ。我々も一旦《いったん》現場から引き上げるつもりだ。もっとも、米国人の死亡が事故じゃないと証明ができれば別だが」

矢島は含みを持った言い方をした。

「ふざけるな。俺をまた使おうとしているのか。殺しか事故かはそっちで調べろ。それより、村野豪蔵の情報を全て寄越せ」

「名前まで分かったのか。だが、私にもそれ以上多くの情報は残ってはいないが」

矢島は首を振って希薄な煙草の煙を吐いた。

「いいから教えろ！」

メギドは煙草を足下に投げ捨てた。

三

翌朝、達也は世話になった萱端の家を出て加藤の借家に戻った。加藤に会うためもあるが、メギドの持つ現金などの貴重品は佐竹と山に入る前に預けて置いたからだ。

午前八時過ぎと早い時間にもかかわらず、瑠璃子はすでに働きに出かけ、寝惚《ねぼ》け眼《まなこ》の加藤が一人で留守番をしていた。この家にいる限り、加藤は風采《ふうさい》の上がらないヒモにしか見えない。

「お帰り達也君。朝ご飯がまだなら、食べないかい」

居間のちゃぶ台には、焼き鮭に卵焼きに味噌汁《みそしる》、それにお新香が並んでいる。定番ではあるがうまそうだ。

「瑠璃子さんは、働き者だな。おかずは要りませんから、お味噌汁とご飯だけいただけますか」

腹は減っているが、さすがに遠慮した。

「全部食べてくれないか。パンならともかく、コーヒーと煙草が吸えれば、それでいいんだ。一人暮らしの習慣が抜けなくてね。どうも所帯染みた朝ご飯には馴染《なじ》めないんだよ」

ちゃぶ台の料理をちらりと見て、加藤は溜息《ためいき》を漏らした。

「いいんですか、本当に？」

「頼むから、食べてくれ。胃が受け付けないんだ」

加藤は台所でインスタントコーヒーを作り、ちゃぶ台にコーヒーカップと灰皿を載せて煙草を吸いはじめた。

「それじゃ、遠慮なく」

達也はおひつから自分で茶碗《ちゃわん》にご飯を盛って食べはじめた。

「この借家に移り住んで五ヶ月近くなる。最初のうちはよかったんだが、毎日、朝早く起こされて食事をするのは、正直言って苦痛なんだ。仕事を見つけては家を空けるようになった原因の一つだよ。二人だけだと、会話も進まないしね。というか、彼女から仕事の話を一方的に聞かされるだけなんだ」

加藤は溜息とともに煙草の煙を吐き出した。

「でも、もうすぐ結婚ですよ。いつまでも独身気分じゃ、だめじゃないんですか。そろそろ覚悟を決めなきゃ」

味噌汁を啜《すす》りながら、達也は言った。わかめとあげがいい味を出している。それに鮭の焼き具合もいい。こんなうまい朝飯が毎日食べられて、何の問題があるのか。

「実は昨日の夜、一人でも生きて行けるから心配しないでと、言われてしまったんだ。彼女は私が結婚を負担に思っていると感じているらしい。まあ、私の態度はそう思われても仕方がないが、私が負担に感じるのは、彼女との生活スタイルや仕事の考え方の食い違いなんだ」

疲れた様子で加藤は目頭を摘《つま》んで首を振った。それを踏まえてするのが結婚というものじゃないかと、達也は言いたかったがぐっと堪《こら》えた。

「一緒に帯広に行きませんか。大事な用事があるんです。ちょっと離れて互いに冷静になれば、いい方法が見つかるかもしれませんよ」

食事を終えたところで、加藤を誘ってみた。

「帯広？　数年前に行ったことはあるが、取材はしていないな。いいね。ちょっと待っていてくれ、瑠璃子に出かけるってメモを残すから」

加藤は急に浮き浮きとして着替えをはじめた。

「いいんですか。メモだけで。ちゃんと連絡を取った方がいいと思いますが」

「養豚場は、車じゃなきゃ行けないんだ。電話も繋《つな》がり難いしね。それに君が一緒なら怒られはしないよ」

加藤は自分のショルダーバッグに荷物を詰めると、さっさと家を出た。駅まではバスもタクシーもない。旭岡駅までは約七キロ、達也なら一時間も掛からないが、加藤は一時間半近くかかるだろう。だが、加藤は平取の生活にも順応しているようで、途中で走って来た農家の軽トラをまるでタクシーのように停めて、乗せてもらった。

　親切な農家の主人に駅まで送ってもらい。二人は一時間ほど駅の待合室で過ごし、午前十時一分発の日高町行きの列車に乗った。達也らは富内線の終点である日高町駅から出ている帯広行きのバスに乗るつもりであった。距離的にもそれが一番近い。

　別のルートは苫小牧経由で函館本線を使って、旭川を経由することも考えられるが、途方もなく遠回りをし、到着は夜になってしまう。あるいは富内線の鵡川駅で日高本線に乗り換え、終着駅の様似《さまに》駅まで行き、襟裳岬《えりもみさき》でバスを乗り継ぎ広尾《ひろお》線（一九八七年廃止）に乗る方法もあるが、襟裳岬から広尾までの最終バスに間に合わないため、今日中には着けない。加藤は電車待ちの間、時刻表で帯広までの全てのルートの乗車時間を調べ上げた。

　ところが途中の富内駅で二時間半後の次の列車を待つ羽目になった。乗っていた列車は九月から富内駅で折り返し運転になり、終点まで行かないからだ。時刻表にも小さく書いてあったはずだが、加藤が見逃したのだ。

　富内駅は開業以来の無人駅で、駅前には店どころか民家もほとんどない。あるのは山と空が見える大自然の風景だけである。二人は昼ご飯も食べずに午後一時十一分の列車に乗り、終点の日高町駅に午後二時九分に到着した。

日高町駅に降り立った二人は、富内駅と見間違えるほど酷似した風景を目にした。目に映るのは緑ばかりで他には何もない。達也も腹を空《す》かせていたが、朝食を食べなかった加藤は血糖値が下がり青白い顔をしていた。

「こんなことなら、苫小牧経由にすればよかったよ」

加藤は空腹を紛らわすために煙草を吸いながら言った。苫小牧経由の場合、四回乗り換えて、到着も午後八時近くなるが、駅弁が買えるメリットがある。

日高町駅と帯広駅間は、国鉄と十勝《とかち》バスが日に一往復ずつ運行されていた。定期便の日勝《にっしょう》スカイラインという観光バスのような路線バスである。途中駅も日勝峠登山口と第一展望台の二カ所しかない。

午後二時三十五分、すでに駅前に停車していた十勝バスに達也と加藤は乗り込んだ。金曜日の午後、始発の乗客は二人しかいない。途中駅で週末の観光を楽しんだ若者たちを数人乗せただけで、バスは終点の帯広駅前に午後五時五分に到着した。

当時駅の出口は北口しかなく、現在（二〇一二年）は長崎屋やとかちプラザなど大型店やホテルがある南側には操車場と広大な空き地が広がっていた。

「加藤さん、大丈夫ですか？」

達也は隣の席に踞《うずくま》っている加藤を気遣った。途中で達也が緊急食として常備している板チョコを分け合ったが、焼け石に水であった。

「気持ちが悪くて、……動けない」

加藤は真っ青な顔をして言った。空腹の上、バスに結構揺られたので無理もない。

「終点です。とりあえず、下りましょう」

達也は加藤を担ぐように肩を貸してバスを下りた。駅前はだだっ広い駐車場になっているだけで、周囲にレストランや居酒屋があるようには見えない。

「焼き肉を食べて、元気を取り戻そう」

「賛成です」

達也に異存はない。

加藤は駅の近くにある大衆食堂には目もくれず、達也の肩を借りながらも歩き出した。二百メートルほど歩き、赤い屋根の〝平和園〟という焼肉屋の暖簾《のれん》を潜《くぐ》った。まだ、夕食には早い時間だが、テーブル席の半分ほどは埋まっている。一九五九年の創業で、焼き肉スタイルのジンギスカンの元祖の店である。

「上ジンギスカンにサガリ、三人前ずつ、ご飯は大盛りで」

酒好きな加藤が、ビールを頼むのも忘れて注文した。

待つこともなく出された添え切りのマトンとサガリをテーブルに埋め込まれた焼き網に並べた。サガリは牛の横隔膜のことで関東では腹肉とかハラミと呼ばれている部位だ。

強火で両面に焼き色が付いたら二人とも無言で肉とご飯をむさぼり食った。

「この肉うまいですね」

どんぶり飯が半分ほどになって、ようやく達也は口を利いた。

「マトンは鮮度が落ちたら、臭みが出て食えなくなる。その点北海道はうまい肉が食えるね。以前帯広に来た時もこの店に来たんだ。少し歩いて正解だったよ」

加藤も落ち着いたらしく、肉を頬張りながら答えた。

「ホテルを決めてチェックインしたら、加藤さんは取材をされますか？」

達也は脳細胞の覚醒《かくせい》をさせるために帯広に行くと、移動の途中で説明している。そのため加藤の分まで食費と交通費とホテル代は支払うつもりだった。矢島から貰《もら》った金は有効に使おうと思っている。熊に襲われてまで働いた報酬をメギドに遠慮するつもりはなかった。

「明日《あした》は日曜だけど、図書館で地元の新聞の縮刷版を見てみようか。昭和三十五年の六月十四日に起きた猟奇的殺人事件だ、記事はすぐに見つけられるはずだ。だけど、そこから真犯人像は得られないだろうねえ。これから一緒に聞き込みをしてみないかい？」

「聞き込み、……ですか？」

達也は殺人現場に行き、できれば当時の関係者に話を聞くつもりだ。だが、事件を調べるだけでなく、村野豪蔵の脳細胞は真犯人を見つけたいという願望を持っている。それが完全な覚醒の条件のようだ。だがもし見つけられない場合、覚醒が不完全なまま頭痛に悩まされ、敵前逃亡を余儀なくされる状態が続く可能性も考えられた。

「元一流の新聞記者だったんだよ、私は。任せたまえ」

脂が飛んだメガネのずれを直して、加藤はにやりと笑ってみせた。

四

達也と加藤は、近くのビジネスホテル〝十勝ビュー〟にチェックインするとすぐに帯広駅の北側に位置する西一条南八丁目に向かった。八丁目界隈《かいわい》の繁華街は、昭和三十年から四十年代にかけて一番の賑《にぎ》わいを見せた場所である。

「この店も古そうだね。入ってみようか」

加藤は壁が薄汚れた赤提灯《あかちょうちん》の暖簾を潜った。

「昭和三十五年の村野豪蔵の殺人事件って知っている？」

加藤はカウンターに座り、ビールを注文すると、さっそく事件の質問をした。

「昭和三十五年、というと十七年前かい。そんな事件もあったけねえ」

ねじり鉢巻をした居酒屋の亭主は、厨房《ちゅうぼう》で魚を焼きながら首を捻《ひね》った。

「ローマオリンピックがあった年でね、被害者は沢口祥子、十九歳。何でも犯人に腹を切り裂かれて、胎児を抜き取られるという悲惨な事件だったはずなんだけどな、覚えていない？」

煙草に火を点《つ》け、加藤は尋ねた。古くから営業している店を尋ね歩き、スナックや赤提灯など四軒もはしごしているが、今のところ成果は得られていない。ビール一本と枝豆だけ摘《つま》んで二人は店を出た。

「古い飲み屋って地域に根ざしているから、色々情報が集まるはずなんだがな、当てが外れたね。猟奇的な事件なのに、十七年も経つとみんな忘れちゃうのかなあ」

自分の取材も兼ねていたのだろうが、加藤は溜息《ためいき》をついた。彼は事件のあらましが分かれば、覚醒が完了すると簡単に考えていたようだ。

「ホテルに戻りましょうか」

達也は絶望感を覚えた。

メギドが矢島から残りの情報も得ていた。十数年前に矢島の部下を使って調べさせたもので、新聞記事などよりも詳しいと思われた。だが、話を聞き終えても覚醒に進展はなかった。矢島からは連絡先を教えられ、新たに分かったことがあれば教えると言われたが、期待はしていない。

ホテルは駅にほど近い西三条《にしさんじよう》通沿いにあった。二人は西一条南八丁目の裏通りから平《へい》原《げん》通に出て駅方向に向かい、九丁目の交差点を右に曲がり南九丁目通に入った。

「達也君、ここに入ってみないか」

通り沿いの〝洋酒＋カクテル　黒んぼ〟と書かれた電飾看板を加藤は指差した。看板にはＪＡＺＺとも書かれており、格式があるバーのようだ。

木製のドアを開けると乗りのいいジャズ音楽が流れてきた。赤と黒を基調とした店内の右の壁面は天井近くまで洋酒が並んだカウンターバックになっており、カウンターは店の奥まで続く十五席と長い。カウンターの後ろはボックス席になっており、かなりの収容力がある。実際、店には三十人近くの客がいた。

二人は入口近くのカウンター席に座った。カウンターは少し低めに出来ており、木製のカウンターの縁は肘《ひじ》を乗せ易いようにレザーのクッション張りで居心地がいい。

「いらっしゃいませ」

蝶《ちょう》ネクタイをした三十代半ばの渋いバーテンダーが達也と加藤の前に立った。

「マンハッタン」

加藤は気取ってカクテルを頼んだ。

「僕はビールでいいです」

〈馬鹿か、おまえ。代われ〉

いきなりメギドが割り込んで来た。ちゃんとしたバーに入ったために飲みたくなったのだろう。達也は肩を竦《すく》めて意識を後退させた。

「ビールは止めだ。ジャックダニエルのロック、ダブル」

表に出たメギドはすかさず注文をした。

「……」

隣で加藤が固まっている。メギドに変わったことに気が付いたようだ。

「加藤、さっさと仕事をしろ」

メギドはハイライトを出して、火を点けながら言った。

「こちらの店は創業何年ですか？」

顔色を変えた加藤はカクテルを作っているバーテンダーに尋ねた。

「昭和三十一年創業です」

バーテンダーが誇らしげに答えた。

「今から十七年前の昭和三十五年の村野豪蔵の殺人事件を覚えている？　沢口祥子という女性が殺された猟奇的事件だけど」

「それって北海道であったんですか？」

男は首を傾げた。男が三十代半ばとして、事件が中高校生時代としたら記憶にないのかもしれない。

「帯広の西八条南のアパートで起きた事件だけど、誰か覚えていないかな」

加藤はメギドをちらちらと気にしながら質問を続けた。

「ああ、女が腹を切り裂かれた事件か、確かに覚えている。惨《むご》いとは思ったが、あれが猟奇的というのは大袈裟《おおげさ》だろう」

加藤の隣でハイボールを飲んでいる中年の男が、バーテンダーに代わって答えた。

「でも、女性の体から胎児が抜き取られていたんですよ。普通じゃないですよね」

加藤は男に軽く一礼して尋ねた。

「それはどこか別の場所で起きた事件と勘違いしているのだろう。当時の新聞記事はよく覚えている。隣町で女性が殺されたと大騒ぎになったよ。死因は、頸動脈《けいどうみゃく》を切られたことで、腹は死後に切り裂かれたと記載されていたはずだ。嘘だと思うのなら、新聞の縮刷版を見るといい」

男は首を振りながら笑った。

加藤は驚きの目をしてメギドの顔色を窺《うかが》った。メギドは顎《あご》を振って質問を続けるように命じた。

「実は、私は朝読新聞の記者でして、昭和三十年代に北海道で起きた殺人事件の特集記事を書いています。詳しいお話を聞かせていただけますか?」

加藤は例によって自分の古巣の金看板を利用して、質問をはじめた。

「全国紙の記者に会えるなんて、光栄です。何でも質問してください」

男は急に態度を改めて丁寧に答えた。

「事件現場になったアパートはまだ残っているんですか?」

「残っていますよ。長いこと、殺人があった部屋は借り手がなかったようだけど、何年か前に何も知らない内地の人が借りたらしいです。以前大家が喜んでいると、家内から聞いたことがあります。なんなら、明日、その大家を紹介しましょうか」

「本当ですか。それは助かります」

加藤は振り返って同意を求めて来た。

メギドは黙って頷《うなず》いてみせた。

五

翌日の午前中は西七条南にある帯広市図書館（二〇〇六年、西二条南へ移転）で、地元新聞の縮刷版に掲載されていた事件を調べた。不思議なことに被害者である沢口祥子の死因は失血死とまで書かれているが、胎児のことには触れられていなかった。

「幻覚はすべてが真実なのだろうか」

図書館のロビーで煙草を吸いながら加藤はふと尋ねてきた。

「確かに幻覚は脳細胞の経験だけでなく、想像で生まれた映像も混じる場合があります。ただ、胎児の死体は現実だと思っていましたが……」

達也は自信なげに答えた。昨夜、矢島に連絡を取って確認したところ、村野豪蔵の調書にも胎児の死体について書かれていたが、現場検証をした警察が確認したのは、祥子の死体だけだったようだ。それだけに、村野の自白に信憑性《しんぴょうせい》が欠けると裁判で殺人罪が確定してしまったらしい。

「村野は犯人が自分であることを認めたくないから、猟奇的殺人で真犯人が別にいると自分でも思い込んでいるのじゃないのかな。だとすればやっかいだね」

「いずれにせよ。真犯人が分かれば、村野も納得するでしょう」

達也は乱暴に呼び捨てにした。泥棒であることを妻に隠し通し、その上殺害したとなれば、許しがたい。そんな人間として最低の脳細胞が自分の頭に移植されたと思うだけで腹が立った。

図書館を出た二人は駅前に向かった。外は曇り空で気温も上がらない。中央公園の前を通り、西三条通を道なりに駅前へ出た。時刻は午前十一時と早いが、朝食を加藤に付き合ってホテルの近くの喫茶店でコーヒーとトーストですませたために腹が減っていた。

加藤は駅前の〝ぱんちょう〟という豚丼専門店に入った。達也は加藤に勧められ名物の〝豚丼〟の特上を意味する〝華〟を注文した。〝ぱんちょう〟は、今や帯広名物になった〝豚丼〟を一九三三年の創業当初から提供している元祖の店である。狭い店だが人気らしく二人が座ったところで満席になった。

「午後から、吉崎《よしざき》さんに会うことになっていますが、付き合わせてすみません」

達也は加藤に頭を下げた。吉崎とは昨夜バー〝黒んぼ〟で会った中年の男である。殺人現場であるアパートの大家を紹介してくれることになっていた。

「私の取材はいつものごとく夜だから、昼間は暇なんだ。それに君の脳細胞の覚醒《かくせい》には興味がある。事件の謎解きにも惹《ひ》かれるしね」

平取ではうだつが上がらない風采《ふうさい》だった男が、今は生き生きとしている。やはり加藤は都会で仕事をしないとだめなのかもしれない。

「おまちどおさま」

横合いからどんぶりがテーブルに載せられた。

「なっ！」

目の前に置かれたどんぶりを見て達也は目を丸くした。どんぶりの蓋《ふた》から肉がはみ出しているのだ。蓋を取ると、炭火でじっくりと焼かれた十勝産のロース肉が重なり合い、白いご飯が見えない。

香ばしい香りが鼻腔を刺激する。さっそく箸《はし》で厚切り肉に食らいつくと、醤油《しょうゆ》ベースの甘辛いタレと濃厚な肉汁が口の中に広がった。

「うまい！」

達也は夢中で肉とタレが絡まったご飯をかき込んだ。昨夜は覚醒がうまく行きそうにないため、絶望感を味わったがそんな憂さも忘れていた。

食後二人は駅前から市内を南北に通る公園通りを北に向かった。吉崎は帯広川を渡った西七条南二丁目に住んでいる。また、村野豪蔵が住んでいたアパートは西七条南の西隣である西八条南にあった。

「待って下さい」

帯広川の三百メートルほど手前の交差点で達也は立ち止まった。体がどうしても前に進まない。西の方角に向くのである。

達也は導かれるように左折し、三ブロック通り過ぎて帯広川に合流するウッベツ川を渡り、川岸に沿って右に曲がった。やがて川の合流点にぶつかり、帯広川に沿って西に進むと小さな橋のたもとに出た。

コンクリートで造られており、欄干は膝丈《ひざたけ》ほどしかない。旭岡の鵡川に架かる橋に似ている。

「うん?」

欄干に白いドレスを着た祥子の姿があったが、橋を渡ろうとするとふっと消えた。

「ここか……」

達也は橋の中程まで進み、日の光にきらめく川面《かわも》を見て祥子が自殺を図った場所だと確信した。天を仰ぐと、雲の切れ目から青空が覗《のぞ》いていた。

「ひょっとして、祥子さんが自殺しようとした橋なんだね」

達也の後を付いて来た加藤が、隣に立った。

「もっと早く気が付くべきでした。橋の上に立つ祥子さんのドレスが破れていました」

祥子の幻覚は一瞬だったが、着衣が乱れていることがはっきりと分かった。何度も見るうちに記憶の中に鮮明に残るようになったに違いない。

繁華街で働いていた彼女は十八歳の時、帰宅途中で何者かに誘拐された。明け方には解放されたが、家には帰らず、帯広川に架かる橋から投身自殺を図ったらしい。死を選んだのは、強姦《ごうかん》されたからに違いない。

「とすると、彼女は……。なるほどそれで自殺場所を求めてここまで来たのか」

加藤は言葉を飲み込み、悲しげな目で川を見つめた。結婚しようとしている瑠璃子も同じ目に遭っている。彼女のことが思い浮かんだのだろう。

二人は橋を渡って東に移動し、吉崎の自宅を訪ねた。ところが仕事が長引いてまだ帰ってはおらず、代わりに女房の靖子《やすこ》に案内してもらうことになった。もともとアパートの大家の知り合いは彼女だったため、不都合はなかったようだ。

靖子に連れられて大家の竹田利明《たけだとしあき》に会いに行くと、話はすでに通じていた。加藤は改めて朝読新聞記者だと名乗り、現場を特定する内容にはしないと約束すると、目的のアパートにすんなりと案内された。

「半年前に住人はどこからか事件のことを聞きつけたらしく、気持ち悪がって引っ越してしまいましたよ」

竹田は苦笑がてらアパートの階段を上がった。戦後間もなく建てられたのだろう。築二十年以上は経つようだ。階段のコンクリートが所々剝《は》げ落ち、壁も染みだらけだ。住人が引っ越したのは、事件のせいだけではないに違いない。

二階に上がると廊下の左側は窓になっており、右側に明るい茶色のドアが並んでいた。

「ドアは、緑色じゃなかったんですか？」

違和感を覚えた達也は思わず質問した。

「緑？　確かに七年前までは緑色でしたが、塗り替えたんです。はて、新聞にでもそんなことが書かれていましたか」

大家は首を傾げながらも、表札の掛かっていない二〇五号室のドアの鍵《かぎ》を開けた。

「自由にご覧になってください。用事がすんだら、声を掛けてくだされば結構です」

大家と靖子は達也らを残して帰って行った。

「達也君、先に入ってくれないか」

加藤に背中を押されて、達也は薄暗い部屋に上がった。

三畳の板の間の片隅に流しがあり、その横に一口コンロが置いてある。幻覚では気が付かなかったが、右手にトイレがあった。

靴を脱いで板の間に上がった。出刃包丁が落ちていた場所である。襖《ふすま》を開けて四畳半の部屋に入った。擦り切れた畳の上には、ひっくり返ったちゃぶ台はもちろんない。

頭が加熱したように熱くなってきた。だが、吐き気や頭痛はしない。達也は奥の部屋に通じる襖に触ろうとして一瞬躊躇《ちゅうちょ》したが、思い切って開けてみた。

カーテンもない窓から、どんよりとした光が六畳の畳部屋に差し込んでいた。部屋の右側には一間の押し入れがある。幻覚では死体ばかり気になって気が付かなかったようだ。

「むっ！」

まるで電灯のスイッチを消すように光が消えた。

足下の畳がいつの間にか赤く染まっている。

「祥子……」

血の海に全裸の祥子の死体が浮かんでいた。傍らにはへその緒に繫《つな》がっている胎児の死体が転がっている。

達也は胎児を拾い上げようと片膝《かたひざ》を突いた。両手で包み込むように持ち上げると、ほのかにぬくもりを感じた。途端に幻覚は消えた。

「大丈夫かい？」

加藤が心配そうに尋ねてきた。

達也は頷《うなず》き、立ち上がった。頬はいつの間にか涙に濡《ぬ》れていた。村野は達也と同じように胎児を拾い上げてむせび泣いていたようだ。掌《てのひら》に胎児の体温が残っていた。涙を拭《ぬぐ》い、押し入れを開けた。

「ここに犯人が隠れていたのかもしれませんね」

しばらく見つめていた達也は、独り言のように呟《つぶや》いた。

村野が現場から逃走するまで胎児は確かにあったと、幻覚を改めて見て確信した。警察は一時間後に駆けつけている。通報したのは村野自身だったからだ。泥棒ゆえに捕まるわけにはいかないが、一刻も早く犯人を見つけて欲しいという一念だった。そこで列車に乗り、移動中の駅のホームから警察に連絡をしたのだ。

だとすれば危険を冒して犯人が戻って来た可能性は低い。

「真犯人が、隠れていた？……村野が帰宅した時、まだこの部屋にいたというのか。そうとも知らず、村野は逃亡した。そして、犯人は胎児を運び去った。なるほど、辻褄《つじつま》は合うな。だが、どうしてそんなことをする必要があったんだ？」

加藤は天井を仰いだ。

乱れた着衣で橋の上に佇《たたず》む祥子の姿が脳裏に浮かんだ。

「祥子さんの自殺の理由を調べましょう」

達也は祥子の死体が横たわっていた場所に手を合わせた。

六

達也は殺人現場だったアパートを出ると、公衆電話から矢島に連絡をした。平取は引き払ったが、苫小牧のホテルにいるようだ。いつでも平取に戻れるように一番近い都市で待機をしているのだろう。あるいは、達也の動きを監視するためかもしれない。

矢島は祥子の勤めていた店の情報も持っていたが、事件には関係がないと考え、報告しなかったようだ。とはいえ、十年以上前の話である。祥子の勤め先は西一条南八丁目の裏通りにある〝愛子〟というスナックで、十人近いホステスがいるバーのような店だったらしい。いかがわしい店ではなかったが、若い女ばかり揃えていたために人気があったようだ。

達也と加藤は早めに夕食を終えて西一条南八丁目界隈《かいわい》を訪ね歩くと、店はまだあった。午後七時、〝愛子〟の開店を待って二人は店に入った。

ボックス席がメインらしく、カウンターの横にある小さなステージで、カラオケを歌わせるようだ。

「明美《あけみ》でーす。よろしく」

二十代後半の痩《や》せた女が二人をボックスに案内し、達也の横に座った。

「あれ、私の隣は空いているよ」

加藤は隣のシートを叩《たた》きながら文句を言った。

「いらっしゃいませ」

店の奥のドアから現れた厚化粧の女が酒枯れした声で挨拶《あいさつ》し、加藤の隣に座った。歳は四十代半ばか。加藤は途端に渋い表情になった。分かり易い男だ。メギドも夜になったにもかかわらず、声を掛けて来ない。この店に興味がないことはすぐ分かる。

一時間ほどビールを飲んで、場が和んだことを見計らい、加藤はそれとなく探りを入れてみた。

店名の〝愛子〟は十九年前のオープン当時のオーナーだったママの名前で、景気が悪化して十六年前に現在のオーナーが居抜きで買い取り、店の名前もそのまま受け継いだようだ。つまり祥子が殺された翌年にはオーナーが替わっていたことになる。

ホステスを顧客ごと引き継ぐ意図もあったが、新しいママが田中《たなか》愛子という同名だったためらしい。代替わりして改装は最低限にして営業を続け、最近ではホステスを減らしたが最新のカラオケシステムを導入したので、景気はまあまあらしい。

「ところで、村野豪蔵が犯人だという殺人事件を知っている？　十七年前の話だけど、なんでも被害者の女性はこの店で働いていたんだってね」

加藤はママに駄目元で質問をした。

「代替わりしているから、知らないわよねえ」

ママは引き攣《つ》った笑顔で達也の隣に座る明美と頷き合った。

「前のオーナーの時代から勤めている女の子はいないの？　あるいは当時のホステスさんの行き先なんか知らないかな」

「聞いたことないわね。十七年も前の話でしょう。覚えている方がおかしいわよ。なんでそんなこと聞くの」

ママは苛立《いらだ》たしげに答えた。

「知らないならいいんだ」

加藤は笑って誤魔化し、ビールの追加をした。

三十分ほどすると、遅出のホステスが三人ほど出勤して来た。それを目当てにしている客で込みだしたので、達也と加藤は店を出た。

「加藤さん、こっち」

「まだ飲むのかい？」

加藤の質問には答えず、達也は裏通りから新宿のゴールデン街を思わせる二階建ての建物に挟まれた路地に入った。路地の両脇には、間口の狭いスナックや居酒屋が肩を寄せ合うように並んでいる。

細い路地を何人もの酔客の間を縫って大通りに出た。

「加藤さん、先に帰ってください」

「えっ、どうして？」

達也は走って来たタクシーを停めて問答無用で加藤を押し込んだ。

タクシーを見送り、大通りを北に向かって二ブロック先の交差点で左に曲がり、繁華街の外に出ると、人通りはほとんどなくなった。

達也はゆっくりと歩き、尾行者の気配を確認した。

〈俺と代われ。おまえは熊に襲われた時、戦闘不能だっただろう〉

メギドも気が付いていたようだ。

「変わらないと思うけどね」

〈前よりよくなったか、試してみたい〉

「分かった」

達也は立ち止まって意識を後退させた。

表に出たメギドは、ハイライトに火を点《つ》けて再び歩き出した。

やがて西三条通に突き当たり、通りを渡って中央公園に入った。街灯がほとんどない園内は、闇に支配されていた。背後からばたばたと足音が近付き、五人の男たちに囲まれた。

月明かりに目が慣れて来ると、男たちはパンチパーマや角刈りのヤクザ風のスタイルをしている。

「おめえか、十七年前の事件を嗅《か》ぎ回っているのは？」

四十代半ばと思われるパンチパーマの男は、少し東北訛《なま》りがあった。先祖が東北出身の開拓民だったのか、あるいは青森か秋田辺りから流れて来たのかもしれない。

「それで？」

メギドは心拍数を抑えるためにゆっくりと煙草を吸った。

「理由を聞かせろ、こんにゃろう」

凄《すご》んでいるようだが、訛りが強く迫力に欠ける。

「沢口祥子を殺した犯人を捜している。知っているんだろう？」

メギドは鎌をかけた。

「なっ、何を馬鹿な。でまかせを。おめえ、何者だべ」

男はメギドの唐突な質問に鋭く反応した。

「彼女の縁者だ。狼狽《うろた》えるところを見ると、おまえら殺しに関わっているな」

メギドは鼻で笑って、煙草を足下に捨てた。

「死にてえらしいな」

男は唾《つば》を吐き、懐からナイフを取り出した。途端にいつもの頭痛が襲ってきた。臆病《おくびょう》者の村野豪蔵の脳細胞が怯《おび》えているのだ。

「ちっ！」

メギドは舌打ちをした。一番腕が立ちそうな男を捜した。斜め左手に立っている角刈りの男の体格が一番よく、凶悪な顔をしている。すかさず左の肘打《ひじう》ちを角刈りの男の胸に入れた。バキッと骨が折れる音を発《た》て体勢を崩した男の首を抱え、三メートルほど派手に投げ飛ばして気絶させた。体の自由が利かなくなる前に敵の戦闘力を削《そ》ぐ必要があった。

男たちが動揺をみせた。メギドは背後にいる男の顔面に裏拳《うらけん》を叩き込み、右の男の左足の半月板を側足《そくとう》で蹴《け》って跪《ひざまず》かせ、顔面に膝蹴《ひざげ》りを喰らわせた。たった三秒で三人の男を倒した。だが、それが限界だった。頭の中で村野が逃げろと叫んでいる。しかも右腕が痺《しび》れてきた。

「なっ！」

パンチパーマの男は後ずさりをした。

「おまえが祥子を犯して孕《はら》ませ、しかも殺したんだ。そうだな」

メギドは堪え難い頭痛と闘いながら、男に推理をぶつけた。

胎児が消えて胎盤やへその緒が残っていれば、検死で祥子が妊娠していたことがすぐにばれてしまう。だとすれば、犯人は死体から胎児だけでなく胎盤も残らず持ち去ったに違いない。そこまでする必要があったのは、祥子を犯して妊娠させた張本人しかいないはずだ。

「俺は犯しちゃいねえべ」

男は首を振った。

「だったら、殺しだけか」

「……」

男の目が泳いだ。

「ぐっ！」

左脇腹に激痛が走った。振り返ると、残っていた男が背後からナイフで肋骨《ろっこつ》の下辺りを刺していた。メギドはまだ自由が利く左腕を動かし、裏拳を男の顔面に当てた。威力はなかったが、男は顔面を押さえて尻餅《しりもち》をついた。

「死ね！」

パンチパーマの男が正面からナイフを突き入れてきた。わずかに避《よ》けて急所をはずすのがやっとだった。男のナイフは吸い込まれるように深々と腹に突き刺さった。

全身から力が急速に抜けて行く。

「頼む。このままじゃ、死んでも死にきれない。祥子が、どうして殺されたのか教えてくれ！」

メギドは男の両肩を掴《つか》んで叫んだ。演技ではない。村野の脳細胞がメギドに言わしめたのだ。

「冥土《めいど》の土産に持って行きな。犯したのは医者の森下茂《もりしたしげる》だべ。〝愛子〟の常連で祥子に熱を上げていた。やつは祥子の帰り道で待ち伏せしてホテルに連れ込んで、手込めにしたんだ。陰険な野郎よ」

男はそう言うと、メギドを突き飛ばした。

「だが、……どうして……」

メギドは地面に転がり、半身をやっとの思いで起しながら尋ねた。

「祥子が妊娠したことを森下が知ったからだ。認知してくれと言われたら、医者だけに世間体が悪いべ。それでやつは俺に殺しを頼んだ。死んだ祥子の体から胎児やら胎盤を抜き取ったのは森下だ。おらじゃ、できねえからな。どうだっぺ。これですっきりしたか。とっとと死にな」

男はメギドの脇腹に蹴りを入れた。

「げっ！」

メギドの意識は遠のき、〝アパート〟に吸い込まれて行った。

〈やばいぞ達也、表に出るんだ〉

心拍数が弱っていることが〝アパート〟にいても分かる。メギドは目の前に立っている達也の胸ぐらを摑んだ。二人が交代すれば、再生能力が格段に上がることはこれまでの経験で分かっている。

「ぎりぎりまで待つんだ」

達也はすぐ出られるように白いドアの前に立った。

「玉置さん、こいつ死にそうですが、どこかに埋めますか？」

背中から刺した男が、メギドの首筋に指を当て脈がほとんどないことを確認した。

「誰も見ちゃいない、放っておけ。馬鹿なやつだ。殺しだって十五年の時効がある。今さら犯人を見つけて何になるべ」

玉置と呼ばれた男は唾を吐き、手下を連れて公園から消えた。

「くっ！」

達也は両眼を開いた。途端に激痛が体中を襲った。

「達也君！」

暗闇から加藤が飛び出してきた。

「どうして？……」

体を動かすことができずに目だけ動かした。

「心配で角を曲がったところでタクシーを下りて尾《つ》けたんだ。それよりも、大丈夫なのか！」

加藤が達也の体を抱きかかえて起そうとした。

「動かさないで。一時間だけこのままにしてください」

傷口が塞《ふさ》がれば、なんとか動くこともできるだろう。今はじっとしているに限る。

「分かった。私は何をすればいい」

加藤は情けない顔になった。

「熊が来ないように……見張っていて下さい」

達也の意識はすでに遠くに飛んでいた。

七

メギドと達也が中央公園で襲われた翌日、加藤は朝早くから電話帳を調べ、達也から聞いた森下茂という名の医者の行方を追っていた。

玉置というヤクザの話によれば、森下は十七年前に〝愛子〟の常連だったそうだ。とすれば、医者という職業柄当時の年齢は若くても二十八歳前後で、現在は四十五歳よりは上のはずだ。電話帳で同姓同名の二人まで絞り込んだ加藤は、タクシーを使って聞き込みをした。ところが、二人とも市内に住んでおり、一人は四十七歳。もう一人は四十九歳と大して変わりはなく、近所の評判は特に悪くはないので決め手に欠いた。

午後五時、聞き込みの目処《めど》をつけた加藤は疲れた身体を引きずるように宿泊先のホテル〝十勝ビュー〟に戻って来た。

達也はヤクザに襲われてから一時間半近く公園で横になり、傷口が塞がったところでホテルに戻りベッドで寝ていた。

「どうだい。傷の具合は？　晩飯は外で食べられそうかい」

加藤はこれまでも瀕死《ひんし》の重傷だった達也が回復していくのを目の当たりにしているためにあまり心配していないようだ。

「なんとか動けるようにはなったと思います。ただ血糖値が下がり過ぎて目眩《めまい》がするんです」

いつも常備していたチョコレートは、帯広に移動する途中で食べてしまった。

「そう思って、買って来たよ。おかげでお店の人から変な目で見られたけどね」

加藤はバッグの中から十枚ほどの板チョコとトマトジュースの缶を出した。チョコレートは血糖値を上げ、造血作用もある。トマトジュースは水分補給と疲労回復に役立つ。トマトジュースの缶を飲み干し、チョコレートを三枚食べたところで目眩が嘘のように消え、頭がはっきりした。ベッドから起き上がり、Tシャツとジーパンに着替えた。

二人はホテルから歩いて一分ほどの平原通沿いの〝ふじもり〟食堂でカレーライスを食べた。この頃はすでにカレー店を別に経営していたが、今（二〇一二年現在）では帯広、釧路《くしろ》にまでカレーチェーン店を展開している店だ。

食事を終えた二人はタクシーに乗り、東六条南に向かった。帯広は札幌と同じく碁盤の目のように区画されているため、番地で場所がよく分かる。

一人目の森下は四十七歳、内科の医者で診療所と自宅を兼ねた大きな家に住んでいた。呼び鈴を鳴らして、加藤は朝読新聞と名乗り、達也はカメラを抱えて家に上がり込んだ。

二人が通された客間に待つこともなく森下茂は現れた。背は高く色白で、黒縁のメガネをかけている。

「ご用件は？」

東京から新聞記者とカメラマンが訪ねてきたと聞いて、緊張しているようだ。

「昭和三十年代に起きた事件を特集しておりまして、帯広では十七年前に起きた沢口祥子殺人事件について調べております。そこで当時を知る医師に医学的な見地からお話をお聞きしようと、お訪ねしました」

加藤は得意の口からでまかせを言った。

「それはそれは」

森下は驚く様子もなくにこりとした。どうやら事件とは関わりがないようだ。

加藤は適当に話を進め、達也は写真を撮る振りをして三十分ほどで切り上げ、夕食を食べて行かないかという森下からの誘いを丁重に断ってホテルに戻った。

午後十一時、達也は黒いTシャツにジャケットを着て一人で東一条まで歩いて行った。市内を南北に通る大通りから一本東に森下外科はあった。百五十坪ほどの敷地には診療所があり、脇にベンツが停めてある。中庭を挟んで二階建ての立派な日本家屋の自宅が別に建っていた。

塀を乗り越えた達也は、北側にある屋敷の勝手口の鍵《かぎ》を持参したヘアピンで解錠した。村野豪蔵の覚醒《かくせい》が進んでいるため、彼の能力はすでに使えるようになっていた。加藤の聞き込みで住人は森下茂の他に妻と家政婦の三人で、二人の息子は東京の医大に通っているらしい。

寝静まっているかと思ったが、一階の奥の部屋に照明が点《つ》いている。達也は音もなくドアを開けて部屋を覗《のぞ》いた。中年の男がソファーに座りゴルフのクラブを一心に磨いている。でっぷりと太った男だ。部屋はりっぱな机や本棚がある。書斎のようだ。

「趣味はゴルフですか。いい身分ですね、森下さん」

「なっ！　だっ、誰だ」

達也が声を掛けると、森下は驚いてクラブを落とした。

「知り合いがあなたに世話になったので、一言お礼を言おうと思いましてね」

「知り合いだと？」

森下は虚勢を張っているのか、偉そうな態度で聞き返して来た。

「沢口祥子ですよ。あなたが強姦《ごうかん》した」

達也は顔色を変えずに淡々と言った。

「さっ、さっ、沢口！　知らん、そんな女は知らない！」

森下の目は泳ぎ、真っ青な顔になった。

「嘘はいけませんよ。ヤクザの玉置から詳しい事情は聞きましたから」

「何！　貴様、玉置の回し者だな。あの男には二百万も現金で渡し、しかも女房に店も買い与えてやったのに、まだ強請《ゆす》ろうというのか！」

青い顔をしていた森下の顔が真っ赤になった。スナック〝愛子〟のママは玉置の女房らしい。

「その二百万というのは、沢口祥子殺害の依頼金でしたよね。玉置が殺して、祥子さんの体内から胎児と胎盤を外科医であるあなたが抜き取った。むろん犯人は夫の村野豪蔵じゃない」

「わざとらしく言うな。玉置は、二百万で後腐れなく引き受けると約束したんだぞ。何を今さら文句がある」

拳《こぶし》を握りしめ、森下は達也を睨《にら》みつけた。

「そうだ。玉置から聞き忘れていましたが、あなたが祥子さんの死体から胎児を抜き取る作業中に村野が帰宅し、あなたたちは慌てて押し入れに隠れましたよね」

これは達也の推理である。

「それが、どうした」

開き直った様子で森下は答えた。

「村野の証言と一致する。沢口祥子の殺害依頼を認めるんですね」

達也はにやりと笑い、ジャケットのポケットから小型のカセットレコーダーを取り出してみせた。加藤が取材で使っているものを借りたのだ。片手に収まり、重量が八百九十グラムというソニー製の優れものだ。

「ろっ、録音したのか、何が欲しい。金か？」

森下は高圧的な態度を改めて、猫なで声を出した。

「当たり前だ」

録音を終えた時点で達也はメギドに代わっていた。録音テープを元に加藤は記事を書くことになっている。雑誌社に高く売れるだろう。森下は確実に破滅する。

「金なら、もう二百万やる。そのテープを売ってくれ」

森下は机の引き出しから百万円の束を二つ出してきた。簡単に出すと言うことはもっとあるのだろう。

メギドは札束をポケットにねじ込むと、部屋を出ようとした。

「待て、テープをこっちに寄越……」

すがって来た森下の首をメギドは気を失うまで片手で絞めた。

「殺す価値もない」

口から泡を吹いて気を失った森下を床に転がし、メギドは勝手口から外に出た。その足で線路向こうの西一条南八丁目に向かった。歩いても十数分の距離である。

玉置の事務所は加藤が調べ上げていた。西一条南八丁目のソープランドの裏にある三階建ての建物の二階にあった。玉置は手下が八人という小さな組の組長で、地元暴力団の下部組織だ。

時刻は午後十一時四十分、メギドは三階建ての建物の階段を駆け上がり、玉置組の看板が出ているドアを蹴破《けやぶ》って乱入した。

応接室らしき部屋に六人の男が煙草を吸ってたむろしている。

「何だ、おまえは！」

振り返った男が凄《すご》んだ。次の瞬間、メギドは男の顔面を陥没するほど殴っていた。

無言で次々と男たちを力の限りぶちのめした。五秒後に意識がある者は部屋には存在しなかった。

「何を騒いでいるんだべ！」

奥の部屋から玉置が出てきた。

「げっ！」

メギドの顔を見た玉置が悲鳴を上げた。

「借りを返しに来た」

メギドはぼそりと言った。

「くそっ！」

玉置は懐からナイフを取り出し、メギドの心臓目がけて突き出してきた。

左に避《よ》けたメギドは、玉置の右手首を摑《つか》み、左手で相手の腕をへし折るように体勢を崩すと、玉置の右腕を捻《ひね》ってその下っ腹にナイフを深々と刺した。

「ぐえっ！」

玉置はカエルが潰《つぶ》れたような呻《うめ》き声を出した。

「これは俺の分だ」

すかさず摑んだ男の右腕を下から斜め上に引き上げ、玉置の腹を切り裂いた。

「これは祥子の分だ。借りは返したぞ」

白目を剝《む》いて痙攣《けいれん》する玉置をメギドは床に投げ捨てた。

〈村野さんが完全に覚醒したようだね〉

達也がほっとした声で言った。

「まだ分からないぞ」

〈村野さんの部屋が静かになったんだ。それに逃げろって悲鳴は聞こえなかっただろう〉

「そう言えば、邪魔されなかったな」

メギドは玉置の死体を見下ろし、安堵《あんど》の溜息《ためいき》を漏らした。

戦線復帰

一

前夜、移植された脳細胞の第四の覚醒を成し遂げた達也は、午前九時十分発の日高町行きの十勝バスに乗った。加藤とは取材がまだあると言うので別れたが、本当のところは瑠璃子とまだ顔を合わせたくなかったのだろう。

行きと違い帰りは乗り継ぎもスムーズで、終点の日高町に午前十一時四十分に到着し、午後十二時十二分発の苫小牧行きの富内線に乗ることができた。しかも前回の轍《てつ》を踏まないように、帯広駅で駅弁も購入し、列車で旅行気分も味わえた。

午後一時五十八分に旭岡駅に到着したが、達也はそのまま列車に乗り続け、午後二時五十九分、終点の苫小牧で下りた。出発前に苫小牧にいる矢島と連絡を取り、会うことになっていたのだ。

駅前から数分の表町《おもてまち》にある〝ニュー苫小牧ホテル〟に向かった。街には独特の悪臭が漂っている。〝王子煙突〟と呼ばれる王子製紙の白と赤に色分けされた巨大な煙突群が黙々と煙を噴き上げていた。街行く人々は何食わぬ顔で歩いている。企業城下町として育った人々には匂いのある大気も日常になっているのだ。

五階建ての〝ニュー苫小牧ホテル〟のフロントで矢島を呼び出してもらった。

「待ちかねたぞ」

エレベーターから下りた矢島はブルーのシャツにキャメルのカーデガンを着てくつろいだようすだ。二人はホテルの喫茶室に入った。昼時のビジネスホテルに、達也ら以外に客の姿はない。

「その様子だと、村野豪蔵は完全に覚醒《かくせい》したようだな」

二人分のコーヒーを頼んだ矢島は足を組んでクッションの効いた椅子に座った。

「村野さんの脳細胞は事件の謎が解け、真犯人が分かったことで完全に覚醒しました。やはり今回の覚醒も怨念《おんねん》が籠《こも》っていたような気がします」

達也は帯広での出来事を、順を追って説明した。

「驚いた。たったの三日で真犯人を見つけ出したのか」

矢島は細い目を見開いた。

「祥子さんは、村野に自分を犯した犯人は分からないと嘘をついていたのでしょう。おそらく生まれて来る赤ん坊も村野の子として育てるつもりだったと思いますよ」

事実を知っていれば、村野にも犯人が分かっていたはずだ。

「それにしても犯人の処刑の仕方が、メギド君らしい。それに殺人を依頼した医者を殺さずに生かしとくとはなかなか出来ないことだ。マスコミに叩《たた》かれて破滅するだろうが、私からも手を回しておこう。それなりの償いはさせるべきだ」

自慢のどじょうひげを触りながら矢島は満足そうに言った。

「これで、亡くなった村野さんも浮かばれますね」

達也がそう言うと、矢島は気難しい表情になり、ポケットからセブンスターを出して火を点《つ》けた。

「……村野は死んではおらん」

煙草の煙をゆっくりと吐き出して言った。

「移植手術を受けても生きていたんですか」

達也は思わず腰を浮かした。達也に脳細胞を提供した唐沢喜中も手術を受けても生き続けたが、ほとんどのドナーは手術後に死亡したと聞いていたからだ。

「村野は他の移植手術とは、少し違っていたようだ。まず松宮が死刑囚である村野にどうして目を付けたか、その理由から話そうか」

「メギドの暴走を止めるためではないのですか」

村野の脳細胞は、人間兵器として開発された達也やメギドには不適切だった。

「村野が臆病《おくびょう》者だったことは、松宮も知らなかったようだ。あの科学者が欲しかったのは、村野の一流の鍵《かぎ》職人としての腕と彼の脱走技術であった。松宮は君らに単なる暗殺兵器としてだけではなく、ワンランク上の諜報《ちょうほう》員としての能力も期待したのだ。侵入脱出の技術は高度なテクニックを要するからな」

「脱走技術？　ひょっとして刑務所から脱走したんですか」

達也は声を潜めて尋ねた。

「村野は、札幌刑務所からは二回脱走した。一回目は連れ戻されたが、二回目は本州に渡り、翌年に山梨で逮捕された。だが、甲府刑務所も脱走し、半年後に東京で捕まっている。そして府中刑務所に入れられたが、そこも脱走した。本来なら、管轄の札幌刑務所に移送されるのだが、脱走する度に新たに泥棒をして罪を重ねていたために刑務所を渡り歩くことになったのだ」

「やはりそうなのか」

達也も刑務所から脱走する幻覚を見ている。

「受刑者の間で村野は脱獄王とまで呼ばれるようになった。そこに松宮が目を付け、当時の検察や刑務所幹部に脳の手術を持ちかけた。むろん移植手術とは言わずに、脱走防止のための運動能力を低下させる脳外科手術と言って騙《だま》したのだ。脱走されれば、刑務所の幹部は左遷や降格になる。関係者は飛びついたに違いない」

矢島はコーヒーが来たので、話を一度打ち切った。

「村野さんは、今どちらにいらっしゃるのですか？」

彼の無実を証明し、自由にしてやりたかった。

「網走刑務所にいる。助け出そうというのなら、止めた方がいい」

コーヒーを啜《すす》りながら、矢島は右手を横に振った。

「なぜですか。確かに泥棒の罪はあったでしょうが。十七年も経っています。刑期は終えているじゃないですか」

「そうではない。たとえ無罪になったところで、あの男を受け入れる先がないのだ。むしろ生涯を刑務所で過ごした方が、あの男にとっては幸せなはずだ。それともおまえさんが世話をするとでも言うのか」

矢島は人差し指で自分の頭を叩いてみせた。村野は移植手術により、正気を失っているという意味だろう。

「それは……」

達也はぐっと言葉を飲み込んだ。

〈俺と代われ。矢島の言う通りだ。村野のことは放っておけ。それより矢島に話がある〉

メギドが溜息がてら口を挟んできた。

〈分かった〉

達也はもどかしさを覚えながらも、意識を後退させた。

表に出たメギドはポケットからハイライトを取り出し、百円ライターで火を点けた。

「報酬の一部である身分証と免許証はどうした？」

煙を吐き出し、コーヒーに口を付けた。

「メギド君か。代わるのなら事前に教えてもらいたいものだ。対応が達也君とは真逆になるんでな。戸籍と免許証はさすがに東京に戻らないと手に入れられない。もう少し時間をくれ」

矢島は頭を掻《か》いてみせた。

「ライフル銃が欲しい」

メギドはポケットから先週矢島に貰《もら》った二十万円入りの封筒を出してテーブルの上に置いた。達也が使った分は足して二十万円にしてある。武器をただで貰おうとは思わない。借りを作りたくないのだ。

「私は武器商人じゃないぞ」

矢島は封筒の中身を見て不愉快そうに言った。

「なんでも揃えられると、聞いたぞ」

「どうするつもりだ」

「平取に行って、熊を撃つんだ」

メギドは愉快そうに言った。

二

午後三時四十四分、富内線の旭岡駅に到着した達也は小雨降る中、平取町本町の街はずれの道を選び義経神社の裏山から〝ハヨピラ自然公園〟を横断して沙流川沿いの町道に出た。山に入るところを地元の住人に見られたくなかったのだ。

ヤッケを着た達也は、山で野宿ができるだけの装備を詰めたリュックと〝レミントンM一一〇〇〟を収めたケースを背負っていた。銃には熊撃ち用のスラグ弾（単体弾）を使うためにライフリングが刻んである銃身を装塡《そうてん》してあるが、予備として散弾用のライフリングがない銃身も用意してきた。矢島は部下に命じて、札幌の業者から手に入れたらしい。

ちなみにライフリングは、発射された弾丸に旋回運動を加えることで弾道の安定と直進性を高めるためにある。だが、散弾は銃口から散開発射されるためにライフリングは必要なく、また銃身内で無数の弾丸に分かれるのでライフリングを傷めてしまうのだ。

町道をしばらく歩き、ジョージ・佐竹と仲間のキャンプがあった沢に足を踏み入れた。時刻は午後五時を過ぎている。もっと早い時間に苫小牧を出発したかったが、ライフル銃を待っていたため遅くなってしまった。

沢の入口に〝この先熊出没につき危険、立ち入り禁止！〟と書かれた真新しい立て看板があった。おそらく警察が作ったのだろう。

四十分ほどで川添俊彦の死体を見つけた崖《がけ》の下までやってきた。時刻は午後六時近くになっている。雨は止んだが、西の稜線を残して夕空は完全に明度を失っていた。崖を登るのはもはや無謀である。

達也はリュックサックと銃のケースを下ろし、晩飯の支度をはじめた。栗原から借りたキャンプ用品は、また山に入るつもりだったのでまだ返していなかった。カーバイドランプに火を点け、石油コンロで飯ごう飯を炊き、苫小牧で買ってきたクジラ缶をおかずにご飯を食べた。山の中でクジラ肉のしぐれ煮を食べるのは贅沢《ぜいたく》だ。達也は舌鼓を打ちながら、ご飯をかきこんだ。

「……！」

左手の斜面でがさりと音がした。達也はガンケースを開け、〝レミントンM一一〇〇〟を出し、スラグ弾を込めた。

「撃たないでくれ！」

暗闇に男のシルエットが浮んだ。

「佐竹さん！」

達也は両手を上げて近付いて来た男が佐竹だと確認すると、銃を下ろした。

「驚いた。平取から出て行ったと聞いていたから、まさか君だとは思わなかったよ」

佐竹は達也の隣に座った。

「それはこちらの台詞《せりふ》です。警察に拘束されていると、聞きましたよ」

「そうなんだ。今日の午後やっと解放されて、平取から出て行くように、車で苫小牧まで連れて行かれて、無理矢理千歳線に乗せられたんだ。だけど、私は仲間の無念を晴らすべくすぐに次の駅で下りて、舞い戻ったというわけさ」

佐竹はまくしたてた。

「ご飯まだでしょう。食べますか?」

達也は飯ごう飯を勧めた。

「助かるなあ。腹が減っていたんだ。缶詰は自分のを食べるよ。コンロを借りるね」

佐竹は石油コンロに火を点けて、レーションの缶詰を載せた。

「それにしても仲間の無念を晴らすなんて、ちょっと時代がかっていますよ。第一米国人らしくもない。CIAの任務ってそんなに大変なんですか?」

達也は飯を食べながら、さりげなく言った。

「なっ!……」

佐竹は絶句して天を仰いだ。

「隠さなくてもいいですよ。だって、こんな場所に地質調査だなんて、やっぱりおかしいでしょう。殺された人たちはCIAのエージェントだと思いますが、佐竹さんは民間の協力者なんでしょう? 誰にもいいませんから」

矢島の推測を借用した。

「まいったな。やっぱり私は情報員には向かないね。お察しの通りだよ。私は大学の研究が認められて、政府に協力している。だけど、金のためじゃない。それに日本を憂慮していることは本当だよ」

佐竹は苦笑いをして正直に答えた。憎めない男である。

「僕はあの崖の上にある尾根の向こうに何があるか調べるつもりです。今回は銃も用意しました。熊が襲って来ても平気です。だけど、佐竹さんは無防備過ぎるんじゃないですか」

佐竹は前回と同じで、普通の山登りの装備に過ぎない。

「実は私は秘密兵器を持っているんだ」

佐竹は小さなスプレー缶を見せた。

「なんですか？」

「これは米国の製品で〝ハルトアニマルレベランド〟、つまり動物除《よ》けスプレーでね。あまり流通はしていないけど、十年以上前から売り出されているよ」

佐竹が見せたのは一九六三年に製品化されたもので、唐辛子抽出成分であるオレオレジン・カプシカムスプレーである。現在（二〇一二年）は防犯用に幅広く流通している品だ。

「もっとも僕は仲間が死んでいたという崖の上だけ調べるつもりだ。深入りするつもりはないよ。仲間の死体は戻って来たけど、荷物はなかった。亡くなった場所に行けば仲間の荷物が落ちているんじゃないかと思ってね」

「遺品回収ではなく、荷物の中に調査資料があるかもしれないということですか？」

「鋭いね。ひょっとして君こそ日本の情報員じゃないのかい？」

達也の指摘に佐竹は目を丸くした。

「僕は単に……冒険好きなだけですよ」

一瞬考えてしまった。メギドの行動の規範ははっきりしている。今回は熊を使って命を狙った者への復讐《ふくしゅう》だ。だが、達也の目的ははっきりとはしない。よくよく考えれば、矢島の期待に応《こた》えようとしているのかもしれない。苫小牧に行ったのも、メギドは報酬と武器の調達だったが、達也は矢島に報告しなければならないと思ったからだ。

「ところで、大野影久についてこの間は無言でしたが、何者か教えていただけますか？」

矢島からは政府の外郭団体のような組織のトップとまでは聞かされていた。

「いいだろう。もし、君が日本の情報員だとしても敵じゃなさそうだからね。あの男は日本の原子力発電の推進をバックアップする民間団体を組織しているんだ」

佐竹は肩を竦《すく》めて言った。

「原子力発電の推進？……」

達也ははっとした。

大野は福島の平にあった〝滝川土建〟の顧問だと名乗った。〝滝川土建〟の社長だった滝川嘉朗は関西のヤクザだったが、福島第一原発建設当時から土地の売買、労働者の斡旋《あっせん》を手がけていた。とすれば、大野は関西のヤクザを使って、原発の建設を裏から推し進めていたことになる。

「その様子じゃ、本当に知らなかったようだね。そもそも日本がどうして原子力発電に積極的なのか知っているかい？」

「それは、日本には資源がないからですよ。石油ショックで国民は嫌と言うほど思い知らされましたからね。ただ、いいとは言いませんよ。放射性廃棄物が出ますから」

　発電所建設で立ち退《の》きを迫られていた関谷渉から、原発の恐ろしさは聞いていた。

「本当にそれだけだと思っているのなら、君はおめでたいよ」

　佐竹は苦笑してみせた。

「他にも理由があるんですか？」

　佐竹の勝ち誇ったような態度にむっとしながらも尋ねた。

「日本の政治家が恐れているのは隣の国、中華人民共和国と昨年亡くなった毛沢東《もうたくとう》の残した負の遺産だ。彼は生前全国の農民に鍬《くわ》と鋤《すき》を捨てさせてウラン鉱山の開発を推し進め、国民が飢えても米国やソ連に追いつけ、追い越せと原子爆弾を大量に製造したんだ」

「それと原発の推進と何が関係あるのですか？」

　達也は大島産業の〝エリア零〟で対共産主義の教育をされてきたために原爆に特化した中国の軍事力のことは熟知していた。また、日本が建設している軽水炉の原発からは原子爆弾の原料となるプルトニウム２３９を製造することは難しいことは知っている。

「君は中国が第三次世界大戦に備えて大量の原爆を保有していることに、恐怖は感じないかい？」

　佐竹は探るような目で見つめてきた。

「世界中の人は米国が広島、長崎に落とした原爆の脅威を知っています。今度原爆を使えば、いかなる理由があろうと、世界を敵に回すでしょう。僕はいずれ原爆が抑止力を失うと思っています」

　達也の持論だが、兵器に頼って政治を主導するのは間違っていると思っている。

「なるほどね。話を元に戻そう。日本が軽水炉の原発を推進している内は米国に文句はない。だが、核燃料のリサイクルを日本は考えはじめた。これは米国にとって由々しき事態なのだ。つまり、原爆に使える高濃度のウランを製造することができるからだ。また、一方で放射性廃棄物を武器として使うために極秘の備蓄基地を建設する計画もあるようだ」

「放射性廃棄物は処理できないから、どこかに隔離しておく必要があります。武器だなんて、それはいくらなんでも考え過ぎでしょう」

　さすがに達也は大袈裟《おおげさ》だと笑った。

「君は〝汚い爆弾〟を知らないだろう。ミサイルの弾頭に放射性廃棄物を詰め込んで、敵国にばらまくんだ。核爆発こそしないが、高濃度の放射能をまき散らすことができる」

「そんなことをしたら、何十年、何百年も放射能で汚染されてしまう」

　思わず達也は歯ぎしりをした。

「現在の日本の科学力を持ってすれば、いつでも原爆は作れる。原爆そのものを持たなくても、原爆の材料と高い技術力を保持すれば、潜在的に核保有国であることを対外的に示すことになるんだ」

「本当ですか……」

達也は愕然《がくぜん》とした。

「原発の平和利用というのは表の顔、裏の顔は準軍事だよ。大野は放射性廃棄物の備蓄基地の建設を密《ひそ》かに進めているらしい。二風谷ダムの建設は住民の目を欺くためのカモフラージュだと我々は見ているんだ。その証拠を摑《つか》めば、米国政府は日本政府に異を唱えることができる。日本を米国のような核保有国にしたくないのだ」

佐竹は熱く語った。確かに彼は信念に基づいているのかもしれない。裏を返せば核兵器を持つ大国のエゴにも聞こえるが、大野の仕事に正義はないことは確かだ。

「分かりました。真実を求め、悪事を暴くのなら協力しましょう」

達也はゆっくりと首を縦に振った。

三

午前一時、夜空には厚い雲がひしめき、闇が幾重にも重なっていた。

達也は〝レミントンM一一〇〇〟を抱きかかえるように岩にもたれ掛かっている。防寒ジャンパーを着ているので寒くはない。佐竹は寝袋に入ってすでに眠っていた。明け方には十四、五度まで気温は下がるだろうが、寝袋はいらない。むしろ手足の自由が利かないため危険である。もっとも、眠るつもりもなかった。

〈達也、代わってくれ〉

メギドが声をかけてきた。煙草が吸いたくなったのだろう。ずいぶん前から昼は達也、メギドは夜という棲《す》み分けができている。十代の頃は一つの肉体を奪いあっていたが、今では互いに得手不得手があることが分かっているために、喧嘩《けんか》することも少なくなってきた。

「それじゃ、休ませてもらうよ」

達也は意識を後退させて〝アパート〟の自分の部屋に戻った。

二人の再生能力は常人の何十倍もある。そのため、新陳代謝も極めていい。何日も眠らずに過ごすこともできた。だが体を動かせば人よりエネルギーを使うという欠点もあった。

表に出たメギドはポケットからハイライトを出した。本当はラッキーストライクか、マルボロを吸いたいところだが、どこでも売っているわけではないので我慢している。

達也と交代したのは深夜に襲われる可能性が高いからだ。メギドは達也を襲った熊は野生ではなく、人に調教されていたと考えている。だとすれば、熊を使っていた人間をこの手で殺さなければならない。命を狙われたら、殺される前に敵を倒す。これは暗殺者の絶対的なルールである。

「……！」

メギドは咄嗟《とっさ》に銃を構えた。何かに見られている気がしたからだ。

〈こっちか！〉

右前方の闇に気配を感じ、銃を向けた。

「むっ！」

今度は左後方の藪《やぶ》で葉擦れがした。振り返って銃を向けると移動したのか気配は消え、別の場所で再び葉擦れが聞こえた。

敵は人間なのか獣なのか分からない。だが、少なくとも二つ以上の気配を感じる。囲まれたようだ。

弾丸は十二番ゲージのスラグ弾を八発装塡《そうてん》してある。直径十八・一ミリ単弾を実包する十二番は、日本では一般に許可される最大口径と言えよう。八発あれば一度に熊が数頭襲ってこようが対処できる自信があった。

気配は移動を繰り返しているらしく特定できない。だが、十分ほどするとふと消えた。

メギドは口にくわえていた煙草が、いつの間にかフィルターまで燃え尽きていたことに気が付いた。石油コンロで水を沸かし、アルミのマグカップにインスタントコーヒーを入れた。岩にもたれ掛かって銃を下ろした。ポケットからハイライトを出したが、空だった。箱を握りつぶし、自分のリュックサックから新しい箱を取り出して開封した。二日でけりを付けようと思っているが、装備は三日分持ってきた。

コーヒーを飲みながらしばらく何事もなく過ぎて行ったが、三十分ほどするとまた四方から葉擦れがした。敵は藪の中を移動している。人間ではない。だが、また十分ほどで立ち去ったらしく気配は消えた。

午前五時半を過ぎ、闇から解放された山々がほのかな明かりに包まれるまで獣たちは徒《いたずら》にメギドの周囲をうろつき回った。眠らせないという作戦なのか、あるいはスラグ弾を恐れてひたすら隙を窺《うかが》っていたのか。いずれにせよ、野生の動物が統制を取り、心理戦を人間に挑んで来るとは思えない。やはり、人間に操られていると見た方がいいだろう。

「おはよう。早いんだね」

佐竹は一晩中メギドが見張りに立っていたとも知らずに、大きな欠伸《あくび》をしながら寝袋から這《は》い出してきた。メギドは最後に気配が去った後、達也と交代していた。

「おはようございます」

達也は朝ご飯代わりのクラッカーと鮭缶を出した。飲み水に取っておく必要性から、米を炊くことはできない。佐竹もレーションのクラッカーと缶詰を出した。

食後二人は辺りがすっかり明るくなるのを待って、崖《がけ》の下に立った。五日前に達也が木に結びつけたザイルがまだぶら下がっている。熊に襲われたからといって警察や猟師たちが山狩りをした様子はない。山の入口に立ち入り禁止の立て看板を作るくらいだから、人里に熊が下りて来なければ問題ないと思っているのだろう。

新たにザイルは用意して来たが、達也は何も着けずに崖を登り、佐竹は前回のザイルを腰に巻き付けて登った。

「おかしい」

松の木の下に亡くなった川添の〝フジ・ダイナミックオート〟がないのだ。達也は熊に追われて銃を撃とうと思ったが、村野の脳細胞に邪魔されて使えなかった。腕が痙攣《けいれん》して落としただけなので、松の木の近くにあるはずだが、見当たらない。何者かが持ち去ったに違いない。

「佐竹さん、急いで調べましょう。この近くで落とした銃がなくなっています。あれを使われたらやっかいですから」

十二番ゲージの散弾を装塡してあった。至近距離なら死は免れない。

「そうしたいが、どの辺りに仲間が倒れていたのか教えてくれないか。この雑草じゃ、皆目見当が付かない」

佐竹は肩を竦《すく》めた。

達也は三人の死体があった場所まで佐竹を案内した。雑草が部分的に折れ曲がっている場所がある。一番大きな男の死体を頂点として、二等辺三角形を描くように他の二人の死体はあった。四十分ほど捜したが、水筒が一つ見つかっただけでリュックサックなどのめぼしい荷物はなかった。

「……！」

首筋に鋭い視線を感じた。

「佐竹さん、一旦《いったん》、戻りませんか」

胸騒ぎを覚えた達也は〝レミントンM一一〇〇〟を構え、辺りを注意深く見渡した。

「そうだね。水筒だけじゃ諦《あきら》めきれないが、これだけ捜してもないと言うことは、尾根の向こう側に荷物はあるのかな」

佐竹はザイルが結びつけてある松の木に向かった。

「むっ！」

尾根に近い左前方の草むらがざわついた。

「佐竹さん、熊だ。早く崖から下りて！」

達也は叫んだ。

「わっ、分かった」

悲鳴にも似た声で返事をした佐竹は、ザイルを体に巻き付けて崖から下りて行った。

達也は〝レミントンM一一〇〇〟を構え、雑草のざわつきの先を狙った。距離は百メートルほど、見えないだけにもっと引き付ける必要があった。

〈達也、しとめろ〉

メギドに言われなくてもそのつもりだ。

達也はゆっくりと左の尾根に近付いた。

「いけない！」

草むらのざわつきが尾根の右手から二つ、三つと増えてきた。最初の一頭との距離が五十メートルを切った。すでに背中の黒い毛が見える。

轟音《ごうおん》。

「何！」

トリガーを引いた瞬間に熊がほぼ真横に飛んだ。弾丸は逸《そ》れた。少なくとも達也には弾を避《よ》けたかのように見えた。

「くそっ！」

達也は二十メートル近くまで迫って来た敵に三発続けて撃った。

「ギュルー！」

空気を掻《か》きむしるような不気味な悲鳴がした。

他の草むらのざわめきに狙いを定めながらも達也は後ろ向きで崖に向かった。

「ぎゃっ！」

今度は達也が悲鳴を上げて倒れた。激痛がする左足を見ると、足首が鉄の歯に嚙《か》まれていた。大型動物用のトラバサミだ。骨は折れていないが、鋭い歯が食い込んでいた。

四

敵は飼い馴《な》らした熊だけでなく、狩猟用のトラバサミまで敷設していた。草むらに巧みに隠されていたために気が付かなかった。一匹だけ左から襲って来たのは、罠《わな》に誘うための囮《おとり》だったのかもしれない。

「くそっ！」

達也は両手にあらん限りの力を込めてトラバサミの歯を開いた。

立ち上がると右前方の草むらに向かって銃を撃った。ざわめきは収まった。銃を担ぎ急いで松の木まで足を引きずりながら近付き、ザイルをたぐり寄せ体に巻き付けた。

草むらがまた動きはじめた。達也は崖から飛び降りた。両手でザイルを握り、両足を突き出し、崖への激突を避けた。

「ぐっ！」

左足に激痛が走り、踏ん張りきれない。数メートル崖を滑り落ちて、立ち木に引っかかって止まった。

「大丈夫か！」

下から佐竹が心配げに見上げている。

「心配ないです。今降ります」

ザイルを左右の手でゆっくりと送りながら、右足だけでなんとか下まで降りた。

「怪我しているじゃないか」

佐竹は足ではなく、達也の血だらけの両手を見て声を上げた。血が滲《にじ》んだジーパンに気が付いていないようだ。崖を滑落した際にザイルで擦り切れたのだ。

リュックから救急用品を出しながら、佐竹は首を捻《ひね》った。

「……待てよ」

「前回、君はサンダースの死体と一緒に崖から落ちた。奇跡的に無傷に近かったが、あの時も右手に怪我をしていたはずだ。だが、昨日会った時、傷痕《きずあと》すらなかった。だから気が付かなかったのだが……」

サンダースとは亡くなった白人の仲間のようだ。佐竹は目を細めて達也の両手を見つめている。

「あの時は、亡くなった方の血が右手に付いていただけですよ」

達也は慌てて両手を隠すように腕を組んだ。

「以前、情報機関の友人から、ベトナム戦争時代に日本で人間兵器が開発されていたと聞いたことがある。亡くなった兵士の脳細胞を子供に植え付けて戦闘能力を高め、肉体の再生能力も高く、グリーンベレーさえ敵《かな》わない無敵の兵士だとね。だが、それを報告した米軍人は狂人扱いされ、その内容は今や都市伝説になっていた」

佐竹の言う米軍人とは元グリーンベレーのウイリアム・マードックのことらしい。メギドは彼の部下をことごとく殺して、目の敵にされている。大島産業の〝零チャイルド〟は、米軍司令部でも一部の者しか知らない極秘の計画だった。それだけにマードックがCIAに報告しても軍では口を閉ざしているのだろう。彼を狂人に仕立て上げて闇に葬ったに違いない。

「心臓移植手術だって未《いま》だに成功していないのに、脳の移植だなんて非現実的ですよ」

達也は笑ってみせた。

「だからこそ、報告書は嘘やでたらめだと笑い話になった。だが、君の酷《ひど》い頭痛は脳移植のせいなんじゃないのか。移植されたことで格闘技にすぐれ、銃の扱いもできるようになった。その上、再生能力に長《た》けているとすれば、報告書の項目に見事に当てはまる……」

佐竹の話が終わらないうちに、達也はその首を右手で絞めていた。

「くっ、くっ苦しい」

「苦しいか。俺は人の苦しむ顔が好きだ」

首を絞めていたのはメギドだった。

〈止めろ！　その人は悪い人じゃない〉

佐竹に言い当てられて呆然《ぼうぜん》とし、無防備な精神状態の達也の意識を一瞬だけ失わせ、体を乗っ取るのはメギドの得意とするところだ。

「こいつは、米国人の政府関係者だぞ。秘密を知られたんだ。殺すに限る」

佐竹が口から泡を吹きはじめた。

〈この人は単純に真実が知りたいだけなんだ。米国政府にも批判的だったじゃないか。逆に真実を話し、納得すれば分かってもらえるさ〉

「おまえは甘いぞ」

〈頼むから、任せてくれ。その上で納得できないなら殺せばいいだろう。味方にして彼らの情報を得るのも重要だ。いつまでも逃げ回るわけにはいかないんだぞ〉

「むっ……」

達也の言葉にメギドは顔をしかめて右手を弛《ゆる》めた。

「私を殺さないのか」

しばらくして意識を取り戻した佐竹は尋ねてきた。

「すみません。あなたを殺そうとしたのは、もう一つの人格であるメギドです」

達也は頭を下げた。

「メギド……。そうだ。人間兵器のコードネームはメギドだと聞いていたよ。でも別の人格とは？」

佐竹は多重人格者と疑っているようだ。

「僕らは生まれ付き二つの人格を持ち、ドイツ人の父親からの遺伝で驚異的な再生能力を受け継ぎ、実験室で生まれました。六歳の時に大島産業の施設に移され、数度の脳細胞移植手術を受け、軍事訓練も受けました。この計画は米軍の司令部、ペンタゴンも知っています。僕以外にも誘拐や人身売買で集められた百人前後の子供が実験を受けました。僕は十七歳の時に施設を脱走し、以来、大島産業と米軍に命を狙われています」

達也は自らの過去を淡々と語った。

「本当ですか。子供の誘拐や人身売買に米軍が関与していたのか」

佐竹は眉《まゆ》を吊《つ》り上げた。

「訓練施設は、横田《よこた》基地のすぐ近くにあり、教官は元グリーンベレーでした。米軍が知らないはずがありません。CIAに報告書を提出したのは、おそらく元グリーンベレーのウイリアム・マードックでしょう。彼は軍から何も知らされずに僕らと闘う実戦訓練をさせられ、四人の部下をメギドに殺されています。だから彼は軍を信じず、CIAに報告したに違いありません」

マードックは沖縄で達也とメギドに作戦行動を邪魔されたために軍から処罰されたはずだ。その腹いせにレポートを出した可能性は考えられた。

「シット！　何てことだ。私は米国政府のやり方には常々不満を持っていたが、これほど汚いとは思わなかった。私の母は日系だったため、戦争中、強制収容所に入れられていた。その扱いはナチスドイツがユダヤ人を扱ったのと同じだったと聞いています。だが、日系人は米国を恨むどころか逆に認められようとがんばってきました。だから、私も大学で研究する傍ら、CIAの要請を受けて働いて来たんだ」

佐竹は真っ赤な顔をして吐露した。

「なるほど、それでCIAのエージェントが三人も殺されたのに、米国に帰らずに危険を承知でまた戻って来たんですね。これからどうするつもりですか？」

「米国に帰ります。そしてCIAからの要請は二度と受けません」

佐竹は激しく首を横に振った。

「日本のことが心配で仕事を受けたんじゃないのですか？」

「それは、そうですが……」

佐竹は肩を落として溜息《ためいき》をついた。

「最初の計画通り、僕と一緒に真実を暴きませんか？　日本が準核兵器保有国になってもいいんですか」

達也は佐竹の肩を揺さぶった。

「そうなっては欲しくない。しかし、向こうには訓練された熊がいるようだ。とても敵わないよ」

佐竹は弱音を吐いた。

「任せてください」

達也はすでに怪我が完治した右手で胸を叩《たた》いた。

五

午前十一時過ぎにトラバサミで怪我をした左足が動かせるようになった達也は、佐竹とともに一旦《いったん》下山し、沙流川のほとりで日が暮れるのを待った。崖《がけ》の下では敵に監視されている可能性があるからだ。

達也は沖縄の米軍基地で毒ガスが密《ひそ》かに貯蔵されていたことや、それを密かに運び出そうとしたマードックの部隊との死闘など、これまで経験して来たことを話した。佐竹も自分の生い立ちからCIAと関わって来た仕事など、極秘の内容を語ってくれた。秘密を共有することで互いに沈黙を守ることにもなるが、なによりも理解を深めることができた。

午後八時、闇にまみれた沢を登って二人は例の崖の下まで行った。左足もすっかり治り、達也の体調は万全だった。

「熊は本当に大丈夫なのかい？」

崖を登る段になり、佐竹はまだ不安を抱いているようだ。

「暗くなれば、大丈夫だと思います。たとえ出て来ても今度は仕留めてみせます」

達也は〝レミントンM一一〇〇〟を見せて言った。銃身をスラグ弾用のライフリングが入ったものから、散弾用のシリンダー（平筒）に交換してきたのだ。有効距離と威力は弱まるが、的が少々動こうが当たる確率は格段に上がる。また近距離ならむしろ破壊力もあった。

佐竹に崖の下から懐中電灯を照らしてもらい達也が先に登った。崖の上から垂れ下がっていたザイルは無くなっていた。朝方登った時あったのは、誘《おび》き寄せるためと考えていいだろう。逆に無くなったということは、敵も油断しているに違いない。

達也は新たに持って来たザイルを松の木に縛り、佐竹の体に付けさせた。懐中電灯で照らしていたが、崖の三分の二ほどのところで佐竹が音を上げた。彼の技術では夜中に角度も急になる上部の崖を攻略するのは無理だったらしい。

ザイルを松の木の太い枝に二重に巻き、達也はゆっくりと佐竹を引き上げた。体重が七〇キロ近くあったので、荷物は別の補助ザイルに結んで崖下に下ろさせた。

「世話をかけてすまない」

崖を上がって来た佐竹は肩で息をしながら言った。地質学者ということで山登りの経験は豊富らしいが、夜間のクライミングははじめてらしい。

「ひょっとしてまだトラバサミが残っている可能性があります。僕のすぐ後に付いて来てください」

達也は尾根までの緩やかな坂を右方向から上った。午前中に攻撃を受けた時に二頭の熊は右手から走って来たからだ。

何事もなく尾根のすぐ手前まで上ることができた。達也は身振りで佐竹に動かないように指示をすると、尾根伝いに左方向に進んだ。尾根の上にも木々が生い茂っている。三十メートルほど進むと、木と木の間に電話ボックスほどの小さな小屋があった。周囲を草木で巧みに偽装してある。後ろにドアがあった。鍵《かぎ》は掛かっていない。

達也はドアを開けて中に入った。内部は一メートル四方、高さは百八十センチ弱。折り畳椅子が置いてあり、前方に覗《のぞ》き穴があった。穴を覗いても暗くて何も見えないが、昼間は崖の上をすべて見晴らせるはずだ。ここから死体を捜しに来た達也を監視していたに違いない。壁に双眼鏡と長細いホイッスルが掛けてあった。ホイッスルだけポケットに入れて佐竹のところに戻った。

「見張り小屋がありました。昼間はいつも人が詰めているのでしょう」

訓練された熊が番犬のように常に警戒しているのならともかく、崖に上る度に現れたのはタイミングが良過ぎる。

「なるほど、昼間はこの一帯は監視されているんだな。とすれば見張り小屋は他にもあるのだろう」

佐竹も納得したようだ。

二人は尾根を越えた。ここから先は平取町に隣接する勇払郡のむかわ町で、緩い下り坂になる。ここにも手つかずの自然があった。背の高い草木を縫《つ》って先に進んだ。雨が上がったが足下が滑り易くなっている。さすがに懐中電灯を点けなければ前に進むことはできない。

「これは……」

背後で佐竹が声を上げた。

「どうしたんですか？」

達也が振り返ると、佐竹は近くの木を照らしていた。

「うまく偽装してあるが、これは試掘用のボーリングの櫓《やぐら》だよ」

「本当ですか？」

懐中電灯を当ててよく見ると、鉄製の櫓にネットが掛けられ、その上から草や木の枝で隠されていた。

「地中深く掘って、地質を調べていたんだ」

佐竹はリュックからカメラを取り出して写真を撮りはじめた。

「えっ！」

達也は佐竹がフラッシュを焚《た》いたので驚きの声を上げた。とはいえフラッシュなしでは写真は撮れない。撮影している間、周囲を注意深く見渡した。

「……！」

慌てて懐中電灯のスイッチを切り、佐竹に撮影を止めさせた。前方の藪《やぶ》の中にオレンジ色の光が漏れていることに気が付いたのだ。

「まずい」

光が消えた。佐竹のカメラのフラッシュに気が付いたのかもしれない。

「行きますよ」

達也は灯りが点《とも》っていた場所に向かって藪の中を走った。草木で偽装が施された小屋があった。

ドアを蹴《け》って中に入った。十四、五畳はありそうな部屋に二段ベッドが二つある。部屋の中は暖かい。直前まで人がいたに違いない。

「ここにいてください」

達也はレミントンを構えて、外に出た。

「むっ！」

殺気を感じてしゃがむと、頭上を手斧《ておの》が回転しながら飛んで行った。振り向き様に藪をレミントンの銃底で突き入れると、男が腹を抱えて倒れて来た。

〈達也、俺にもやらせろ〉

メギドは腕が鳴ったのだろう。

「分かったよ」

苦笑を漏らして達也は交代した。

メギドはレミントンを肩に掛け、リュックのサブポケットから登山ナイフを出し左手に握りしめた。

左の藪からいきなり男が飛び出し、ナイフで斬り込んで来た。メギドは左にかわし、男の背後から肝臓を貫いた。

間髪を容れず右の藪から強烈な蹴りが飛んできた。思わず十字に受け止めると、今度は背後から左肩を斬られた。

「ふざけやがって」

メギドは振り返ったところで、ナイフを払いのけ、藪の中から男を引きずり出して膝《ひざ》蹴《げ》りを喰らわし、前のめりになった男の後頭部にナイフを突き入れた。

「ひっ！」

右の藪で男の小さな悲鳴が聞こえた。メギドはナイフの刀身を持つとコンパクトに振り投げた。藪をかき分けると、背中にナイフが刺さった男が倒れている。圧倒的なメギドの強さに恐れをなして逃亡を図ったようだ。

「我ながら、上出来だ」

メギドはにやりと笑った。ナイフは男の心臓を貫いていた。

「しまった！」

レミントンを構えて、神経を集中させた。無数の気配は感じるが位置は掴《つか》めない。だが、獣の放つ殺気が痛いほど分かる。

前方の闇が動いた。レミントンが火を噴いた。目の前に大きな影が落下した。左の藪が動いた。メギドは三発続けて撃った。手応《てごた》えはある。

「ぐっ！」

右腕にいきなり激痛が走った。獣がのしかかるように嚙《か》み付いていた。メギドは勢いよく倒され、反動で銃を落とした。

「くそっ！」

獣は首を激しく振って腕を嚙み切ろうとしている。銃を持った手を狙ったに違いない。ナイフは男の背中に刺さったままだ。レミントンも二メートル先に落ちている。しかも獣は銃から遠ざけようと、恐ろしい力でぐいぐいと引っ張る。

〈ポケットの笛だ！〉

達也が叫んだ。

左手でポケットを探り、見張り小屋で手に入れた笛を吹いた。空気が漏れただけで音は鳴らない。だが、獣がびくっと体を震わせて腕を離した。メギドは前方に飛び込み、レミントンを掴んだ。

「うっ！」

一旦《いったん》離れていた獣が足に噛み付いてきた。

至近距離で十二番ゲージを獣の胴体に撃った。

「ギュン！」

胴体を引き裂かれた獣は呻《うめ》き声を上げたが、執念で食らいついている。

「しつこいんだ！」

銃身を獣の口に突っ込み、引き金を引いた。轟音《ごうおん》とともに獣の頭部が爆発した。

メギドは殺気が無くなったことを確認し、銃を下ろした。

六

達也が気絶させた男を担いだメギドは、小屋のドアを蹴って開けた。

「熊をやっつけたのか？」

開口一番に佐竹は尋ねてきた。

「熊じゃない。あれは悪神だ」

メギドは男を床に転がし、レミントンを壁に立てかけた。

「熊じゃなかったのか？」

佐竹は首を傾げている。

「真っ黒なドーベルマンだ。ご丁寧に熊の毛皮で作ったベストを着せられていた。おそらく声帯を切られた上に吠《ほ》えないように調教してあったのだろう。断末魔の鳴き声が妙な音だったのはそのせいだ」

リュックを下ろし、シャツで右腕を縛った。思ったより右腕の傷は深く、出血も酷《ひど》い。

「犬！　熊だと思っていたのは、犬だったのか」

佐竹は両目を見開き、口をあんぐりと開けた。

「こいつのおかげで助かった」

達也が見張り小屋で見つけた銀色の笛を佐竹に投げた。

「これは？」

受け取った佐竹は首を傾げた。

「犬笛だ。やつらは高度に調教された軍用犬だったんだろう。その笛で命令されて動いていたようだ」

「確かにドーベルマンなら、熊なみに強く、頭もいい」

佐竹は何度も頷《うなず》いてみせた。

「さて、こいつを正気に戻して大野の居場所を自白させるか」

メギドは床に転がした男の肩に手をかけた。

「そうはいかない」

佐竹がいつの間にかレミントンを構えていた。

「どういうことだ」

メギドは立ち上がって壁際に下がった。

「へんな真似はしないほうがいい。この小屋の中ならどこに逃げようと、人間の肉体を粉々に吹き飛ばすことができる。たとえ、下等生物のような再生能力がある君でも、死は免れないだろう」

人の良さそうな顔をしていた佐竹が狡猾《こうかつ》な狐の様な面相に変わっていた。

「あの時殺しておくべきだった。おまえは大野の手下か？」

メギドはポケットからハイライトを出し、ライターで火を点《つ》けた。

「動くな！　私は、ただの協力者だ。私の経歴は話した通りだ。嘘はない。だが、雇ったのはCIAではなく大野だ。彼と契約して、日本中で高濃度核廃棄物を処理する施設の候補地を探していたんだ」

佐竹は口を歪《ゆが》めて笑った。

「日本を憂慮しているというのは、真っ赤な嘘か」

「とんでもない。第二の故郷だ、いつだって心配している。日本は米国の助けを借りなくとも核武装をし、中国やソ連から身を守る必要があるんだ。それができないのなら、最低限でも原発から出た放射性廃棄物で〝汚い爆弾〟を製造し、やつらを威嚇する必要がある」

「だから、米国の横やりを嫌ったのか。それにしてもCIAのエージェントと鵡川駅で親しそうに話しをしていただろう。仲間じゃなかったのか」

メギドは鼻で笑い、煙草の煙を吐き出した。

「大野に彼がエージェントなのか調べるように頼まれたのだ。札幌で偶然行き先が同じだと近付いて探りを入れただけだ。もっとも旭岡駅であの男は大野を追って行ったからな、すぐに分かったよ。むしろ君らの態度の方がおかしかった」

今度は佐竹がわざとらしく鼻で笑ってみせた。

「それで、俺たちに張り付く気になったのか。それじゃ、CIAの仲間から俺たちの情報を得たというのは、嘘か」

「日本政府のある情報機関から情報を得たと、大野から聞いた。君らは列車の旅行に夢中になっていたが、大野の方では君の存在に気が付いていたんだ。私は君というより達也君に興味があり、なんとか味方にできないかと思ったが無理だった」

佐竹はわざとらしく首を横に振ってみせた。

「味方にできないと分かり、今度は殺しにかかったというわけか」

「そういうわけだ。だが、大野はいわきの平で君の正体に感づいていたようだ。だから、君が危険だと知っていたらしく、トラックで殺そうとしたが、失敗したようだね」

佐竹はおかしそうに笑った。

「何！　あの時のトラックは大野が運転していたのか」

真夜中の海に車ごと落とされたことを思い出し、メギドは拳《こぶし》を握りしめた。

「まさか。彼が直接手を下すことはない。彼の部下だ」

平の事務所で大野の隣に立っていた男の顔が浮かんだ。

「この施設の秘密を知った俺をどうするつもりだ」

煙草の煙をゆっくりと吐いて尋ねた。

「悪いが死んでもらう。君はメギドだろう。達也君なら躊躇《ちゅうちょ》したかもしれないがね。彼とは本当の友人になれそうだったから、残念だよ」

「学者に人が殺せるのか」

メギドは煙草の煙を佐竹に吹きかけた。

「馬鹿にするな。私はベトナム戦争でベトコンを何人も殺している。人を殺すことに戸惑いはないんだ」

佐竹はレミントンの引き金を引いた。だが、何も起らなかった。

「何！　まだ二発残っているはずだ。銃声を数えていたんだ」

見苦しく佐竹は引き金を引き続けた。

「馬鹿なやつだ。小屋に入る前に残弾は抜いておいた。俺はおまえが裏切り者だと分かっていたからな」

落ち着きを失った佐竹を、メギドは冷酷な眼差《まなざ》しで見ていた。

「嘘だ。嘘をつくな」

佐竹は後ずさりをはじめた。

メギドは素早くレミントンの銃身を掴《つか》み、捻《ひね》って佐竹を倒すと銃を奪っていた。

「おまえのような学者が命懸けで、熊よけのスプレー一つで戻って来るはずがない。仲間に知らせるためにカメラのフラッシュを使ったのもわざとらしかったしな」

メギドはポケットから二発の散弾を出して、レミントンに込めた。

「止めろ！　警察に自首する。すべて暴露するから許してくれ」

佐竹はゆっくりと立ち上がると、いきなりドアを開けて外に飛び出した。

メギドはドア口からレミントンを二発続けて撃った。

佐竹の右腕と頭が吹き飛んだ。

「達也を騙《だま》した代償は大きかったな」

くわえていた煙草を投げ捨て、メギドはドアを閉めた。

エピローグ

黒塗りのトヨタのクラウンが〝錦橋《にしき》〟と呼ばれるコンクリート製の橋を渡り、重厚なレンガの建物の前で止まった。左右にドーム型の屋根がある要塞《ようさい》のような部屋が突き出ている。中央には大きなアーチ状の門があり、右側に〝網走刑務所〟と看板が掛けてあった。

門の前に立っていた職員に運転席の男が書類を見せた。書類を確認した職員は敬礼をして、鉄製の門を開けると、クラウンはゆっくりとアーチを潜《くぐ》った。

「札幌に行ったんだって？」

後部座席に座る矢島が尋ねてきた。

「山小屋にいた男を自白させたところ、札幌に大野の事務所があると白状しました。翌朝すぐに行ったのですが、もぬけの殻でした」

残念そうに達也は答えた。

達也とメギドは、勇払郡むかわ町の山中で密《ひそ》かに進められていた放射性廃棄物保管施設の建設現場を奇襲した。メギドは工事を管理していた大野影久の部下と彼の腹心とも言えた米国人技術者のジョージ・佐竹を殺害した。それから三日が経っている。

「やつを殺すつもりだったのか？」

「僕はともかく、メギドはそのつもりでした。命を狙われましたからね」

達也はメギドの殺人を否定しようとは思わなかった。

「メギドに狙われたんじゃたまらん。ひょっとすると大野は、海外にまで逃げ出したかもしれないな」

矢島はいつもの低い声で笑った。

「あの施設の建設はどうなりますか？」

「CIAの情報員を三人も殺してしまったんだ。対外的には熊に襲われたことになっているが、米国政府は怒っているだろう。それに存在を知られてしまった以上、工事は中止になる。もっともどこかでまた進めるだろうがなあ」

一九八四年に動力炉・核燃料開発事業団（動燃）は、北海道の幌延《ほろのべ》に高レベル放射性廃棄物中間貯蔵施設の建設計画を公表したのだが、地元だけでなく北海道全体の問題として物議を醸し、二〇〇一年に核抜きの地層処分研究施設となり、一件落着している。

「矢島さんは、日本の原発政策をどう思われているのですか？」

達也はちらりと矢島を見て堀の中を見渡した。曇っているせいもあるが、高いレンガ塀が色のない風景に陰鬱《いんうつ》な影を落としていた。

クラウンは所内の道を低速で進んだ。

「私も政府に関係する人間だ。大きな声では言えないが、反対だ。広島、長崎と原爆を落とされた日本人が同じ原理を持つ科学力に頼るべきではないのだ」

矢島は鼻息も荒く言った。反対だからこそ、大野に敵対する達也を傍観するような態度を取ったのだろう。ある意味政府に反旗を翻したことになるのかもしれない。

クラウンは長屋のような建物の前で停まった。

「着いたようだ」

運転手が降りて来て後部ドアを開けた。達也は黒い鞄《かばん》を持って先に下り、着物を着た矢島が下りるのをじっと待った。今日は鞄持ちという役で同行している。

「ご無沙汰《ぶさた》しております」

建物から黒い制服を着た中年の男が矢島に駆け寄り、直立の姿勢で敬礼をした。

「今日は無理を言ってすまなかったな、有吉《ありよし》君」

矢島は軽く右手を上げて労《ねぎら》った。

「とんでもございません」

有吉は深々と頭を下げて微笑んだ。彼は刑務所長で戦時中矢島の部下だったらしい。

「どうぞ、こちらに」

有吉は慇懃《いんぎん》な態度で前に立った。

矢島は小さく頷《うなず》き、達也に付いて来るように目配せをして歩き出した。

「こちらは独房の獄舎です。死刑囚ばかりでなく、重犯罪の囚人が中心となっております」

有吉が建物の入口に立つと、近くに立っていた職員が、敬礼をして鉄格子の入口を開けた。建物は平屋で天井までが恐ろしく高い。屋根の中央は明かり取りの窓になっており、長い廊下の左右には牢屋《ろうや》が並んでいた。

有吉、矢島、達也の順で廊下を進んで行く。独房の鉄格子の向こうから怒りや憎しみや嘲笑《ちょうしょう》、あるいは悲しみなど様々な感情が籠《こも》った目が覗《のぞ》いている。気持ちのいいものではない。有吉は廊下の突き当たりまで進んだ。

「村野君、調子はどうだい？」

有吉は格子窓から優しく尋ねた。

「所長さん、こんにちは。いい天気ですね」

村野は曇り空にもかかわらず、嬉《うれ》しそうに答え、格子窓から顔を覗かせた。歳は四十半ばのはずだが、坊主頭のせいかもっと若く見える。目の焦点が合ってはおらず、どこを見ているのかよく分からない。

達也ははっとした。村野の左側頭部には大きな手術跡があった。

「村野は、十年以上も前、頭部に怪我をしたと聞いております。なんとか日常生活はできますが、自分の置かれている状況をまったく理解できないようです。ただ騒ぐことはないので助かっています」

有吉は矢島の耳元で囁《ささや》いた。

「達也君、彼に何か言いたいことはあるのか」

矢島は振り返って尋ねて来た。

もちろんある。そのために矢島に無理を言って連れて来てもらったのだ。

達也は所長の有吉に聞こえないように、独房の格子に近寄った。だが、いざ村野を前にするとなかなか言いだせなかった。

「村野さん、真犯人を見つけました。……祥子さんの仇《かたき》をあなたに代わって討ちました。犯人は死にましたよ」

やっとの思いで達也は告げることができた。

「祥子さん？……」

村野は首を傾げた。松宮に脳をいじられてすべての記憶を失っているに違いない。

寒々しい静寂が訪れた。

「……だめなようですね。気がすみました。ありがとうございます」

しばらく村野を見守っていた達也は、肩を落とした。

「さて、戻りますか」

有吉は矢島を促し、独房に背を向けた。

「無駄ではなかったようだな」

振り返った矢島が顎《あご》で示した。

「……！」

独房を見て言葉を失った。

鉄格子にすがりついている村野の頬が濡《ぬ》れていた。

「……」

達也は村野に深々と頭を下げると、唇を噛《か》み締め歩き出した。

参考文献

『全記録炭鉱』　鎌田慧著　創森社
『さいごの炭坑夫たち』　矢田政之著　文芸社
『そらち炭鉱遺産散歩』　北海道新聞空知「炭鉱」取材班著　共同文化社
『北炭夕張炭鉱の悲劇』　増谷栄一著　彩流社
『ヤクザと原発　福島第一潜入記』　鈴木智彦著　文藝春秋
『アイヌの世界』　瀬川拓郎著　講談社
『アイヌの碑』　萱野　茂著　朝日文庫
『アイヌ歳時記　二風谷のくらしと心』　萱野　茂著　平凡社新書
『別冊太陽　先住民　アイヌ民族』　平凡社
『アイヌ文化の基礎知識』　財団法人アイヌ民族博物館監修　草風館
『語りつぐ平取』　平取町
『開拓使と北海道』　榎本洋介著　北海道出版企画センター
『核に揺れる北の大地　幌延』　滝川康治著　七つ森書館
『北辺の野に祈る　北海道開拓とキリスト者たち』　仙北富志和著　星雲社

『網走刑務所』山谷一郎著　北海道新聞社
『20世紀にっぽん殺人事典』福田 洋著　社会思想社
『新 消えた轍 ローカル私鉄廃線跡探訪 1 北海道』寺田裕一著　ネコ・パブリッシング

本書は書き下ろしです。